U0450211

亲吻与诉说

[英] 阿兰·德波顿 著
刘云波 译

ALAIN DE BOTTON
阿兰·德波顿作品集

上海译文出版社

文学的意义
——新版作品集代总序

阿兰·德波顿

在人类为彼此创造的艺术形式和作品中，有一个门类占据了最大比重，即以某种形式探讨伤痛。郁郁寡欢的爱情，捉襟见肘的生活，与性相关的屈辱，还有歧视、焦虑、较量、遗憾、羞耻、孤立以及饥渴，不一而足；这些伤痛的情绪自古以来就是艺术的主要成分。

然而在公开的谈论中，我们却常常勉为其难地淡化自身的伤情。聊天时往往故作轻快，插科打诨；我们头顶压力强颜欢笑，就怕吓倒自己，给敌人可乘之机，或让弱者更为担惊受怕。

结果就是，我们在悲伤之时，还因为无法表达而愈加悲伤——忧郁本是正常的情绪，却得不到公开的名分。于是，我们在隐忍中自我伤害，或者干脆听任命运的摆布。

既然文化是一部人类伤痛、悲情的历史，那么，所有的问题都能予以修正，把绝望的情绪拉回人之常情，给苦难的回味送去应有的尊严，而对其中的偶然性或细枝末节按下不表。卡夫卡曾提出："我们需要的书（尽管也适用于其他任何艺术形式）必须是

002.

一把利斧,可以劈开心中的冰川。"换言之,找到一种能帮助我们从麻木中解脱的工具,让它担当宣泄的出口,可以让我们放下长久以来对隐忍的执念。

细数历史上最伟大的悲观主义者,他们中的每一人都能抚慰这种被压抑的苦楚。用塞内加的话说:"何必为部分生活而哭泣?君不见全部人生都催人泪下。"或者就像帕斯卡的喟叹:"人之伟大源于对自身不幸的认知。"而叔本华则留下讽刺的箴言:"人类与生俱来的错误观念只有一个,即以为人生在世的目的是为了得到幸福……智者知道,人间其实不值得。"

这种悲观主义缓和了无处不在的愁绪,让我们承认:人生下来就自带瑕疵,无法长久地把握幸福,容易陷入情欲的围困,甩不掉对地位的痴迷,在意外面前不堪一击,并且毫无例外地,会在寸寸折磨中走向死亡。

这也是我们在艺术作品中反复遭遇的一类场景:他人也有跟我们同样的悲伤与烦恼。这些情绪并非无关紧要,也无须避之不及,或被认为不值思量。关键在于我们如何看待。艺术作品带我们走近那些对痛苦怀有深刻同情的人,去触摸他们的精神和声音,而且允许我们穿越其间,完成对自身痛苦的体认,继而与人类的共性建立连接,不再感觉孤立和羞耻。我们的尊严因而得以保留,且能渐次揭开最深层的为人真理。于是,我们不仅不会因为痛苦而堕入万劫不复,还会在它的神奇引领下走向升华。

不妨把自己想象成一组同心圆。所有一眼望穿的事物都在外

代总序 作品集 新版

圈:谋生手段,年龄,教育程度,饮食口味和大致的社会背景。不难发现,太多人对我们的认知停留在这些圈层。而事实上,更内里的圈层才包裹着更隐秘的自身,包括对父母的情感、说不出口的恐惧、脱离现实的梦想、无法达成的抱负、隐秘幽暗的情欲,乃至眼前所有美丽又动人的事物。

虽说我们也渴望分享内里的圈层,却又总是止步于外面的圈层。每当酒终人散,回到家中,总能听见心中最隐秘的部分在细雨中呼喊。传统上,宗教为这种难耐的寂寞提供了理想的解释和出路。宗教人士总说,人的灵魂由神创造,唯有神才能知晓其间最深层的秘密。人也永远不会真正地孤独,因为神总是与我们同在。宗教以其动人的方式关照到一个重要命题,意识到人对被深刻了解和赞赏的愿望何其猛烈,并且大方地指出,这种愿望永远也无法在其他凡人身上得到满足。

而在我们的想象空间里,取代宗教地位的是人和人之间的爱情膜拜,俗称浪漫主义。它朝我们抛来一个漂亮而轻率的想法,认为只要我们足够幸运和坚定,从而遇到那个被称为灵魂伴侣的高维存在,就有可能打败寂寞,因为他们能读懂我们的所有秘密和怪癖,看清我们的全貌,并且依然为这样的我们陶醉沉迷。然而,浪漫主义过后,满地狼藉,因为现实一再将我们吊打,证明他人永远无法看透我们的全部真相。

好在,除了爱情和宗教的诺言之外,尚有另一种可用来关照寂寞的资源,并且还更为靠谱,那就是:文学。

写好一生也许和过好一生一样难。

　　　　　——利顿·斯特雷奇

目录

引言 ... 001

一 早年 ... 001
二 最初的约会 ... 018
三 家谱 ... 037
四 厨房传记 ... 068
五 回忆 ... 082
六 隐私 ... 100
七 另一个人眼里的世界 ... 138
八 男人和女人 ... 160
九 心理学 ... 173
十 寻找结局 ... 221
十一 后来 ... 242

译后记 ... 253

引言

无论一个人对这个星球及其居民有什么样的经验，无论他的判断是多么公正，他的熟人如何变化，假如他认真地说迄今为止他所遇见的最有魅力的人不是别人，而是他自己，谁也不会感到意外。他对爱情与文学、宗教与娱乐、下流笑话与家庭卫生的情趣全都无可指责；他的挫折能够激起他对人孜孜不倦的关切和同情；他早晨的口臭不会让人暗暗厌恶；他对人类的看法似乎既不残酷也不幼稚。

无论这种想法会令那些道貌岸然的人们多么扫兴，然而，在挤橙子汁或在深夜浏览电视频道时，让这种想法从心里悄悄冒出来是一回事，而能在听到另一个人愤怒的指责声以及在地上摔碎花瓶的响声后更坚定这种想法的正确性是另一回事，这两者之间还是有区别的。

自我羞辱的魅力就在于，它能使人知道刀子要插多深，并能像外科医生一样准确地避开最敏感的神经。它是一种无害的游戏，就像自己胳肢自己。当埃尔顿·约翰[1]按照歌唱家和眼睛湿漉漉

002.

的诗人们的陈腐传统用一支动人的情歌向自己的心上人哭诉说他只是希望自己的艺术能充分表达他的激情(《你的歌》,1969)时,假如我们猜想他曾经一时怀疑过自己的天赋的话,那我们就太愚蠢了。他之所以能贬低自己的音乐技巧,显然是基于一种谦逊而又根深蒂固的傲慢看法,那就是:事实上他曾经写过一些精品。正如约翰生博士[2]在谈到这些自我羞辱的行为时所说,这是一种令人愉快的游戏,因为它能使一个男人(格言里似乎没有女人的位置,至少在二十世纪中叶以前是如此)"显示他能宽容到什么程度"。究竟需要对音乐有多大的把握才能唱得悦耳动听,人们并没有定论。一个人如何才能有更大的把握不产生——而不是偶尔不产生——自己是一个"只顾自己的吝啬鬼"的想法呢?约翰生式的自我贬低是由坚信不疑派生出来的:"瞧,妈妈,没有人"会传播你的大话,原本需要使劲握住自尊心的车把的手可以暂时放松一下了。于是,一个人便可以一边依靠惯性向山下滑行,一边兴高采烈地喊道:"我是一个如此糟糕的歌手",以及"啊,我真是一个顽童"。

然而,这话一旦从另一个人嘴里说出来,原先扭捏作态的自我贬低也就会生长出利爪来。

"我花了很长时间才琢磨透你。"一位曾和我共同生活过六个

---

1 埃尔顿·约翰(1947—),英国著名摇滚歌手及钢琴家,20世纪70年代成为顶尖流行音乐明星。
2 塞缪尔·约翰生(1709—1784),人称"约翰生博士",英国著名词典编纂家、文学批评家、诗人。

引言

月的女人的来信开头这样写道。接着她拿定主意，她宁愿看着我死，"也不愿去琢磨一个人怎么会如此缺乏自我意识，同时又如此自我迷恋。你说你爱我，但一个孤芳自赏者除了他自己绝不会爱任何人。我知道，大部分男人都不太懂得交际方法，但你的交际能力之差异乎寻常，令人讨厌。我在乎的东西你一样也不尊重。你不加选择地以专横跋扈、自以为是的态度对待一切。我跟你这样一个利己主义者在一起，浪费的时间实在太多了。你不能倾听我的需要，只关心自己的耳垂，不关心其他任何东西……"

读者大可不必对我兴师问罪，只须用人类的文明语言说一声我跟迪维娜不般配就够了。

不管怎么说，她的指责的大意还是给我留下了印象。然而现在，每当在宴会上碰到有些客人礼貌地推说再去取一杯饮料却一去不返，留下我一个人陪着花生米，更加小心翼翼地捧着自怜自艾的蜜糖罐子的时候，我便对她的指责产生了怀疑。"耳垂"一词更是紧紧地卡在大脑里。

几周之后，我在伦敦一家书店里浏览图书。那是一个星期六的上午。扬声器里播放着莫扎特的管风琴协奏曲，意在烘托1900年以前的乐曲中难以理解的古典情趣。在从一张上方挂有烫金的"传记"牌匾的桌子边经过时，我一不小心撞在一摞书上面的一本大部头书上。书滑落下来，掉在紫红色的地毯上，荡起一股尘土，并引起了一位在对面柜台上玩纵横填字游戏的样子十分可爱的店员的注意。

004.

　　我看到书的护封上被我弄破了一点，便假装一时对书的内容产生了兴趣，捧着翻看起来，希望能以此骗得那位店员对我失去兴趣。那是一部介绍路德维希·维特根斯坦[1]生平的书，内容包括两个年表、一篇传记、四十页注释和三组哲学家穿着游泳裤头以及他在保姆怀抱里的照片。但该书显然未能向读者阐明那位已故哲学家所感兴趣的那个问题。然而，既然该书的目的是确定《逻辑哲学论》的作者的生平线索，包括以前未被发现的有关他和他的弟兄们的关系的材料，这一点疏忽又算得了什么呢？

　　那位店员重又玩起纵横填字游戏来。我正准备用另一本书把那本损坏的书换下来，突然在损坏了的满是尘土的护封中央的一段文字中——而不是在我耳垂上和无能上——看到了"同情"一词。

　　"一个人很少会对另一个人如此感兴趣，"一位评论家断言，"传记作家中也很少有人对传记的主人公表示过如此同情。作者从心理、性、交际等各个角度审视了维特根斯坦的一生，在此过程中再现了本世纪最复杂的思想家的内心世界。"

　　在混乱中寻求典范的人们喜欢一种现象，在那种现象里，一个人有时会把兴趣集中在某一个词上，然后他会不可思议地在一个短时期内在多种不同场合听到它或读到它。更不可思议的是，无论那个词是客观存在，还是仅仅因为一个人的感觉对它特别敏

---

[1] 路德维希·维特根斯坦（1889—1951），生于奥地利维也纳的英国哲学家，数理逻辑学家，著有《逻辑哲学论》和《哲学研究》等书，对逻辑实证主义和语言哲学有很大影响。

引言

感,语言片段都似乎像是从上边飘落下来的符号。无论对"似曾经历的幻觉"一词做何解释,据别人说我难得拥有的那种同情此刻却在一位传记作家随着材料肆意溢出的语境里重新露面了。这种差异导致我突然对维特根斯坦思想的探索者的高尚品德产生了一种孩子般的妒忌。这一切就发生在光线暗淡的文学书店里,发生在监控摄像机的镜头以及可爱的店员们的睐睐目光之下。

这件事提醒我注意到了自己在有害却又普遍存在的冷漠中的角色。大多数人正是以这种冷漠打量自己的同类,却对他们的年表和最早期的照片、他们的文章和日记、青春期和成熟期、学历和婚礼宾客视而不见。将突然冒出来的自私抛在一边,用一个脚趾头踢一下铁桌子的边沿,然后以当务之急是关心脚为理由,往往足以能够把注意力从公共事务上转移开来。

几个月前,我眼看着祖父在受尽癌症的折磨之后,于八十岁生日前夕死去。他不得不在伦敦的一家医院里熬过生命的最后几周。在那里,他跟来自他老家诺福克郡同村的一位护士交上了朋友。她一有空,他就对她讲述自己一生的经历。一天晚上我下班之后去看他,他用拘谨而又自嘲的语气说,年迈体衰的老爷爷们不应当惹这么忙的职员厌烦。那天下午他一直在跟他的那位护士朋友唠叨他在北非沙漠战役中跟隆美尔[1]作战的情况。他说战争爆

---

1 埃尔温·隆美尔(1891—1944),纳粹德国元帅,第二次世界大战中曾任德国北非远征军司令等职,后因与暗杀希特勒的密谋有牵连于1944年7月20日被迫服毒自杀。

006.

发不久他就入了伍,先在一个特种兵基地受训,然后乘在地中海游弋的潜艇到达亚历山大[1]。接着他又讲述坦克战的故事、可怕的干渴以及短暂的一段拘留营生活。然而,他正讲到兴头上,一抬头,看见那位护士正准备离去。此刻她正跟一位医生和另一个护士站在病房门口。

"你瞧,他们让她们把腿都跑断了。"他解释说,尽管谁都能够看出这位老人的自尊心受到了伤害。刚才,有一个善良的女人在听他讲。他赶紧从大脑的密室里取出记忆的包裹,正要当她的面把包裹抖落开来,那女人却走开了。他的故事主要是讲述自己。他需要一位年轻的护士发发善心,听他倾诉。我想,看到她要走,他肯定感受到了自尊心受到的伤害。没有传记作家把他的话记录下来,为他制定口述计划,帮他安排回忆。他在把自己的传记分别滴洒进一大堆不同的容器里。人们总是听上三五分钟,然后便拍拍他的肩膀走开,回到自己的生活中去了。由于别人都需要工作,能对他付出的同情是有限的。于是他死了,只在一盒子褪色的散乱信件中留下了自己的一些碎片,在家庭相册中留下一些未加说明的照片;只对他的两个儿子以及后来坐着轮椅在他的葬礼上露了露面的少数几位朋友讲述了几件轶事趣闻。

当然,也许有人会反驳说,过去从没有如此多的人为他人的

---

[1] 埃及北部一港市。

引言

琐事花费过如此多的时间。你到装饰幽雅的书店里瞧瞧,那么多诗人与宇航员、将军与部长、登山运动员与制造商的传记全都摆在我们面前的桌子上。它们宣告了安迪·沃霍尔[1]所预言的那个神话时代的来临。在那个时代里,每个人都会出名(即被立传)十五分钟。

然而,要实现沃霍尔的这种美好愿望绝非易事,那纯粹是因为人数太多。二十世纪的最后十年,地球上的人口已经超过了五十五亿。要对现有人口每人关注十五分钟,至少需要一千七百十一个世纪。

实行起来有什么样的实际困难暂且不论,哲学家西奥兰无意间提出的一个问题也给沃霍尔的愿望泼了一瓢冷水。他曾经写道:一个人真正对另一个人感兴趣的时间最长不会超过一刻钟(您别笑,不信试试看)。也许人们一直认为,弗洛伊德最希望人类能够互相理解与交流。然而就连弗洛伊德也在晚年对一位采访者说,他的确没有什么可抱怨的:"我已经活了七十多年,不愁吃,不愁喝,该享受的都享受了,还遇到过一两个几乎理解我的人。我还求什么呢?"

一生中只遇到过一两个,多么可怜的数字啊!尽管数目少得令人难受,它却促使我们对我们跟那些我们深情地称之为朋友的人们之间的关系究竟是不是密切产生了怀疑。你可以想象出弗洛

---

1 安迪·沃霍尔(1927—1987),美国通俗艺术的先驱及电影制片人。

伊德脸上对傲慢的传记作家所报以的扭曲的笑容。那些人一直跟他跟到墓地,然后写出书来报告说,他们是第一个抓住了他的个性本质的人。

不管他们如何断言,不管有什么样的障碍,传记作家的使命还是刺激了我的想象力,促使我产生了这样的想法:以尽可能充分地理解一个人的迫切愿望去理解他人,将自己潜入他人的生活而不是自己的生活,用他人的目光观察世界,追踪某一些人的童年与梦想,探索他们从拉菲尔前派绘画到水果味冰糕的兴趣范围。何不自己试着写一部传记呢?那将是对自己多年来没有认真倾听别人诉说所表示的小小悔过。这些年来,我一次又一次无声地打着哈欠,对计划明天要做的事感到疑惑。与此同时,就在我喝最后一杯咖啡的时候,微型传记一部分一部分在我面前展开。

考虑到这种传记冲动的伦理价值,我竭力寻找合适的对象。然而我吃惊地发现,在这个星球上生活或曾经生活过的数十亿居民中,传统的传记作家所选择的目标竟是如此狭窄。假如像沃霍尔所暗示的那样,一千七百十一个世纪里仅仅为了给当时活着的每个人提供方便而导致交通阻塞的话,就会出现某种自私现象:一些人物会顽强而贪心地攫取传记地盘,如希特勒、巴迪·霍利[1]、

---

[1] 巴迪·霍利(1936—1959),美国摇滚歌手、作曲家、吉他演奏家。

引言

拿破仑、威尔第[1]、耶稣、斯大林、司汤达[2]、丘吉尔、巴尔扎克、歌德、玛丽莲·梦露[3]、恺撒、W.H.奥登[4]。其原因不言而喻，因为这些人物生前对他们的男女同胞产生过巨大的有益或无益、艺术或政治的影响。人们可以懒洋洋地说，他们的生命比普通人的生命更伟大；他们最大限度地表现出了人类的潜在价值。这种价值令早晨乘短途火车上班的人们感叹与震惊。

然而从近处看去，传记作家主要关心的似乎并不在于强调伟人与普通人之间的差别在于如何使用公共交通工具，而是要着力表现伟人（尽管他们征服过俄国，制服过印第安人，写过《逻辑哲学论》，发明过蒸汽机）与普通人所出的车费一样多，就像你和我一样。读传记的乐趣部分在于，它能使人想起那些被认为是由较坚硬的材料构成的生物的血和肉。人格是有情趣的；讲述细节与历史所产生的人性被气笔[5]从其庄严的画像上修去了。

说起来令人震惊，拿破仑（即无往不胜的波拿巴，他的遗体

---

1 朱瑟佩·威尔第（1813—1901），意大利作曲家，代表作为《弄臣》《茶花女》《阿依达》《奥赛罗》等。

2 司汤达（1783—1842），法国小说家，19世纪法国现实主义文学的先驱，代表作有《红与黑》《巴马修道院》等。

3 玛丽莲·梦露（1926—1962），美国女电影明星，以性感与美丽著称，代表作有《公共汽车站》《王子与舞女》等；1962年因服用过量安眠药而死。

4 威斯坦·休·奥登（1907—1973），英国诗人及文学评论家，20世纪30年代为英国左翼青年作家的领袖，后期的诗歌带有浓厚的宗教色彩，1946年入美国籍。

5 专用于喷修照片。

010.

体面地躺在十英尺厚的大理石下面的镀金棺材里）喜欢吃烤鸡和带皮煮的土豆。就是凭着爱吃这些周末晚上人们可以在超级市场轻易买到的粗劣食品,他才变成了一个实实在在的人,一个人们可以与之交往的人物。他生前喜欢参加各种日常活动,甚至还会哭,有各种琐碎的杂事,咬指甲,妒忌朋友,喜欢钱但谩骂橘子酱——这一切都能够熔化这一官僚形象坚如磐石的英雄主义。

有意思的是,那些传记主人公们令人叹为观止的履历中很可能隐藏了某种人们对别人的活动普遍抱有的更卑劣的好奇心。当随他们挥霍浪费的东西可能是一种窥视他人如何解决生活难题的欲望时,传记主人公的名誉更使得传记所具有的偷窥狂实质被人们所原宥。人们之所以热衷于了解拿破仑的性情趣,不仅仅是因为——甚至主要不是因为——他是名人,而是因为他们普遍对房中之事津津乐道。在一群粗野女人隔着篱笆墙说长道短的过程中,奥斯特利茨和滑铁卢很可能只算是无足轻重的无花果叶子而已。

然而,世人仍在主观地认为,只有伟人才适合做传记的素材。

两个世纪以前,曾有一种声音对这众口一词的假定提出过简短的异议,只是当时传记越来越多,堆积得像大山一样压在呐喊者的头上,也压抑住了这种不同的声音。发出这一声音的是约翰生博士。他若有所思地说:"对一个人一生明智而忠实的叙述鲜少毫无用处,这是因为,不仅每个人都有与他自己生活在同样条件下的同代人——对于那些人来说,他的错误与失败、逃避与对策,显然也是有直接警示和借鉴作用的;而且除了弄虚作假外,人类

引言

总还有这样的共识：所谓好与坏，其实都是人类的共性。"

这种看法似乎非常重要，简直是传记领域一场哥白尼式的革命。传记关注的是非凡生命，它所掩盖的则是任何平凡生命的非凡之处。正是这种普通生命的非凡之处，使得约翰生认为，他有能力，也值得为扫帚的生命写一篇生动活泼的报道。

在讲述那些绝不可能和我们在一起喝酒的人们的行为时，传记保护了我们，没有把我们或明或暗地统统卷进传记工程里。我们的每一个熟人都要求我们理解一个生命。在这一理解过程中，传记的传统手法起着优先作用。它的叙事传统决定着我们可能讲给自己听的有关我们认识的人的故事的发展过程；它构成我们对他们的秘闻的感受；它是赖以安排他们的离异和休假的标准；它是我们选择的方法，仿佛我们的选择是自然而然的，我们对他们本人而不是他人的记忆确信无疑。

无论是要依靠信件还是日记，无论是会见女佣还是园丁，无论是相信桂冠诗人、他的亡妻，还是他们的报刊经销人，内省的传记作家们在问及他们的职业时，此类关切很少会在他们提出的问题中出现。但它表明，没有理由认为下一个走进我的生活的人所做的具有移情效果的努力将会比人们预料的最平庸的传记作家所做的努力小。看来，在最普遍但复杂的而又有趣的理解别人的过程中，不寻常的价值就在于发掘传记传统手法的潜藏作用。

一　早年

　　当历史学家们开始讲述二十世纪后半期的时候,他们不大可能长时间停顿下来去考虑这么一件事:一个浑身沾满血污、体重四磅半、名字叫伊莎贝尔·简·罗杰斯的女婴于1968年1月24日刚过半夜时在伦敦的大学医院降生到了这个世界。那女婴是克里斯托弗·罗杰斯与拉维尼娅·罗杰斯夫妇的女儿。

　　他们更不可能会注意到,当女婴的母亲看到这个脸蛋红扑扑的小生灵竟敢跌跌撞撞地闯进人世,现在又开始用如此期待的目光凝视着她时,脸上所出现的那种尴尬的怪相。女婴的父亲抱着热乎乎的襁褓,好像抱着一个手榴弹。看到小不点伊莎贝尔的眼睛跟自己的一模一样,小嘴巴又像他父亲和爷爷的嘴巴一样嘴角尖尖的,他的心里乐滋滋的。而对于女婴的母亲来说,这种遗传只能使她想起,正是这个孩子,使她不能嫁给她唯一爱过的男人——一位长着一双杏仁眼,拥有一间充满阳光的工作室的法国艺术家;正是这个孩子,迫使她和一位最近受雇于一家大型跨国食品集团会计部的古典学毕业生结合。

一　早年

虽然伊莎贝尔后来一直不愿想象这场不幸，但理智告诉她，她本人的出世证明，拉维尼娅和克里斯托弗曾经发生过性行为。

四月的一天，那件事发生在马丁利村外通常用来放牧羊群的一片牧场里，离剑桥大学开车只需要几分钟。拉维尼娅看上的原本是克里斯托弗的朋友，颇具艺术天赋的大陆人雅克，而她居然会让克里斯托弗占那么大的便宜，这实在是一件不幸的怪事。然而，当你了解到雅克对这位脸上长着雀斑的学语言的学生、苏格兰一所寄宿学校以前的校花不曾表现出多大兴趣时，这件事也就见怪不怪了（但仍然是不幸的）。于是，拉维尼娅移情别恋，开始注意上克里斯托弗，希望能以此在雅克心里激发起妒忌的火花。她了解到（刚刚从司汤达的小说里得知），对许多法国人来说，妒忌的火花乃是激情的催化剂。

一开始，她几乎当着克里斯托弗的好朋友雅克的面向克里斯托弗建议开车到乡下旅行。然而，尽管她费尽了心机，那次旅行却并未达到预期的效果，因为雅克对此显然不愿作任何反对的表示。这使拉维尼娅大为失望。她把部分怨恨发泄在克里斯托弗身上。有一次在酒店用过午餐时，她挑逗似的对克里斯托弗说，她从书上看到，男人的性功能到十九岁就已经过了高峰期。说完，她发出了一阵长长的、刺耳的咯咯笑声。这也许能够解释克里斯托弗为什么会产生把拉维尼娅拉到邻近的牧场里并发疯似的搂抱她的强烈欲望。克里斯托弗之所以如此急切，是因为他有一个愿望，那就是证明他到了二十来岁仍旧性欲旺盛；拉维尼娅之所以没能阻止他那样做,是因为她想体验一下这件事跟她那位傲慢无理、薄情寡义的法国情人究竟会有多大关系。

然而,等到雅克得知这一消息,对这种苟合耸着肩膀时,两亿五千万个精子已经在拉维尼娅的体内游完了第一圈;有好几百个接近了输卵管深处的一个卵子,其中一个侥幸破壁而入。在那个时代,上流社会认为纠正这种"幸运"是不正当的。于是拉维尼娅别无选择,只好任凭孩子在肚子里成长;而她本人也只好狠狠心嫁给了孩子的父亲。

这对夫妇搬到伦敦,住进了帕丁顿的维多利亚街区一所房子的三楼。克里斯托弗在谢泼兹镇一个机关工作;拉维尼娅宣称她的一生已毁,便开始撰写她的博士论文,尽管在房子坍塌在毁灭性的大洪水里之前她不能远离那所房子。丈夫发怒的时候,她就忧郁地用法语同他说话("这件事必须做""真遗憾""你真是个傻瓜""思想意识不错")。她想,上大学的时候学了那么多年的语言,她不能荒废了。

所有这一切,都给她的女儿伊莎贝尔即将降临的这个世界增添了色彩。现代思想强调幼儿早期经历的重要性,虽然历史已经证明这一阶段无足轻重。据罗杰斯先生说,他女儿开始阶段的情况是令人鼓舞的;他的妻子认为,她对那场无法想象的苦难经历了一个噩梦般的适应过程;而伊莎贝尔则无从知道究竟是什么样的苦难。

两年半后她添了个小妹妹,接着又有了个小弟弟。她的房间

一　早年

被刷成了天蓝色；她有一只毛皮做的乌龟，名字叫马利；还有一条被虫蛀得很厉害的毛毯，名字叫古比。父母用尼龙童车推着她在海德公园里玩。母亲给她面包皮让她撕着喂鸽子。到了周末，父母总要带她到乡下的爷爷奶奶家去，让她睡在一个黄色的房间里，放在皮椅子上转她，直到她尖叫起来。她有一摞书，其中一本讲的是一位公主住在月亮上，觉得很孤单，后来就跟一颗名叫海王星的星星交上了朋友。她也有玩具：需要在一个木块上找位置搁进去的小方块、用杆子穿起来的塑料圈，还有一个装着液体、摇一摇会变颜色的球。附近有好多小朋友：楼下正在蹒跚学步的卢克，长着一双蓝眼睛，会在地毯上玩杂技。后来又来了波皮，是她当教师的妈妈带来的。波皮总是穿着紫衣服，戴着黄帽子。

　　由于无事可做，伊莎贝尔只好靠探索起居室打发日子：研究如何撕下沙发垫的衬里、将球茎状烟灰缸摔到地板上会怎么样、嚼嚼电话绳会是什么味道。厨房里的饼干可以吃，也可以扔到地上；在黑白瓷砖上敲打，直到弄得地板脏兮兮的。还没有品出来饼干好不好吃，妈咪进来一看，脸色顿时由白变红。你看见她弯下腰来，激动得不得了。她掰开你的手，把纤维饼干扔进筒里，装出一副生气的样子。你知道，你只要笑一笑，一切错误都会被原谅。爸爸总是天亮出去，夜里回来，而且身上总是那一种气味，吃饭的时候腮帮子一鼓一鼓的。他喜欢把你扛在肩膀上，你高兴得哈哈大笑，因为从上往下看，一切似乎都很小；再说，你还可以够到灯泡，看灯泡跳舞。再往后，你上学了。学校里有走廊，走廊闻起来有一股柠檬味。你学算术。老师是怎么发现你写的 8 没有用那种正确的、很难的写法而是用两个 O 拼起来的呢?

她总有提不完的问题:电视机关了以后,住在电视里的人干什么呢?他们不嫌地方小吗?他们怎么会变那么快?妈咪不是老说牛奶多么有营养吗?可她想往电视机侧面的通气孔里灌一品脱牛奶喂喂电视机里的人,妈咪为什么要打她呢?还有其他一些问题:如果地球像一个乒乓球在太空里漂浮,那太空在什么东西里面漂浮呢?还有一个更大的房间能让太空在里面漂浮吗?也许有人看地球就像她看花园墙缝里的蚂蚁一样大?布里思顿太太,那个老保姆,她走了吗?过去每天上午她总是先哄她玩,然后自己再去睡觉。她不让伊莎贝尔睡过头了,可她自己为什么睡那么长时间呢?已经睡了好几个星期了。伊莎贝尔问妈咪她到哪里去了,妈咪伤心地说,可怜的布里思顿太太安息去了。安息是什么意思呢?后来爸爸给她解释说布里思顿太太到天国去了,那是一个特别的地方,跟他们圣诞节去过的露天游乐场差不多,有扔圈套玩具的,套上了玩具归你。但那些圈都扔不远,最后只能套得一只塑料青蛙。啊,那是一个油绿色的小东西,夜里拿眼睛瞧着她。不过,要是用床单盖住它的头,它还能看见她吗?布里思顿到天国去了。谁要是睡懒觉就会出这种事。伊莎贝尔想要早点起床了。有时候,她看见月亮在窗户角里漂浮。它为什么撞不上飞机呢?白天为什么没有月亮呢?夜里为什么也是有时候有,有时候没有呢?也许是因为它很害羞。她想跟月亮交朋友。

一　早年

后来妈咪发胖了，房间里突然增加了一张黄色的童床和各种气味。妈咪和爸爸只关心那个爱尖叫的小东西。他们想去别处玩的时候就到奶奶那里去，因为花园里的玫瑰不能碰，一碰就咬人。起先她不喜欢那个小东西，不过后来她慢慢学会笑了，跟着她围着房子转。大家都叫她露西。露西很听话，叫她干啥就干啥。于是大家就管她叫仆人，而伊莎贝尔是女王。伊莎贝尔对仆人说她的主人有魔力：她能跟楼下的花猫说话；那只猫不愿意跟露西说话，因为它不喜欢她；她也能够跟小鸟说话。听了这话，露西哭了起来，因为那么多小鸟，没有一只跟她说过话。

女王和她的仆人喜欢玩一种游戏：两个人都坐在厨房里的洗衣筐里。那两只筐子的形状很像是爷爷送给她们的那本书里的北欧海盗船。她们必须征服一块外国领土，也就是那张桌子，掠夺敌人的财宝，也就是食品柜里的东西。她们编造一种海盗黑话，结果惹恼了此地不是海盗的人们，因为他们想让她们干脆地回答出女王和她的仆人一顿饭要吃多少土豆。

食物也很有意思。伊莎贝尔一星期有十五便士零花钱用来买糖果。附近有两家杂货店，一家是赫德森太太开的，另一家是辛格先生开的。她轮换着到两家去买，因为她不想让任何一家歇业。她知道她的钱够买什么：一袋炸土豆片、五块可乐糖、一根甘草糖、两颗果冻夹心飞碟糖。要不就买一包薄荷糖、两根甘草糖、四颗飞碟糖。她还可以用所有钱买一根红色果冻棒棒糖。在学校里，朱利安对她说，假如她把一块走味的玛氏巧克力寄给公司，公司会随同回信附上两块新鲜的马耳斯巧克力来。她已经这样干过三次了，后来公司对她说别太贪婪。于是她又开始瞄准做果冻的人。等他们明白过来，她已经弄到五盒了。

"这就是我奇怪的童年，既顽皮，又羞怯，还有点危害性。"伊莎贝尔二十五岁时这样说。说到这里，她突然难为情地关闭了记忆之门，生怕有人对她说话只凭热情、不讲礼貌的表现感到震惊。

"对不起，我太啰嗦了。人们的童年有点像他们的梦，前一两分钟或前十来分钟有意思，接下来就模糊不清了。我猜想，童年对讲述者总要比对倾听者有趣得多。它们是那么杂乱，有些细节似乎很清楚，就像昨天才发生的，然后就是长长的过程，什么也记不住。有些事情我实在弄不清楚是两岁、五岁还是八岁时发生的。我不知道它究竟是我记起来的某张照片，还是别人给我讲过的故事，或者真是我的记忆。管它是什么呢。我的上帝啊，到时间了吧？我唠叨的时间太长了。你一直在努力克制自己，不让自己显出不耐烦的样子。"

"我都入迷了。"

"你是说你很有教养？"

"很少有人指责我没有教养，"我低头看看桌子和空玻璃杯，"要不咱们再喝点别的什么？"

"你想喝什么？"

"啤酒。给你要点什么？"

一 早年

"哦,来一杯牛奶吧。"

"牛奶?"

"这有什么可大惊小怪的?"

"晚上七点半钟你还喝牛奶?"

"这又不犯法。"

然而,当我向克拉彭酒吧的吧台走去时(二十年来,那里的顾客没有一个人喝完过一杯牛奶),心里充满了疑虑。这些疑虑在伊莎贝尔的故事因为几个问题和两杯饮料而暂时中止时逐渐达到了高潮。

"来一杯喜力啤酒和一杯牛奶好吗?"我问酒吧老板。他的表情好像是发现了比最重量级拳击手更能赚钱的行当。

"一杯什么?"他吼叫道,暗示他遇到的是一个概念问题,而不是听力问题。

"不是我要喝,"我辩解说,"是别人要喝,是她。啊,她要开车回家了。"

"当心,千万别跟她去,我的朋友。"酒吧间老板傲慢地眨巴一下眼睛告诫我说。

我一向认为,讲述童年应以线性结构开始。每一部传记都是从早年开始的,从主人公后来的诗歌和散文中提炼出趣闻轶事来,从亲爱的姑妈姨妈、态度暧昧的同胞兄弟姊妹或默默无闻的学友的回忆中摘录出一个个事件来对早年加以修饰。那些早年的同窗好友往往喜欢因偶尔同大航海家或政治家有过接触而捞取资本,或在上奥数课时碰巧和他们邻桌,或一起用射豆玩具枪射击过生物老师。

那么,在这部传记刚刚开始,甚至还没有来得及掩饰同邻居家的孩子一起玩听诊器时的性潜伏期的弱点时,我为什么会觉得这样开始必将意味着要漏掉一些东西呢?如果说用这种方法写佩鲁吉诺[1]和毕加索[2]都很合适,那么,用这种标准的方法写伊莎贝尔为什么突然就不合适了呢?

我曾希望我写的传记是详尽无余的,但我感到这很难办到,因为这不仅要求包括过去,而且还要求用一种特殊的写法,让过去与现在共存,并从现在中浮现出来。以线性结构安排的传记从最早的事件开始,到最晚的事件结束,这当然符合历史发展的客观规律。根据日历先写入幼儿园,再写打破伤风预防针,就像一串按年月排列的项链。人们似乎强烈主张将开头放在这串项链正确的位置上。然而,假如历史是一条轴线,而所有事件发生的顺序能在这条轴线上标示出来,主人公能够记得清的事件恐怕也就寥寥无几了,自然也就没什么东西可向克拉彭酒吧里的外人透露了。

想要回忆起威尔士的某个节日是在奶奶动手术前还是在动手术后是困难的;学做饼干当然是早在转学之前。那么,为什么前

---

[1] 佩鲁吉诺(1446—1523),意大利文艺复兴时期画家,著名画家拉斐尔的老师,代表作有《基督向圣徒德授钥匙》《圣母和圣徒》等。

[2] 毕加索(1881—1973),西班牙画家、雕刻家、立体主义画派的主要代表,代表作有油画《格尔尼卡》、宣传画《和平鸽》等。

一　早年

一件事能记得清清楚楚，就像是昨天发生的一样，而后一件事却像十二月的阳光一样朦胧呢？

尽管从某种意义上说可以把生命比作从 A 开始到 Z 结束的字母表，但生命的历程决不会受这种语法约束。它就像是一个糊涂的孩子弄不清字母顺序而又不断尝试着摆放一样。一个人会从 Q 开始讲述某个人的生平，然后回过头来到 D，接着他的兴趣又转向 S，在移动中的 R 上空盘旋，时不时地降落下来捡一些十五岁时发生的事——这是由自动唱机播放的一支歌或从一本被遗忘的关于巴厘岛雏鸟迁徙方式的书本里掉下来的一张照片引发的联想。

有人主张写传记要尽可能地避免混乱，尽可能地安排好事件。但也有人主张传记中应保留一点人生的复杂性。我和伊莎贝尔在克拉彭酒吧坐了两个小时。我才认识她几个星期，要写出一章她早年的生活，则必须靠我和她几个月里的十几次交谈，然后再仔细地回忆、综合。在这段时间里，"现在"本身也会前进，并用一种不断变化的视角观察"过去"。我们最初的交谈甚至根本没有停止过，就像成功的传记作家的交谈一样。一开始，我们谈的是她的童年。我在认识她两个月之后才得知，她的父亲曾经在一家大型食品集团工作过。至于仆人和女王的轶事，则是在半年之后获悉的。当时我们发生了争论。争论的原因是：究竟是谁忘记把租来的光盘还回女王大街那家商店了。和解之后的第二轮交谈中，她告诉了我那件事。

"谢谢。"我端着牛奶和啤酒回来时，伊莎贝尔说。

"你不担心胆固醇？"我问。

"事实上恰恰相反，我的医生说我应当尽可能地经常食用奶制品。太有意思了，因为我正好喜欢奶制品。你通常都喝什么？"

"那要看情况，不过我总是喝过量的咖啡。"

"再这样喝下去，等你老了会患毛手症的。"她警告说。

"你从哪儿听说的这种无稽之谈？"

"《嘉人》杂志上有一篇这样的文章。"

我现在又被紧随传记其后的另一个推断所困扰，那就是：假如传记必须很严肃，那就会抹杀作者的风格。那样的传记只能是一个被写得苍白的主人公生平；作者只会从没有视角的立场研究他的生平。那样的作者只能是徒有其名；他捉笔的动机就成了一个谜（要求我一有机会或付过饮料费后就退出舞台）。一个传记作家会像一个羞怯的主人一样引退一边，让客人们于适当的时候发言，自己很少作评判；即便是作评判，也一定是经过深思熟虑、权衡再三之后才开口，很少有感情用事，偏袒一方者。

令人失望的是，传记作家们独立生活的迹象少得可怜。"致谢"的结尾偶尔会加上一个羞羞答答的暗示。有幸的读者可能会发现一本书完成的地点或日期。乔治·佩因特在其著作《论普鲁斯特[1]》一书中巧妙地落上了"1959年5月于伦敦"；而理查

---

1 马塞尔·普鲁斯特（1871—1922），法国小说家，以七卷本长篇小说《追忆逝水年华》闻名于世。

一　早年

德·埃尔曼在介绍乔伊斯[1]的生平时加上了"1959年3月15日（我的生日）于伊利诺伊州埃文斯顿"。

慷慨尽管慷慨，读者渴望了解更多的东西也情有可原。然而在伦敦什么地方呢？1959年5月的天气如何？编辑有没有邀请佩因特共进午餐庆祝该书出版？意大利午餐还是法国午餐？伊利诺斯州的埃文斯顿究竟在什么地方？那里有能饮用的咖啡吗？

乔治·佩因特在再版前言里写道（这一次他是在霍夫，时间是1988年）：特将此书"再次献给和我结婚四十七年的妻子琼·佩因特"。

学者的配偶是一个有诱惑力的秘密。琼·佩因特是谁？她对丈夫把大量的情感与精力奉献给一个神经质的、具有本世纪特征的法国天才作何感想？她喜欢普鲁斯特？抑或是更喜欢托尔斯泰甚至阿诺德·贝内特[2]？她称呼乔治会用昵称吗？有没有笑话过乔治把假期都用在普鲁斯特身上？用这么大的好奇心不仅考证普鲁斯特的生平，而且考证佩因特如何发现了生活、哪些琐事令他厌烦、他去巴黎从事研究工作的时间、他在哪些旅馆下榻过、下午他是否在国家图书馆对面的咖啡馆里考虑放弃一切、是否在多尔

1　詹姆斯·乔伊斯（1882—1941），爱尔兰小说家，作品揭露西方现代社会腐朽的一面，多用意识流手法写作，代表作为《尤利西斯》。

2　阿诺德·贝内特（1867—1931），英国小说家、戏剧家、文艺批评家，代表作有小说《大巴比伦旅馆》《活埋》《老妇人们的故事》以及剧本《里程碑》等。

亲吻与诉说　　　　　　　　Kiss and Tell

多涅谋求一个教师职位。这样做可取吗？这些全都是异端的想法，尽管那些具有永不满足的好奇心的传记作家们应当原谅读者反过来用他们书中的一些材料攻击他们。读者一方面必须为传记的主人公所吸引，同时对作者又绝对不感兴趣，就像对电话号码查询台低声下气的回答声不感兴趣一样。这其中难道没有不平衡的地方吗？（把声音当作人看待可能会严重威胁一个人打电话的优先权。一想到话务员是一个人，有房子，可能还有孩子，但肯定有牙刷，火车站电话号码的优越性便会大打折扣。这种理解可能会引导你提出一连串的问题，比如：他的牙刷是什么颜色的？此人求爱时遭到过拒绝吗？他们游蛙泳吗？他们的羔羊肉需要在烤箱里烤多长时间？）

　　然而，传记里看不见作者的影子不应当简单地解释为作者谦虚。假如问理查德·埃尔曼，毫无疑问他会愉快地向你解释伊利诺斯州埃文斯顿哪家饭馆的饭最好，或他的妻子（"……玛丽·埃尔曼，埃尔曼的书到处都有她改动的痕迹，从概念到表达……"）对他的书有什么看法，或什么原因导致他喜欢乔伊斯，或他的孩子们对他们的父亲一天到晚泡在图书馆里有什么反应。硬要把他从这些枝节问题中拉出来是不礼貌的。这是传记写作内在的哲学前提的一部分。即：绝不能简单地把写出自己的观点当成目的（这是几年前同老婆孩子生活在一个遥远国度的爱尔兰人在埃文斯顿的观点），而是要努力写出生平本身，尽可能摆脱偏见与感情脆弱的学究气。从这一点上看，写得不好的传记恰恰是作者过多地将自己的观点强加于主人公。读者从中读到的更多的是作者的情结,而不是他们花钱买书所希望了解的伟大人物。

"我不介意喝橘子汁,"我对伊莎贝尔解释说,这是我对她的询问的进一步反应,"我只是更喜欢喝水,不喜欢喝人工饮料。多数时候人工饮料冒充果汁,但它其实不是。"

"水真的很讨厌,"她回答道,"水是那么乏味,有那么多——你知道——那么多水分,"她耸耸肩膀解释说。

"你觉得碳酸饮料怎么样?"

"我想要好一点。"

"事实上,我宁喝西柚汁也不愿喝橘子汁,"我想了想又说,"因为,不管怎么说,做假西柚汁更容易,而且味道不错。"

"你说得对。"

假如人仅仅有一次生命,那么,传记作家置身于传记画面之外就是至关重要的。那样他就可以不受竞争性的自我意识和自我兴趣的胡乱干扰,细心而公正地让生命再现。然而,我们的生命却像我们能与之交谈的人一样多。我们和母亲在一起的时候,有些事情可以谈,而有些事情就不可以谈;警察给我们的是一种感觉,而极端宗教组织的成员给我们的是另一种感觉。这种相对性促使海森伯[1]提出了测不准原理。它用以解释观察者既观察事物、

---

[1] 维尔纳·海森伯(1901—1976),德国物理学家,创立量子力学,提出了测不准原理及矩阵理论,获1932年诺贝尔物理学奖。

亲吻与诉说

Kiss and Tell

同时又影响被观察事物的所有情况。据说,海森伯曾经说过,假如你用显微镜长时间观察一些原子,那些原子就会显得极不自然;它们会开始做一些私下里没有做过的事。同样,用望远镜偷偷观察你的邻居,可能会中止他们在起居室地板上搂抱的计划。

我在吧台旁边站着的时候,曾回头瞟一眼桌子。我看见伊莎贝尔匆匆从面颊上拂去一根头发。那是一个微小的动作。我们俩谈话的时候她做过许多这样的动作都没有引起我的注意。但由于她当时并不知道有一双好奇的眼睛在观察她,这一动作就暗示出她似乎觉得自己是坐火车上下班的乘客或百货商店里自动扶梯上的游客。这一动作既告诉了这个不熟悉她的世界伊莎贝尔是谁,又表明了她自信是一个人的时候的真实情况。这种认识绝对不是"窥淫癖"一词所指的可怕的幽灵。伊莎贝尔不是在往下卷袜子;她只是在拂去一根头发。重要的不是她在做什么,而是她的信念所引起的几乎难以觉察的变化。那种信念就是:她相信她正在做的事没有人注意。假如我告诉她真相,可能会令她一时窘迫不安,就跟一个人正在大街上无拘无束地走着,悠闲自得地吹口哨或盘算着晚饭吃什么的时候突然被朋友认出来时差不多。不过,他毕竟是在断定没有人注意时才那样做的。

很显然,传记受到了海森伯理论的很大影响。传记的目的是再现"确定的"生命,是该生命最可靠的版本。这一点,《海森伯传》的操刀人布洛格斯未能抓住,因为他没有同海岬旅馆的服务员领班交谈过,从而忽略了主人公的手足病医生的回忆。这种偏见同我偶然遇到的精神分析界的偏见很相似。在精神分析界，治疗专家总是竭力避免抛头露面。你不能问他们是否喜欢最近上映的某部电影、更喜欢在哪里度假，更不能问他们对你所谈的令人惊讶的私人情况有何看法。每当只有一个人回答问题并向对方透露自己的私事，而对方只是滔滔不绝地提出一连串他不愿回答的问题时，对方以势压人的方式只会让他感到不舒服。

写得糟糕的传记就像是十九世纪一次悲惨的工业运动的继承人，它们制造了弗吉尼亚·伍尔夫[1]所描述的"一团乱麻，制造了一部《丁尼生[2]传》或《格莱斯顿[3]传》，让我们闷闷不乐地到里面去寻找嬉笑怒骂声，寻找能够证明这件化石原是一个活人的任何踪迹"。

然而，他们不应该掩盖最优秀的海森伯的传记以及鲍斯韦尔[4]对约翰生的描写中所包含的另一个传统。该传统认定：对一个人生平的忠实记述只能来源于作者与主人公的关系。这样的传记既充满了传记作家的风格，又充满了主人公约翰生博士的风格。

"我饿了，"伊莎贝尔突然站起来，从窗台上拿起手提包说，

---

1 弗吉尼亚·伍尔夫（1882—1941），英国女小说家、文学评论家，著有长篇小说《达洛维夫人》《海浪》《到灯塔去》《幕与幕之间》等。
2 艾尔弗雷德·丁尼生（1809—1892），英国桂冠诗人，代表诗作有《夏洛蒂小姐》《尤利西斯》《悼念》《国王叙事诗》等。
3 威廉·格莱斯顿（1809—1898），英国自由党领袖，曾四次任英国首相。
4 詹姆斯·鲍斯韦尔（1740—1795），苏格兰作家，著有《约翰生传》和《科西嘉岛纪实》。

"你想不想跟我回家吃晚饭？我可以弄些炸鱼条什么的。"

"啊，真是烹饪大师。听起来不错。"

"别讽刺我了。你应当想想你能受到邀请是多么幸运。"

"除了那些在社交中同某个人一起吃、喝、生活过的人之外，谁也写不出他的生平来。"约翰生曾经这样告诫过鲍斯韦尔，后者把他的话当即记录了下来。"我星期天一般要吃一个肉馅饼，"他这样写道，接着便开始说明对他在家里吃的那顿饭的描述是准确的，"在这里，一顿饭被认为是一种孤立的现象。由于经常有人询问我有关这方面的情况，我的读者也许很想了解我们的菜单。那我不妨告诉你：我们吃了一道很好的汤、一道羔羊腿炖菠菜、一个牛肉馅饼，还有一份大米布丁。"

"那我们用什么配炸鱼条呢？"我问。

"不知道，也许是嫩土豆或大米，也许就一个色拉。我那里还剩一些番茄，可以切一切拌上黄瓜，做一个希腊色拉。"

那么，我何不开始我的艰难的写作过程呢？与消失在伊莎贝尔枯燥无味的生平年表背后相比，简单介绍一下我是怎样认识她的、我对她有什么印象、这些印象是如何形成的、我抓住了什么、对她有什么误解、我的偏见是如何干扰我的以及我对她的深入了解是如何形成的，岂非更加真诚一些？根据海森伯的测不准原理，我需要——起码是暂时需要——先从早年的那些日子写起。

二　最初的约会

　　一场晚会，星期六晚七点三十分，伦敦。说话声，音乐声，跳舞。一对青年男女正在谈话。

　　女：你说得太对了。

　　男（长发，皮茄克）：很高兴你能同意。有时候，像亨德里克斯[1]那样在台上如醉如痴地演出对我来说就是上帝。你明白我的意思吗？天空的云散了，就像是，云开雾散了。你明白我的意思吗？

　　女（点头）：当然。

　　男：我登台之前总要向亨德里克斯祈祷。听起来很傻，对不对？你认为我很傻。

　　女：没有。我也该向亨德里克斯祈祷。你都是在哪儿演出？

　　男：去年我是在洛杉矶。

　　女：真的？

　　男：我还去过东京两次。

　　女：太棒了。

亲吻与诉说

Kiss and Tell

男：那可是天堂，伙计。

我在晚会上呆了个把小时才第一次注意到她。她站在贝尔赛兹帕克一所房子的起居室的角落里。起居室的墙上装饰着一套印度画的复制品，画上表现的是一对身强力壮的男女翻云覆雨的姿态。吉他手时不时地用手指指这些画，每一次都逗得同伴掩着嘴咯咯地笑。我搅了搅第二杯酒里的冰块。如果整个晚上都将以这种调笑加伏特加酒的方式进行，我当然是受不了的。于是我在一张紫褐色的沙发上坐了下来。

我已经看清楚了她：她这种女人骨子里对那些专门做下等工艺品生意的邪恶男人出奇地青睐。尽管她本人很传统，却想依恋于一个试图逃避她的诱惑的男人。她会把他的胡碴子错当成社会评论，陪同他在人生的道路上走几年，也许还会养成一种嗜好，要一个孩子，十年之后以被家人从活动住房区救出而告终。她的意见肯定将是一种后青春期中产阶级废话。她将会把某种不假思索的左翼主义同对家用设备的物质主义情感混合在一起；几年之后她将会浮现出素食主义的念头，但最后她会满足于温和的多情善感。这种多情善感在她参加旨在拯救大熊猫以及濒临灭绝的澳大利亚食蚁动物的组织的行为中表现了出来。

---

1 吉米·亨德里克斯（1942—1970），美国著名摇滚乐吉他手、歌手及流行歌曲作家。

我对这种心理描述非常满意,不想再对她琢磨什么了,便走进厨房里,希望能在那里遇到一个兴味更相投的人。遗憾的是里面没有人,只有一份前一天的报纸摊在桌子上,上面的一篇文章预言:地球将与一颗铁路终点站大小的流星相撞。

"哦,我的上帝,救救我吧!"我上面描述的那个女人说道。紧接着,她便匆匆来到厨房。

"怎么了?"我问。

"有人在追我。"她随手关上门说。

"谁?"

"我怎么老是遇到这种事?他是一位朋友的哥哥。他曾经提出要我搭他的车回家——当然,他打错了算盘。我觉得他这个人也很危险,但不是特危险,只是有点轻微的精神病。"

"只是轻微的吗?"

"如果他闯进来,咱们能不能装作在全神贯注地谈着什么?"

"要不咱们就哼圣诞歌?"

"对不起,我必须得装得很凶。"

"想不想喝点酒?"

"不想,但我想吃个胡萝卜。我就是掌握不了在适当的时候饥饿的窍门。"

"为什么?"

"啊,我总是刚感到有点饿,等该吃早餐时又不那么饿了,但到了中午又饿得不得了,不吃一块饼干简直要饿死了。"

我们在烤箱旁边的罐头盒里找到一块饼干，接着又是简单的介绍。

"这里的人你认识谁？"

"我是尼克的朋友。你认不认识尼克？"

"不认识。尼克是谁？"

"他是朱莉的朋友。你认识朱莉吗？"

"不认识。你认识克里斯吗？"

"不认识。"

"那你为什么要搭老亨德里克斯的便车呢？"

"啊，他也住在哈默史密斯，离我家很近。我不了解周围的情况。我对人一向都很友善。其实有时我不该这样。我就是学不会冷淡地把谁赶走。也许是因为我害怕得罪人，所以也只好对人友善了。"

"你想让人人都爱你？"

"难道你不是吗？"

"当然是。"

"可你想想亨德里克斯这家伙。我就讨厌那些千方百计赶时髦的人。谁时髦不时髦我不介意，可悲的是刻意追求时髦。这就像有些人竭力要给你留下'他们多聪明'的印象。假如有谁读过全本的亚里士多德著作，他就会学得很乖，决不会把他从书中得到的信息强往你喉咙眼里塞。"

"你心里已经想到了这样一个人？"

二　最初的约会

"啊，没错，有那么点儿。反正你别打听了。咱们才刚刚认识。"

"是吗？"

"我敢打赌，你早把我的名字忘记了。"

"我怎么会忘记像哈丽维特这样的名字呢？"

"很容易。更需要问的问题应该是：你怎么会记不住像伊莎贝尔这样的名字呢？"

"你怎么知道我把你的名字给忘了？"

"因为我长期以来也是这样爱忘记名字。后来我在报上看到一篇谈名字问题的文章。只操心张扬自己的人都会发生这种情况，他们的注意力难以集中在记别人的名字上。"

"承蒙指教，原来如此。"

"很抱歉。我这样说是不是太失礼了？我是一个很粗鲁的人。这一点你应该知道。"

她莞尔一笑，然后若有所思地向别处看去。她的头发是深褐色，中等长度，略微卷曲。在厨房里荧光灯的照耀下，她的皮肤显得十分白皙，下巴左侧有一颗不协调的黑痣。她的眼睛（当时她的目光正集中在电冰箱门上）是不引人注意的淡褐色。

"你靠做什么生活？"我的问题掩盖了水龙头滴滴答答的滴水声。

"我讨厌这样的问题。"

"为什么？"

"因为人们喜欢以职业取人。"

"我不是。"

"看看冰箱上粘的磁力人儿。他们可都是名人,有卡特、戈尔巴乔夫、萨达特,那一个看起来像是莎士比亚。难道他不可爱吗?"说着,她一把撕下那个小磁人,用手抚摩它光秃秃的塑料脑袋。

"我在一家叫做帕佩尔韦特的文具公司工作,"她接着说,"他们生产练习本、拍纸簿和日记本,现在又扩大了范围,生产橡皮、铅笔和文件夹。我的职务是生产助理。我不想一直干这个,以后也许会干别的什么事。可老生常谈的问题出来了。你知道,我得挣钱吃饭。"

她停了停。这时,有两个客人走进来,拿起一瓶酒,又走了出去。仅仅几分钟之前我刚刚形成了对伊莎贝尔的决定性看法,然而在这一阶段,我对她的印象发生了变化。她已不再是一个流行歌星的狂热追随者或澳大利亚食蚁动物的保护者,尽管我说不清她现在应该是什么。这种印象的转变表明了先入之见(无论是好的还是不好的)在多大程度上影响了我的判断。先入之见导致了人们看问题的自我主义方式。根据这种方式,我们对别人的看法完全取决于他们对我们的态度。斯大林把古拉格群岛让给了我们,我们就心安理得地断定斯大林这人还不算太坏;晚会上的一位客人询问我们的邮政编码,我们就心安理得地断定这人蛮有意思。然而,这种心安理得是很可怕的。

"你有没有定期刷干净你的牙龈?"伊莎贝尔问。

二 最初的约会

"不知道。"

"我也不知道,"她说。"可我今天去看牙医才发现我没有刷干净。这显然是个很大的问题。几乎百分之四十的人牙龈都不好,到老时会引起可怕的并发症。人们所犯的真正错误是,他们认为他们刷牙很起劲,这对牙龈有一定好处。其实很简单,最好的办法是用牙刷之类的东西像这样轻轻地转动……"

我想:愚蠢的姑娘,笑得很甜蜜,扭扭捏捏。不知道她是否喜欢园艺,尽管我们谈到过园艺。我问她"你用过电动牙刷吗?"她回答说用过,但不常用。那是她母亲的,有一年没用过了。

对别人还不甚了解,我们就不知羞耻地认为他们如何如何。有人会宣称不可能在遇见一个人时,因认识到自己的无知而暂缓对他作出判断。某种说话的习惯、一份报纸的读者群、一张嘴巴或一个脑袋的形状,这一切造就了全人类。我们可以断言,有的人仅仅跟别人聊了几句有关牙医职业或公共汽车站的位置,就会投人家的票或想让人家亲吻他。

这种鲁莽的认识人的过程跟刚刚啪的一声打开一本小说就形成了对书中人物的看法很相似。要做一个合格的好读者,当然就应该耐心地等待作者把话说完,不要轻率地下结论,加以讽刺。然而,这一点我做不到,我没有这样的耐心,因为我看小说很少看完过。我总是拿起来看几页,然后找出一些比较适合拍成电视剧的情节。这种灾难曾经困扰过我和简·奥斯丁的小说《爱玛》之间的关系。我带着那本书穿越过大西洋,到过格拉斯哥和西班牙，但二十出头那几年过完了我也没有读它。

虽说我是一个不合格的读者，但我仍自信了解爱玛的性格和前途；我自信我能在晚会上认出她来。事实上，从小说的第一句话，我已经形成了清晰的先入之见：

爱玛·伍德豪斯既漂亮，又聪明，又富有。她有一个舒适的家，而且性格开朗，似乎同时集人生的最大福分于一身。她在这个世界上生活了将近二十一年，还没有遇到过什么令她忧愁或烦恼的事。

假设我的思路被新闻简报打断了，使我无法进一步了解爱玛，那也绝不会成为我克制自己不去想象她的形象的理由。我会把我所认识的她的一位同名者的相貌转嫁给爱玛，并试图在大学里引诱她。她一头褐色披肩长发，举止高雅，面色红润，人们可能会据此认为她是英国人。她总是那样高高兴兴地在一帮女朋友中间走动。人们在走廊里从她们身边经过时，常能听到她们对某个人刚刚开过的玩笑哈哈大笑。她的姓氏[1]的第一个音节使我联想起乡村生活，森林与绿地，我会用那种绿色描绘她的眼睛；她的姓氏的第二个音节能使我联想起一所红砖农舍，我的一本历史书

---

1 爱玛的姓氏英语是 Woodhouse，第一个音节 wood 意即"树林"，第二个音节 house 意即"房子"。

的封面上就有那样的农舍，如今可能是她的家了。"漂亮，聪明，富有"会使我认为她信心十足，聪慧机敏，说话辛辣尖刻，心理上也许很像我的表妹汉娜。爱玛似乎还有点娇惯成性，荒唐可笑。说她有一个舒适的家和性格开朗那是嘲弄，因为每一个家庭都有机能障碍；而在文学作品中，性格开朗的人往往是滑稽可笑的，大多数是患忧郁症的人写给患忧郁症的人读的。那姑娘活到二十一岁没有遇到过使她忧愁与烦恼的事，我认为这种写法会使那些在青春期留下过伤痕的人出于报复心理希望她活到二十二岁时必有万劫不复的大灾大难发生。

这种对爱玛先入为主的看法归根到底跟我对伊莎贝尔的粗略看法相去不远，尽管我会更乐于开车送后者回家，而不是送前者。

"你真好，"伊莎贝尔说，"你知道，如果有什么不方便的话，我可以打的回去，或者跟亨德里克斯一起走。"

"没什么不方便，我也是去那个方向。"我撒谎说，因为不愿意在交换电话号码前和她分手。

我和她约好下个周末一起去游泳，然后就在哈默史密斯跟她告别。这时候，我觉得我重新认识了她。使我们对某些人的清晰印象受到破坏的往往不是无知，而是越来越多的了解。我们和别人接触的时间越长，对他们的印象就越是模糊。这使我们不得不承认，我们无法对一个认识了二十一年的男人或女人归纳出一个清晰的整体看法；我们不得不默认，其实别人也和我们一样复杂，一样不可理解。在简短的认识过程之后，我们很少能有耐心，（或说得好听一点）有精力认真思考别人身上的那些不可理解的东西。

我抛开这个"知道的越多就越不了解"的悖论，转而求助于心理分析工具。心理分析根据特殊经验提供了一套回答一般性问题的答案，诸如"白肤金发碧眼的女人心地好不好？""相信抽烟的人是不是明智？"或"应不应该相信那些自称不会生气的人？"我把我不了解的人纳入一下子就能想起来的熟人的行列之中，并保留与之前不一致的新信息出现时改变印象的权利。

我的朋友纳塔丽就是我理解的起点。伊莎贝尔或许是独特的，然而单凭想象力却看不出她这一点，因为想象力更容易将不同的人浓缩成一个人。梦能够揭示出人们在无意识状态下有很多相同之处。于是，迷迷糊糊的做梦者报告说他或她同恺撒过了一夜，尽管此恺撒并非历史上的恺撒，"其实是"或"同时又是"当地的一位烤面包师或他的表弟安格斯。大脑是识别人类一致性的大师，在清醒的时候主要是识别肉体层面上的一致性，而睡眠的时候主要是识别心理层面上的一致性，并能使我们不舒服地、无意识地看到一对非常相像的形象：我们的女朋友同时又是我们的伯祖母；我们的高尔夫球伙伴则无意识地扮演了电影《现代启示录》中奥森·威尔斯的角色。这种一致性在我们下一次接吻或建议玩九孔戏[1]的时候立即就会想起来。

所以，伊莎贝尔就是纳塔丽。纳塔丽曾经对我说过，她小的

---

[1] 一种将球或弹子击入九个孔里的游戏。

时候很腼腆，而现在很大胆。因而我想象，有一个相似的过程一直在发挥作用。她肯定已经决定将自我意识戴在袖筒上，决不为在历史上一直被认为是羞愧根源的事感到窘迫。也许正是这一点给了她侵略性的性格。当她突然问我是否记得她的名字时，这种性格表露得十分明显。在她谈及她的牙科医生和她的饮食习惯时，言谈话语中流露出对不重要的社会习俗的不屑一顾。我根据这一点想象，要想使她对什么事感到震惊很难。她会认为这一想法简直是狂妄。她的社会标记模糊不清。她住在各个阶层的人杂居的哈默史密斯，在一家企业工作。远远望去，那家企业装饰精美。她不像是在做行政工作。看来她挣的钱足够她出国旅游，也许是去远东或者非洲。

旅游者到了异国他乡总是傻乎乎的。他们把旅行的表面现象看得比什么都重要，比如机场有没有手推车、出租车司机用不用除臭剂、博物馆大门口参观者的队伍排多长。他们就靠这些细节得出荒唐可笑的结论，比如"西班牙极富有进取性""印第安人很讲礼貌"，或者"她很讨人喜欢"。我在提前形成对别人的看法时也是这样傻。

第二个周末我去接伊莎贝尔一起去游泳，又了解到她的一些情况：她住在一幢爱德华时代式样的楼房顶层的一套公寓里。那幢楼房坐落在离哈默史密斯路不远的一条街上。

"当心，别把车停在楼前的树下，伦敦的每一只小鸟似乎都把那地方当成厕所了。"我打电话再次确认这一安排时,她告诫我说。

我按响了门铃。她通过内部电话对我说:"我马上就好。我本来应该邀请你上来的,可我家里乱得像猪圈似的。"我还没来得及说没关系,她已经下楼了。

"我刚给我妈打了个电话,"她向我道了声歉,便关上车门,摸索起安全带来,"那女人无疑是疯了。没把她关起来真是奇迹。"

"她怎么疯了?"

"她在电话里唠叨了半个钟头,说我吃得太少,还说怪不得一直没有个像样的男人约我出去。她对我吃什么一直放心不下。这是一种心理障碍。每一次打电话她都要问问我冰箱里放的是什么。一位母亲对成年女儿竟然这样做,你能想象得到吗?哦,往左拐。"

我把车拐上了大路。

"他妈的。"

"什么?"

"我是说拐对了。我一直弄不清这个词的用法。"

在游泳池里,伊莎贝尔解释说,她之所以不会潜水,是因为她还没有掌握让鼻子不呛水的方法。她仍然得捏住鼻子。不过,她哈哈一笑说,她可不准备在人满为患的市游泳池里当众表演这种不雅观的动作。我们沿着浮漂游了一会。她告诉我说她最近才刚刚开始重新练习体操,打从十几岁起她就没再练习过。她做体育运动时总觉得很枯燥。她并没有真正认识到体育运动的好处。她做事总希望有个目标,这也是她不喜欢到乡下远足而宁可呆在

二 最初的约会

城里的原因。比方说，打网球有什么意思呢？不就是把球打来打去吗？那么滑雪呢？两年前她曾经滑过，其中有十次是在法国，住在山上的小屋里。虽说夜里很有意思，但白天索然无趣。她还在缆车里经历过一次生存危机。

"我往山上望去。我想，'哦，我的上帝呀，我得滑上去再滑下来，然后再滑上去再滑下来'，就好像那个希腊人……"

"坦塔罗斯[1]？"

"不，另一个。"

"西西弗斯[2]。"

"就像他推石头一样。"

我们游到游泳池一头，然后改用仰泳返回。这时来了一群孩子，他们互相比赛，在哈默史密斯的这个高档游泳池的一端溅起了更大的水花。

"有一件稀罕事你知不知道？"她问，"加缪[3]和贝克特[4]都很喜

---

1 希腊神话中的主神宙斯之子，因泄露天机，被罚立于齐下巴深的水中，头上有果树；口渴欲饮水时，水即流失；腹饥欲食果时，果即被风吹去。
2 希腊神话中古希腊暴君，死后入地狱，被罚推石头上山，但快到山顶时石头落下，于是重新再推，如此循环不止。
3 阿尔贝·加缪（1913—1960），法国小说家、戏剧家、评论家，代表作有小说《局外人》和《鼠疫》、剧本《卡拉古拉》等，1957年获诺贝尔文学奖。
4 塞缪尔·贝克特（1906—1989），爱尔兰戏剧家和小说家，荒诞剧代表人物之一，代表作有剧本《等待戈多》、三部曲小说《马洛伊》《马洛伊之死》和《无名的人》。

欢体育运动。卡米曾当过阿尔及利亚足球队的守门员，贝克特因为板球打得好曾上过《智慧》杂志。"

"是吗？"

"有趣的是，起初他们天天净干一些没有意思的事，可后来倒认真搞起体育来了。我觉得体育也没什么意思。也许你只有先发现生活没有意思，然后才会发现体育有点意思。"

通过闲聊我了解到，伊莎贝尔是在金斯顿上的学，她的家人至今还住在那里。当地的那所学校教学质量很差，但她坚持要去那里上学，而不愿像母亲希望的那样到私立寄宿学校读书。她上学不怎么用功。她比班里其他姑娘年龄都小，但她学得很圆滑。后来她进了玛丽女王学院——那是伦敦大学的一部分——学习欧洲文学，"疯疯癫癫的，有点像个男孩子"。她已经工作了四年，对于她的差使，她有时讨厌，有时也挺喜欢，尽管她有时也曾想放弃原来的工作，改行做园丁。她有一个妹妹叫露西。她们俩的关系是又爱又恨。她还有个正在上学的弟弟，小性子，整天"神气活现"的。她很少回家，她的母亲对此很恼火。她的母亲在当地政务委员会的教育处工作，曾一度拥护女权主义。现在她告诫伊莎贝尔说，假如她不赶快结婚，将会沦为老处女；男人们不喜欢她穿的衣裳（她为什么就不能选择更女性化一点的服装呢？）；她应当接受更多男人的宴请。关于她的父亲，她谈得不多，只说他很善良，但无一技之长，特别没本事。

我们从游泳池里出来,分头去换衣服。出了游泳馆,我提议到路边几码远处的一家三明治店用午餐。当时正值午餐时间,又是星期六,店里顾客很多,我们等了很久,后来终于被安排在靠门角落里的一张桌子上。

"你认为我应该吃什么?"她看着菜单问道。

"不知道。"

"我想要鳄梨和熏咸肉,也许再要点火鸡肉。"

我选择了奶酪和土豆,我们便开始漫无边际地交谈起来。游泳之后,我们已饿得饥肠辘辘。受饭店里乱哄哄的气氛影响,我问伊莎贝尔是否喜欢住在伦敦。

"哦,不知道。我认识的许多大学的朋友都已经离开了伦敦,有的去了外地城市,有的去了欧洲或美洲。我有一个好朋友搬到了纽约。我并不特别喜欢伦敦,但同时我也认为,当你真要搬到另一个地方去的时候,你就会越发感到原驻地在你心里的分量。说到底,所有城市都一样,所以你在哪住,就不妨还呆在那里,你熟悉那里的电话,那里的交通,办什么事都方便。"

在传记里写上这样的细节无疑会有夸张不实之嫌。两个人在吃快餐的时候真会有空描述三明治、开轻松的玩笑吗?

鲍斯韦尔在追述约翰生博士的生平时似乎也曾受到过类似的指责,但他立即辩解说:"我十分清楚,我对约翰生的谈话的几处详细记述立即就遭到了一些人的反对。他们认为,将传记加以修改,以适应理解力低下的人,满足他们滑稽的好奇心,博得他们会心的一笑该有多好啊！然而我坚定地相信我自己的意见：那些鸡毛蒜皮的琐事一旦与有名的男人相关，常常能反映出他们的性格，而且总是那样引人入胜。"

然而，正是这种对细枝末节的关注，使得约翰生的后代无须回答"伦敦是不是一个适于生活的好地方"这一问题。伦敦即便不像是伊莎贝尔刚刚说过的那么壮丽，距壮丽也并非千里之遥。

与鲍斯韦尔关于约翰生的辩解的真正区别在于，伊莎贝尔既不可能被称为男人，也不能被专横地认为有名。我以前的女朋友可能会指责我没有同情心，我也会出乎意料地因此而变得对写传记的可能性越来越感兴趣。但这种兴趣为何会集中在一个和我一起游泳几乎没有游够二十圈的人身上呢？

伊莎贝尔用手拢拢头发，试试干不干。"关于游泳，"她说，"最烦人的事其实并不是游泳本身，而是得换衣服、冲洗，等等。我说，我要是发了财，我要做的第一件事就是买一个私人游泳池。你会不会想到？每天早上上班之前游二十分钟，然后精神饱满地面对新的一天。"

"但也许你厌倦之后就不用它了。"

"有可能。要不然就是对富得居然家里有游泳池感到沮丧。我认为，没有钱的最大好处就在于你可以想象一旦有了钱一切将会多么舒服。等你真的发了财，你也就只有抱怨自己的份了。"

"或者抱怨你的父母。"

"啊，我们都允许发点牢骚。"她说完，挑逗似的嫣然一笑。就在这时，一盘三明治摆在了我俩中间。

我对别人的关心通常是淡漠的，但此刻我意识到，我们的谈话尽管乏味，却渐渐充满了强烈的吸引力和魔力。

"哎，真是糟透了，到处都在塌陷。"伊莎贝尔这样说她的三明治。这话未免有点夸张，因为那三层的"糟透"的东西只是边缘有些塌陷。

"简直无法相信。衣服全让土豆给弄脏了，刚刚洗过的。对不起，我能不能借用一下你的餐巾？"

就在伊莎贝尔用力擦拭的时候，我注意到，游泳之后，伊莎贝尔的米黄色套衫没有穿好，洗衣标签从衣领处伸出舌头来。我们两人谈话中表现出的差异、她的擦拭动作以及这个洗衣标签十分明显地暴露出了一个更为隐蔽的伊莎贝尔。我突然有一种独特而又明显的病态感。那就是：我对她的兴趣没有理由不延伸到她对一周一次去洗衣店的态度。

有些人认为，传记的高尚与人类情感的卑贱绝不应混为一谈。要回答这些人的观点，我们不妨建议他们注意一下情感与传记冲动（即充分了解另一个人的冲动）之间的关系。每一种情感都或多或少地包括一个有意识的传记过程（一个人确定日期、特点、最喜欢的洗衣店和快餐店等等的过程），这很像是一部真正的传记要求作者与主人公之间或多或少地具有有意识的感情联系。要完成这样一本书难道还需要别的什么巨大动力吗？

雪莱[1]和柯尔律治[2]的传记作者理查德·霍姆斯曾经生动地将传记作者的任务比作从头至尾追随主人公的脚步。为理解这一点，他还提出了一个至关重要的要求："假如你不爱他们，你就不会追随他们——至少不会追随很远。"

鲍斯韦尔也有同样的感触。他写道，他"意识到自己对约翰生怀有一种深厚的感情，我把他看作我的良师益友……我认为我可以用我的剑捍卫他"。

就连不谙剑术的弗洛伊德[3]也同意这种观点。他说："传记作者以一种相当独特的方式将注意力集中在他们的主人公身上。在许多情况下，他们选择他们的主人公作为他们的研究对象，因为——出于他们的个人情感生活的原因——他们从一开始就感受到了对主人公的某种特殊感情。"（尽管这段话的其余部分略显刻薄，但不引用会显得不够真诚："此后他们便将精力奉献给一项理想化任务。他们抹掉主人公的个人相貌特征；他们填平主人公一生中与内外阻力抗争的痕迹；他们不容忍主人公身上残存任何人性弱点或瑕疵。"）

---

1 珀西·比希·雪莱（1792—1822），英国浪漫主义诗人，代表作有长诗《伊斯兰的反叛》、诗剧《解放了的普罗米修斯》、抒情诗《西风颂》《致云雀》等。

2 塞缪尔·泰勒·柯尔律治（1772—1834），英国诗人、评论家，代表作有诗作《忽必烈汗》等。

3 西格蒙德·弗洛伊德（1856—1936），奥地利精神病学家，精神分析学派心理学创始人，提出潜意识理论，主要著作有《梦的解析》等。

二　最初的约会

我开始比较有规律地去看望伊莎贝尔。一天晚上，我们沿着沙夫茨伯里大街散步，停下来看一个报刊经售人的橱窗时，我突然产生了一种想亲吻她的无法抑制的冲动。

"你要干什么？"她从我迷迷糊糊的拥抱中挣脱出来，问道。

（"我开始怀疑，传记作者的追踪特点常常会弄出一些具有喜剧色彩的事情来：总有一种流浪汉来敲厨房的窗户，暗暗希望能被请进来吃一顿晚饭。"——理查德·霍姆斯，《脚步》）

"我要干什么？"

我自己也不知道了。我撞在一个绿色的废物箱上，三个被压扁的空易拉罐叮叮当当地滚落到人行道上。但她有自己的想法。我不能忽视她所提出的异议。

"不是我不愿意，只是因为我们俩认识的时间太短，我觉得那样做现在还不合适。我们俩只属于互相认识，我知道，对大多数人来说，这已经够了。我不想匆忙去做任何事。我不是反对那样做，只是，啊，只是听起来有点荒唐。我想我们先得进一步互相了解了解。"

"你的意思是——"我问了一句，弯腰去捡被我碰出来的杂物。

"我不知道。还有其他关系、朋友、工作、无法摆脱的烦恼、一切的一切。人们总想不失时机地做那种事。这是不是有点可笑？我这样说你介意吗？"

我介意了吗？

没有时间介意，需要了解的东西太多了。

三　家谱

　　大凡传记，第一页总要从研究高贵的主人公有幸出生的那个家庭开始。尽管伊莎贝尔说她一直在奋力"用锯子"锯断她的那根"脐带"，但在这里表示一下对她的家谱的兴趣也是自然的。

　　这些家谱里有一种迷人的逻辑关系，它促使你去追索导致某个预选人物出世的一系列亲缘关系。其中有些分支至关重要，被培育成了相互勾连的枝杈，而另一些分支则被武断地与村民游乐会上未婚姑娘们的行为或与在女人堆里闻来闻去、对女伴图谋不轨的一辈子打光棍的男人们联系在了一起。这些家谱也有封建的一面。家谱上所展示的婚姻将直系与旁系分列；血管里流淌的纯净血统滋润着一组组越来越模糊的人群。

　　最近我在查令十字街一家旧书店的书架上发现了一本莱蒂斯夫人传记，传记后面有一幅格罗夫纳[1]家族的家谱。我受到了鼓舞，决定模仿该家谱优美的对称形式。

　　"你知道，说起来很可笑，我不知道我父亲的确切年龄。比他老一点。"我们开车去剧院的路上在海德公园拐角处等交通信号

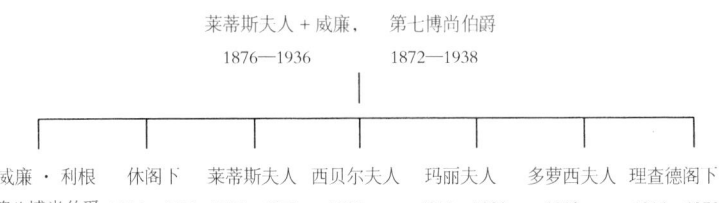

三　家谱

```
                    莱蒂斯夫人 + 威廉，第七博尚伯爵
                      1876—1936      1872—1938
   ┌──────────┬──────────┬──────────┼──────────┬──────────┬──────────┐
威廉·利根    休阁下    莱蒂斯夫人   西贝尔夫人   玛丽夫人    多萝西夫人   理查德阁下
第八博尚伯爵  1906—1936  1906—1973   1907—      1910—1982   1912—      1916—1970
1903—1979
```

灯的时候，伊莎贝尔指着旁边一辆由专职司机驾驶的捷豹汽车上打车载电话的男人说。

"只是我父亲要比他穷得多，很可能头发也比他少。他的头发压根就不多，年轻的时候也不多。不久前我们说要为他举办六十岁生日宴会，可他说没什么可庆祝的，这件事最后也就搁下了。我记得很清楚，可我记不得是什么时候了。他一向显老，一副穿开襟羊毛衫的老年人的样子。走呀，格兰，往前开。"伊莎贝尔说。她是在催促我们旁边的一辆车。那辆车似乎想停在那里不动，要等到信号灯再变成红灯才肯走。

"你家里其他人的情况呢？"

"他们的情况？有时候我想，我是被一只过路的鹳生在这里的。对我来说，家庭是一个奇怪的概念。我不知道我的堂兄弟、表兄弟都是做什么的。因为我的父母是出了问题后匆匆结婚的，这个家族的一些人便不再搭理我们。我那要面子的外公外婆——

1　吉尔伯特·霍维·格罗夫纳（1875—1966），美国地理学家，著有《年轻的俄罗斯》《发现与探险》等。

我妈妈的父母——就不理我们。他们认为我父亲的家庭不够体面。他们也是反犹的,而我的曾祖父——天哪!这要回溯好多年——却是犹太人,从波兰移民过来的。他先是住在利兹,给一位律师当学徒,后来就有传言说他娶了老板的仆人。那是一个单纯的约克郡姑娘,一个虔诚的新教徒。最后她的名字变成了赖茨曼,因为那是我曾祖父的名字。我该走哪条车道?"

"这一条。"

"谢谢。后来他们就生了我的祖父。祖父改名为罗杰斯。从小时候起,我对祖父的记忆就很模糊。他跟我奶奶住在芬奇利。他们家的气味闻起来像是医院,因为我祖父有皮肤病,得浑身抹药膏。我七八岁的时候,他们俩在大约半年之内双双去世。我母亲的祖父母很富有。我的外曾祖父曾在军队里服过役,在印度当过将军,所以他们家有很多印度纪念品。他们家也有一种悲观的气氛,因为我外曾祖父认为,哪里都不会有旁遮普省那阴凉的阳台上舒服。后来有了我的姨妈——我母亲的姐姐。她到美国去了,很可能是为了逃避家庭。现在她和丈夫住在图森。她的丈夫杰西是一位生物学家。她已经完全美国化了。她的孩子们我既不太了解,也不怎么喜欢。他们打棒球、做拉拉队长什么的。我姨妈嫁的那个男人跟发明小订书机的那个人是亲戚。"

"啊?"

"哦,总得有人跟他是亲戚吧。这是我的一支表亲。父亲这边有一个堂哥和一个堂姐。确切地说,父亲的哥哥托米只能算是

三　家谱

半个,因为六十年代他离家出走了,现在住在威尔士的一个活动房里。他写'垮掉的一代'派诗歌,而且曾经是金斯堡[1]的朋友,起码我爸是这样对我说的。但是,我读过一本关于'垮掉的一代'的书,却没有发现他的踪迹。这大概是我爸想让他的哥哥听起来更值得尊敬吧。再说说我的姑妈贾尼丝。她的守旧与怯生到了病态的地步,一辈子没离开过英国,连度假也没出去过,一天打扫十遍屋子,看见饭里有根头发就会恐慌不安。有一回她在我妈做的意大利烩饭里发现一根头发,吓得差点被送进医院。

"这就是我家的简单情况。我希望你千万别倒霉认识我的家人。不过起码他们帮了你的忙,省得你为我收集汽车音乐了,甚至使得我们去巴比肯这一路跑得飞快。那儿有一个停车位,咱们真走运!"伊莎贝尔喊叫一声,在一台水泥搅拌机和一辆运货车之间倒起车来。

无论伊莎贝尔如何声称她讲得多么完整,鉴于有些分支已被她忽略,而有些分支她又声称永远也不可能知道,因而她家的家谱在现阶段只能被认为是不完整的。怪不得传记作家只有在与几代家庭成员的接触、用官方档案和出生证明书证实了他们所讲的故事之后,才能绘制出一份家谱来。家庭结构之复杂是对传记作家的严峻挑战,需要他们花费大量精力进行研究。他们需要提出

---

[1] 艾伦·金斯堡(1926—1997),美国诗人,其诗集《嚎叫及其他》是美国"垮掉的一代"的代表作之一。

亲吻与诉说　　Kiss and Tell

一个合乎逻辑的、完整的看法；家庭成员与前夫或前妻所生的每一个孩子、每一封信件都需要考查；不朽的战争中所赢得的每一次胜利都需要核对，以免忘记。

理查德·埃尔曼曾经对乔伊斯的家史进行过彻底的研究。我们之所以欣赏这样的传记作家，原因就在于此。埃尔曼居然会发掘出乔伊斯的父亲学龄时期的准确年表，发现这孩子于1859年3月17日进入圣科尔曼学院，因为不怎么喜欢它，遂于1860年2月19日离开；他还没有忘记告诉读者乔伊斯的父亲欠七镑学费没有交。像埃尔曼这样的人是非同寻常的。

然而，由于热衷于档案资料，传记作家很容易忽略我们认识家谱的方式中一个细小而又重要的特点。尽管我们能努力回忆起父亲出生的年代及其住在新斯克舍的二堂弟的名字，回忆起他的二堂弟娶了一位珀思姑娘（是姓布朗温还是姓贝塔尼？），但我们的故事却常常连一半也回忆不起来。我们的家谱如一团迷雾，日期与名字就像上学时死记硬背的国王和王后的日期与名字一样不可靠。我们既说不清从哪里来，又拿不准到哪里去。

就在我们欣赏埃尔曼教授的严谨作风的时候，一个令人烦恼的疑问大胆地钻了进来。埃尔曼教授花费如此大工夫进行研究，主人公詹姆斯·乔伊斯真的了解他父亲的这些情况吗？也许他只是大概知道他的父亲不太喜欢圣科尔曼学院、家庭经济条件比较差，可他真知道父亲离开学院的日子是2月19日，而不是18日或20日吗？他知道父亲拖欠的学费是七镑而不是六镑吗？

三　家谱　　　　　　　　　　　　　Alain de Botton

042.

有人怀疑他不知道，而怀疑论者则会礼貌地干咳一声。在翻开档案之前，需要首先分清楚两类不同的传记资料。一类是一个人能够记得的关于他或她家庭的情况，另一类是主人公尚不了解的有关这个家庭的情况。

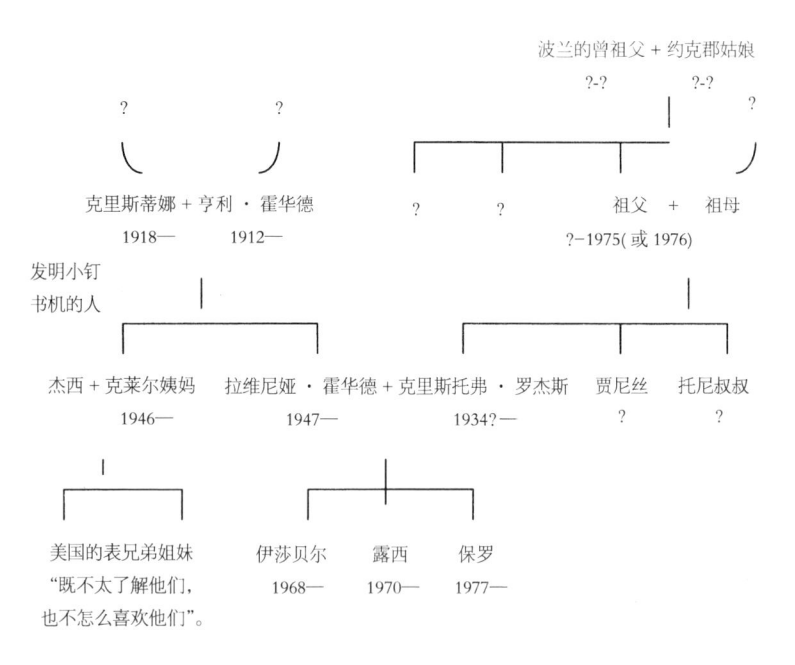

```
                                          波兰的曾祖父 + 约克郡姑娘
                                              ?-?        ?-?
       ?              ?                ┌──┬──┬────┐         ?
     ┌─┴─┐          ┌─┴─┐              │  │  │    │       ┌─┴─┐
                                       
 克里斯蒂娜 + 亨利·霍华德           ?    ?    祖父  +  祖母
    1918—       1912—                         ?-1975(或 1976)

发明小钉
书机的人       │                              │
         ┌─────┴─────┐              ┌─────────┼─────────┐
 杰西+克莱尔姨妈  拉维尼娅·霍华德+克里斯托弗·罗杰斯  贾尼丝   托尼叔叔
    1946—           1947—              1934?—     ?        ?

       │                    │
    ┌──┴──┐          ┌──────┼──────┐
美国的表兄弟姐妹     伊莎贝尔  露西   保罗
"既不太了解他们，    1968—   1970—  1977—
也不怎么喜欢他们"。
```

这种区别似乎为一种新型传记的产生提供了机会。这种传记远不如传统的传记准确，但却比传统的传记可信得多。这种传记会舍弃他们的主人公自己不记得的所有生平轶事，着力反映他们本人如何理解自己的家谱，而不是一味堆砌客观上可能与家谱有关的日期和事件。

我和伊莎贝尔开车去巴比肯剧院观看洛尔卡[1]的戏剧《贝纳达·阿尔瓦的家》。撇开我们俩的谈话不说,我们刚坐下来时所发生的事就是一种值得注意的(对伊莎贝尔来说,简直是可怕的)巧合。

"哦,天哪!我妈在那儿呢。"她倒吸了一口凉气说。

"在哪儿?"

"柱子旁边,小心,别看。她来这儿干什么?她穿的那是什么呀?看起来像一棵柳树似的。我爸呢?但愿我妈不是同她的男朋友一起来的。干那种事她实在太老了。"

"你跟她说过你要来吗?"

"没有。我是说,我只对她说我想看这出戏,可我并没有告诉她有今晚的票。"

"她在和一个人谈话,瞧见没有?"

"咳,那是我爸。他刚才肯定是出去买节目单了。他要打喷嚏了。瞧,咱们去那儿,哟——咳。他拿出红手帕来了。但愿他们别看见咱们,散场时咱们赶快跑。要是走运的话,他们会忙于争吵而顾不得往这儿看。这里可是他们吵架的主要场所。妈会问爸把停车票放在哪了,爸会紧张起来,因为说不定他刚才一时大意,把票扔到废物箱里了呢。"

---

[1] 加西亚·洛尔卡(1898—1936),西班牙诗人、剧作家,作品题材广泛,富有地方色彩和民间色彩。

044.

然而伊莎贝尔并不走运,没过多久,她的父亲克里斯托弗·罗杰斯抬头向楼座上扫了一眼,认出了他的大女儿。而她却还在竭力装出不认识他的样子。为了不让她再装模作样,罗杰斯从衣着讲究、香水味扑鼻的观众群中站起来,并开始使劲地做手势,就像一个人在向一艘起航的游船挥手告别一样。罗杰斯仍担心伊莎贝尔看不见他这个疯子,就一遍又一遍地告诉妻子她的大女儿所在的位置。他还断定,如果妻子想扯着嗓子大喊"伊莎贝尔",就像一个女人在一艘进港游船的甲板上认出一位失散多年的朋友时那样激动,剧院里的四百名观众绝不会阻挠她。

伊莎贝尔微微一笑,面色阴沉下来,惊恐不安地一遍又一遍地说:"我简直无法相信。快叫他们别喊。"

关键时刻还是洛尔卡救了她的驾。灯光暗下来,罗杰斯夫妇很不情愿地坐在座位上,不时地交头接耳,指指安全门的牌子。

这出西班牙家庭剧演出一小时十五分钟之后中间休息时,我们来到酒吧间。

"妈,你来这儿做什么?"伊莎贝尔问。

"我为什么就不能来?不是只有你一个人晚上能出来寻欢作乐,我跟你爸也有权偶尔出来一回。"

"那当然,我不是这个意思。我只是对这种巧合感到吃惊。"

"你这衣服是在哪买的?是不是圣诞节我给你买的那件?"

"不是,妈,是上个星期我自己买的。"

"哦,很漂亮。遗憾的是,穿这件衣服,你的乳沟略显小了些。不过这都是你爸的过错。你知道，他家的女人都是这个样。"

"你好吗，爸爸？"伊莎贝尔转身问父亲。此刻，他正表情专注地抬头望着天花板。

"爸？"伊莎贝尔又问了一句。

"很好，亲爱的。你好吗，我的小豆豆？今晚的戏你喜不喜欢？"

"喜欢，你呢？你仰着脸在看什么？"

"我在看他们的照明装置。他们使用的是新型钨丝灯泡，日本玩意儿，相当漂亮，耗电量很小，但发出的光很美。"

"啊，真是太棒了，爸爸。哦，有一个人我想让你们两个都认识一下。"

"太高兴了。"罗杰斯太太说。她几乎立刻信任了我，赶忙说"她真是个可爱的姑娘"，她生怕和我一起去看戏的伊莎贝尔说出什么不得体的话来，使我对她产生相反的看法。

"谢谢妈。"伊莎贝尔无精打采地说，似乎她妈妈的话是老生常谈。

"别理睬她，豆豆，她今天不痛快。"伊莎贝尔的爸爸解释说。现在他比较能平视世界了。

"要不是有人老丢停车票弄得人心烦意乱，我的日子过得痛快着呢。"罗杰斯太太厉声说。

"爸，你没丢吧？"

"不，恐怕是丢了。最近的票特别小，攥在手里很容易掉出来。"

铃声响了。一个预先录下的声音用悦耳的语调通知大家说演出马上又要开始了。

"我很遗憾，"我们回到座位上以后伊莎贝尔说，"我敢断定，妈之所以来，完全是因为我对她说过这出戏。我做什么，她老是想模仿着做。有时候我真希望我的家庭能正常一点。"

"他们看起来都正常呀。"

"不知道，他们都怪怪的。他们是那种喜欢在学校召开的家长会上抛头露面的家长。我妈代表诺埃尔·科沃德[1]的戏剧里建议在阳台上开鸡尾酒会的那种人；而父亲则拼命想当爱因斯坦，到头来还是平庸无奇。他们被错误地放在了现代世界里。爸爸虽然对灯泡情有独钟，却对现代技术一窍不通。他打电话时大声吆喝，好像声音是靠风传送的。他喜欢做饭，做果酱。妈妈在唱诗班唱歌。我小的时候，我们每次旅游都很引人注目。如果到外面下馆子，总有人点一道稀奇古怪的菜。我妹妹干这种事最在行。几年前她说，凡是带硝酸盐的东西她都不能吃。每到一个邂逅的旅馆，我父亲总喜欢问服务员墙上的复制画是谁的作品，好像一个比萨

---

[1] 诺埃尔·科沃德爵士（1899—1973），英国剧作家、演员和作曲家，擅长写风俗喜剧，作品有《漩涡》《欢乐的心灵》《又苦又甜》以及小说、流行歌曲等。

饼店里的色拉台上方会有伦勃朗¹或提香²的原作似的。我想，父亲在这方面很讨人喜欢，他能在任何想不到的地方找到人跟他谈话。在加油站，你只要让他自己呆一小会儿，他就能和什么人交上朋友，兴致勃勃地跟人家谈论起滤油器、政府的修路计划或烤鸡的最佳方法来。因为这一点，我妈都快疯了。她认为他那样做是故意要气她。可实际上，他是不由自主的。他是个大孩子，真的。"

演出结束时，为避免停车场拥挤，我和伊莎贝尔在演员最后一次谢幕前就溜了出来。

"我讨厌演员鞠躬时那种洋洋得意的样子，"她低声说，"它破坏了他们在演出过程中建立起来的所有美好想象，让你意识到他们只不过是二十世纪末叶的英国人，而不是婚姻不美满的郁郁沉思的西班牙人。"

我们提前溜出来还有一个目的，那就是避免在剧院的休息厅里再见到伊莎贝尔的父母。然而我们还是在往地下停车场去的电梯里碰上了他们。我们的这一计划也就落空了。

---

1 伦勃朗（1606—1669），荷兰画家，擅长运用明暗对比，讲究构图完美，善于表现人物的神情和性格特征，代表作有油画《夜巡》、蚀版画《浪子回家》、素描《老人坐像》等。
2 提香（1490?—1576），意大利文艺复兴盛期威尼斯画家，擅长肖像画、宗教与深化题材画，代表作有《乌尔宾诺的维纳斯》《圣母升天》《文德明拉全家肖像》等。

三　家谱

"啊,我知道,你心里最不想做的事就是跟像我们这样让人讨厌死的人出去吃夜宵,所以我连问都不想问。"伊莎贝尔的母亲说。对她所暗示的这番建议,我们接受也不是,拒绝也不是。

"别这么说!"伊莎贝尔回答说。

"别怎么说?"

"又在折磨人了。"

"你说什么?我只是要你选择是否跟我们一起吃饭。我们已经在附近一家很好的饭店订好了位子,如果你和你的朋友能一起去,我们将非常高兴。克里斯托弗,你能不能让你的女儿别这么看我?"

"豆豆,你妈的话你一句也不要听,按你们自己的安排用餐去吧。两周以后露西的生日见。"

"谢谢爸。再见,妈妈。"电梯下到相应的一层时,伊莎贝尔说。

"难道爸爸不是个可爱的人吗?"我们走到汽车旁边时她问道。爸爸的建议使她的脸上容光焕发。

我们驾车穿城而过,最后在伊莎贝尔家附近一家挂着壁毯的印度饭店前停了下来。这时,我们的谈话又回到了她父母身上,并进而谈到了罗杰斯夫妇的情况与托尔斯泰关于不幸家庭的名言[1]

---

[1] 这里指列夫·托尔斯泰在其长篇小说《安娜·卡列尼娜》中所说的"所有幸福家庭都是相似的,而不幸的家庭则各有各的不幸"。

之间异乎寻常的微妙差别。

伊莎贝尔的母亲曾经把她的三个孩子看作是累赘，等他们长大成人离开家之后，她又产生了被遗弃以及自己操持家务的职业告终的感觉。三位遗弃者的悖论是：他们也不时地像母亲希望的那样听她诉说，但仍不能使她恢复早年的情绪。对伊莎贝尔来说，她惟一逃脱的办法是假装自己每天都有更好的事情要做。

"今晚我不愿跟她一起吃夜宵我妈都快发火了，但她也会因此而赞赏我。"伊莎贝尔说。她扫了一眼菜单，偶然发现了一道唐杜里菜[1]。

这绝不是偶然的巧合，因为尽管罗杰斯太太在她种种特殊的情感中很看重温情，但她表现温情的能力却屈从于一种命令，那就是：在与他人敏感的感情接触中要冻结这种温情。她有区分真假脆弱性的巨大能力。她能够看出伊莎贝尔对朋友行为的不满仅仅是感情脆弱，还是对别人的古怪行为感到痛苦。如果是后者，她会不失时机地抽打她的伤口。

她的外祖父母出身于富有家族。金毛拾猎[2]死了他们能坐在路边哭好几个星期，但把一个还没有学会坐便盆的小孩子送进寄宿学校却连眼睛也不眨一眨。罗杰斯太太的父亲喜欢喝威士忌，或者说酗酒成性。如何评价他取决于一个人面对酒柜的态度。他把

---

1 用泥炉炭火烹饪的印度菜。
2 一种经过训练能衔回猎物的猎狗。

三　家谱

对教会和国家的作用的保守信任与自我权利的封建意识结合在一起。他喜欢朝在他的田地里野餐的人头顶上放枪；他曾经骑着一头公牛，嘴里用拉丁语喊着下流话穿过附近的一个村子；他曾经与当地一位法务官的妻子和女儿有染。他的妻子为维护他的尊严，并念及他的面部抽搐和排泄功能紊乱日益加剧而容忍了他。

他们的女儿也并非没有受到恶习的感染。她依赖抱怨一切的能力求得情感的平衡。如果有谁愚蠢地安慰她接受命运，她就会非常难受。罗杰斯太太需要障碍物。她在父母身上、在她违心嫁给的丈夫身上、在她的孩子们身上、在政府、在新闻界、在她缺乏热情的时候以及在人性上找到了障碍物。

她很崇敬强壮的男人（一方面她很喜欢一个骑着公牛穿过村庄的男人，另一方面她却嫁给了一个最温顺的人。很难想象克里斯托弗会在公共游乐场骑着一匹小马）。她不愿责怪自己心口不一，却每天抱怨丈夫不是另外一个人——通常都是抱怨他不是她上大学时认识的艺术家雅克，尽管也有例外的时候。

罗杰斯夫妇住在金斯顿一所小房子里。这意味着罗杰斯太太已经远离了她所熟悉的生活方式。于是她就养成了对别人的富有冷嘲热讽的说话习惯。一些人把她的这种习惯看作是社会主义思想，而另一些人则把它看作是妒忌。她把自己的痛苦向世人展现；她周围的人们很快明白，他们所生活的时代十年内将倒退到欧洲中世纪早期的愚昧黑暗时代。当有人问及这种全球经济转换的证据时，她就会向他们诉说起新建的金斯顿购物中心的奢华、当地艺术电影院的败落，以及公共场所狗粪的增加来。

　　闲暇时间她喜欢收集动物形状的茶壶，猫状的、狗状的、兔状的、长颈鹿状的、刺猬状的茶壶摆了一大溜。她还有一套花状灯具。起居室里装的是大型郁金香灯；大厅里的玫瑰形灯若明若暗的粉红色光线照射着脱去礼服的客人。她的另一种兴趣是收集遮掩内嵌式壁炉的绣花屏风。她有二十多件这样的屏风，尽管她家里根本没有壁炉，更不用说内嵌式壁炉了。

　　"那是她调动性欲的一种方法。"伊莎贝尔解释说。我认为这种解释是刻薄的，因为只要她愿意，她知道该如何直接调动性欲。据伊莎贝尔所知，她在婚姻生活中出过事。伊莎贝尔常常被要求参加父母的调解会（我从中形成这样的印象：伊莎贝尔是这个家庭里惟一的成年人。当她自己也渴望犯此类错误的时候，我的这种理解可不是好玩的）。和这个家庭联系最密切的是伊莎贝尔的学校里一个女生的父亲。那位汽车商打折卖给他们家一辆高档汽车，但他的主要目的则是打进罗杰斯先生的生活。可悲的是，当那位汽车商的妻子匿名将她的丈夫与罗杰斯太太在帕特莫斯岛海滩上一丝不挂的照片寄到他们家时（拉维尼娅曾提出要同读书俱乐部的伙伴去泽西旅行），克里斯托弗毫不顾脸面，连一点妒忌的意思也没有，甚至故意将话题岔开，大谈起该岛与《伊利亚特》[1]中某些章节的关系来。

1　古希腊史诗，相传为荷马所作，主要讲述特洛伊战争最后一年的故事。

三　家谱

"你认为这衣服穿起来胸脯真显得平平的吗？"伊莎贝尔插话说。很显然，她私下里对母亲的评论总是很在乎的。

"啊，我没有……我是说……"

"我不觉得有什么特别，跟平常一样。也许我并没有什么能给人以深刻印象的……你知道，不过这也不是什么新鲜事。很抱歉，这是不是让你感到为难了？"伊莎贝尔问。她注意到我的面颊上掠过一丝淡淡的红晕。

"一点也没有。这条马德拉斯提花窗帘。天哪！它们迷上厨房里的调味品了。"我指着饭店后面的双开式弹簧门回答说。

"妈妈总爱对我的衣服发表意见，为它们找到了许多巧妙的、相当富有诗意的比喻。比如，她对我说，'它让你看起来像是星际空间站的女乘务员'，或者说'这件衣服穿在《大草原上的小屋》里上流家庭的姑娘们身上绝对合适'。"

在这种评论背后，罗杰斯太太和她的大女儿暗暗搞起了一场令人疲惫不堪的服装比赛。拉维尼娅不肯服老，她跟生人认识不到几分钟就会对人家说，有人曾把她和伊莎贝尔错当成了姐妹俩。

跟她外表方面的虚荣相匹配的只有她的谈话。无论你提到哪本书，拉维尼娅都说她看过，而且常常说不止看过一遍。几年前，伊莎贝尔曾经向她挑战，要她讲讲一部全景式的俄罗斯小说的情节，因为晚饭时她一直对那本书赞不绝口。"别这么无聊。"拉维尼娅厉声说。但她的愤怒与窝火暴露了她的骗局。她很少通情达理地直接承认自己无知。她坚信自己无所不知，这意味着只能用打赌向她挑战,那是用来对付说服不了的人的最后一招。

"那么你父亲呢?"

"啊,他还是比较可爱的,"伊莎贝尔说着,脸上泛起灿烂的微笑,"只是有点古怪。"

为逃避性格复杂的妻子,罗杰斯先生把兴趣集中在生活的外围。他能够一连几个钟头跟人讨论《泰晤士报》上刊登的纵横填字游戏中第二个向下的提示语、非洲鸟类的迁徙、二氧化碳对大脑神经突触的影响,更不用说讨论购买水净化器的利弊或者图书装订中胶水粘接逐渐取代线装了。但他仍然不明白自己在家庭戏剧中所分担的是什么角色。

无论谁说什么,都会使他陷入沉思。他会翻起眼珠,抬起头,连声说"是",尽管引导他说"是"的评论并不比"如今想找到红苹果越来越难了"更有分量。他相信,人都是善良的,只要他们能意识到这一点。尽管这种缺乏怀疑的态度导致他被年轻、老练的同事超越而长期得不到提升,但他对此似乎并不介意。在他看来,只要家人能有个屋顶遮风避雨,他自己能继续读他心爱的佩皮斯[1]的日记就行了。许多人都发现,他的超凡脱俗很有魅力,尤其是女人。于是乎,当他向食客们大谈自己的假想:佩皮斯的出生地应距一个世纪之后的塞缪尔·约翰生居住的戈夫广场

---

1 塞缪尔·佩皮斯(1633—1703),英国文学家、海军行政长官,以其所写的日记(1660—1669)闻名于世。日记记述了王政复辟、鼠疫的恐怖和伦敦大火等。

一百米远时，那些人居然听得津津有味，如醉如痴。

我在倾听伊莎贝尔讲述时想到，关于她的过去，有很多时候她肯定是在饭桌上讲述的，有时添油加醋，有时掐头去尾，所以每一次所讲的内容都有细微的差别，一是因为伊莎贝尔对她的伙伴们信以为真的事情半知半解，二是因为他们所提出的问题的主动引导。这就像领一位客人参观自己的家，常常会被一个好奇的提问打断："这里边是什么？"常常会因为要看一个特别的橱柜或者一个典雅的房间而背离原先预定的路线。这种背离跟我向伊莎贝尔提出的问题很相似。我问她她的母亲到底在婚姻生活中出了什么状况。我的好奇出于（常常如此，或者只能是如此）寻找同我的生活相似的情况，出于对一致性的探求，而别人的经历使这一点格外清晰。从根本上说，欲望所要弄清楚的并不是我们对晚餐伙伴和传记究竟有多大兴趣，而是"我和这位朋友——拿破仑、威尔第或者 W.H. 奥登——究竟如何不同？"间接的问题就是"我要做什么样的人？"

尽管伊莎贝尔所讲述的都是很早以前发生的事，但故事并没有固定的版本。每当要触及到虽经常讲述但从未提到过的敏感问题时，每当她出神发愣，陷入概念性的、自相矛盾的过程中时，每当她自问究竟感觉到了什么而不是向不知情的外人讲述自己了如指掌的情况时，伊莎贝尔总要停顿下来。这种停顿绝对与嘴里正含着食物无关。

"我猜想，在我们家里，爸爸最喜欢我，"伊莎贝尔在一次这样的停顿之后说,"我比家里其他人更同情他。他的父亲很严厉,母亲很难相处。他爱他的母亲,时时得照顾她,当她烦躁不安的时候还得设法让她平静下来。我妈一贯傲慢无礼,盛气凌人。他娶我妈简直就像再现童年时就了解的情景。直到最近我才开始用不那么理想化的眼光看待他,但我仍然想知道他对我所做的事或我所结交的人是什么看法。我渴望得到他对一些鸡毛蒜皮的小事的认可和意见,比如买哪种扬声器或读什么书。我妹妹认为我是个笨蛋,但很可能只是因为她妒忌我。顺便说一下,这道咖喱菜棒极了。你的菜里是不是香料加得太多了?"

  伊莎贝尔故事里的许多精彩之处都得益于她语言的节奏和用词。我开始意识到她独特的语言表达习惯。在这方面,她的英语与广播电台所使用的英语不同。她对词语的选用与其说是根据语法规则,倒不如说是根据心理学。在伊莎贝尔的英语里,邪恶或残忍的人仅仅是"笨蛋",更多的时候是"捣蛋鬼"。这表明她对待违法乱纪行为、对待调皮孩子的不端行为的仁慈和友善,只要这种行为不是故意的道德败坏。每当她有什么不近情理的行为,她都要给自己贴上一个"笨蛋"(甚至"笨蛋太太")的标签。这个词词典里没有,它的意思是某人像孩子一样拙笨无能。有些单词她说得有点像伦敦东区的土话一样轻快跳跃,特点是忽略单词里的 e;她说 tea cups 时略去 ps,把 little 说成 liole;而与此形成鲜明对照的是,在读"perpendicular"和"disenfranchizement"这两个单词时,她的发音简直跟 BBC 的对外广播一样标准。

三　家谱

056.

和伊莎贝尔吃过那顿印度餐后的第二个周末，我有机会认识了她的妹妹。那天露西来还她借的几件衣服。

"上来，芒奇金[1]。"伊莎贝尔通过内部通话机说。她按了一下按钮，将门打开。

不一会儿，一个高个子的年轻女子走进起居室，先拥抱了她的姐姐，然后又莞尔一笑。那笑容足以消除她的绰号可能使人产生的对她的体态的先入之见。

"嗨，"她伸出一只手来说，"认识你我太高兴了。"

"别那么夸张，"伊莎贝尔说，"你还没跟他说过话呢。"

"可我知道他是谁。"她说。她的一双灰绿色的眼睛盯着我的眼睛。

"想喝点什么吗？"伊莎贝尔问。

"谢谢。来一杯杜松子酒就行了。"

"正经点。现在是下午三点钟，而且你是在哈默史密斯，不是在好莱坞。"伊莎贝尔说。第二个句子里充满着伦敦东区所特有的抑扬顿挫。

"啊，那就来一杯巴黎水[2]吧。"

"我这里只有自来水。"

"那就别麻烦了。请你告诉我，你究竟是干什么的？"露西转

1　美国电影《绿野仙踪》里的小矮人，现已成为对个子比较矮小的人的昵称。
2　法国南部产的一种冒泡矿泉水，商标名。

过身来问我。她还用手轻轻碰了碰我的膝盖,好让我重视她的问题。伊莎贝尔后来向我解释说,只要伊莎贝尔身边有男人,她的妹妹就会花费大量时间问这问那。此刻,她的行动就证明了这一点。

我反问她做什么。"我做什么?"露西重复道,"哈,"她笑了一声说,"我不知道。我猜我是个学生。"

"你干么要猜呢,露西?你就是学生嘛!"伊莎贝尔插嘴说。

"啊,现在时兴这样说,"她边咬指甲边说,"我不像你,也不像爸爸或妈妈。"

"没关系,"伊莎贝尔回答说,"你这样说挺好。"

"我想也是。"露西答道,好像她过去从来没有用这种方式考虑过问题。

伊莎贝尔所说的"典型的三明治现象"令露西很伤脑筋,因为她夹在一个姐姐和一个弟弟中间。与同胞姐弟比较起来,露西所表现出来的神经官能症特征之所以多得出奇,原因就在于此。伊莎贝尔对此颇感内疚,因为她是三明治的上半块,而露西则是不那么引人注目的填料。

露西对自己的智力缺乏信心。由于担心谈话超出自己的理解能力,她习惯于将谈话内容压缩在显然低于自己的水平以下。讨论首相的政治活动时她想知道首相如何梳头;讨论最近出版的一部小说时她会就该书的封面颜色与作者的眼睛多么匹配发表一番高论。

她对伊莎贝尔的态度在钦佩与嫉妒中间来回转换。说起来令

058.

人难以想象,她曾经是一个发育不良、惹人讨厌的孩子,终日生活在招人喜欢的姐姐的阴影下。她曾经事事模仿姐姐。这种习惯一直延伸到她成年,甚至延伸到她与男人的交往中。对于伊莎贝尔来说,不幸的是,露西不仅仅想要一个像她的男朋友一样的男朋友,而且常常想要夺走她的男朋友。有两个男人跟她刚刚交往不久,露西就跟人家好上了,真是有伤风化。

每当伊莎贝尔因为兴趣不合而断绝同一些男人的交往时,露西马上就会自己找上门去。那些男人对她很坏。她的性受虐狂性格经不起情感的挑逗,男人们往往用花言巧语就能把她俘虏,然后就用烟头烧她、打她。就是一头家畜对她好,她也无法忍受。罗杰斯太太可知道究竟该怪谁。

"当心你对待她的方式。你老把她当成小孩惯她,难怪她会变成那样。"她指责伊莎贝尔说。

每逢真正需要她负责任的时候,露西的行为中就会表现出偏执狂的症状来。伊莎贝尔想为她解除痛苦,但毫无办法。

"你以为我从来就没有用功过。"就因为伊莎贝尔说了一句"天气这么热、很难集中精力学习",露西便对伊莎贝尔怒吼道。

"我可没有那么说,"姐姐回答说,"我知道你学习很用功。"

"我猜想你对爸可不是这么说的。我昨天跟他谈过了。"

"你什么意思?"

"他说你对他说我在为考试发愁。"

"你是在发愁嘛。"

"可你也不能报告给他呀。"

"我什么也没有报告,他只是问我你怎么样。"

"哎哟,我可不想让他认为我不用功。"

"他没那样认为,他知道你很用功——当然要比保罗用功。"

保罗是她们的弟弟,他妈妈的掌上明珠。他既是男孩,又排行最小,所以受到了母亲的双重疼爱,但他却未能赢得露西、伊莎贝尔或罗杰斯先生的欢心。整个童年时代,姐妹俩一直在假扮西班牙宗教法庭[1]欺负他,有一次还说服他相信:如果他能吃一只小青蛙,学校里的人就不会再欺负他了,而且还会成为他的朋友。他不顾一切地把伊莎贝尔从宠物商店买来的那个扭动着的小青蛙一口吞了下去。不过,他很快便发现自己上了当,从那以后也不再把有没有朋友当回事了。长大后,他爱上了激烈的运动,养成了好斗的性格。如果一个星期六晚上既有五品脱啤酒,又有一个充满挑衅的问题(如果不是哲学问题)——"你有什么毛病啊,老兄?"激起一场拳头殴斗,他就觉得这个晚上过得痛快。

"所以我猜想,这是一般机能障碍的表现,一团糟的家庭都有这种问题。"妹妹一离开公寓,伊莎贝尔就叹口气说。这时,她们之间关于谁向罗杰斯先生说了些什么的争论仍悬而未决。"我现

---

[1] 1840 年至 1934 年间的天主教法庭,以用残暴手段迫害异端而著称。

在不在家里住了。我尽量少去想它，但你毕竟是从那里走出来的，真要忘记自己的家庭是办不到的，你走到哪里就得带到哪里。父母的问题将在某种程度上成为你的问题。我妈妈被她妈妈弄得神经兮兮的，于是她也要把我弄得神经兮兮。你知道，都是些神经兮兮的东西。不过，悲悲切切地浪费一个下午总是不好。很抱歉，我是个非常糟糕的主人。你要不要吃点饼干？"

传统的家谱是从封建时代开始的，它首先强调的是系谱和生卒日期。然而在一个更注重心理学的时代里，传记的责任主要还是记录这种事实细节吗？听伊莎贝尔讲述她的家庭，我产生了一个疑问：能不能尝试一种新的传记结构，不去追溯代代相传的土地、头衔、家产，而是注重追溯感情性格的遗传。简言之，能不能写一部家族神经谱呢？

伊莎贝尔从欢乐宝库中继承的有一部分是矛盾情绪：她是否应当拿其中的任何一种欢乐当真。一读到失业者的贫困、生活标准的降低、癌症病人的痛苦，她就怀疑这些郊区人的抱怨是否合理。她认为，与其让他们抱怨，还不如送给他们一些（巧克力或燕麦片）饼干。

我想用一句题外话来结束对神经家谱的简短描述：对儿童时代的事情耿耿于怀是何等荒唐可笑啊！

"不管怎么说，我的父母已经为孩子尽到了最大努力，也为我的爷爷奶奶尽到了最大努力。所以说，把时间花费在琢磨自己两岁时出过什么事儿上，那实在是太可惜了。"

亲吻与诉说

Kiss and Tell

061.

然而，几周以后，伊莎贝尔去父母家里庆祝妹妹的生日时，故事变得更加复杂了。

"我没有打扰你吧？"她问。第二天上午，她一早就给我打电话。

"没有，我正准备熨衣服呢。"

"星期六上午九点半钟熨衣服？"

"我知道有点傻，可我睡不着了。我讨厌熨衣服，所以我想，

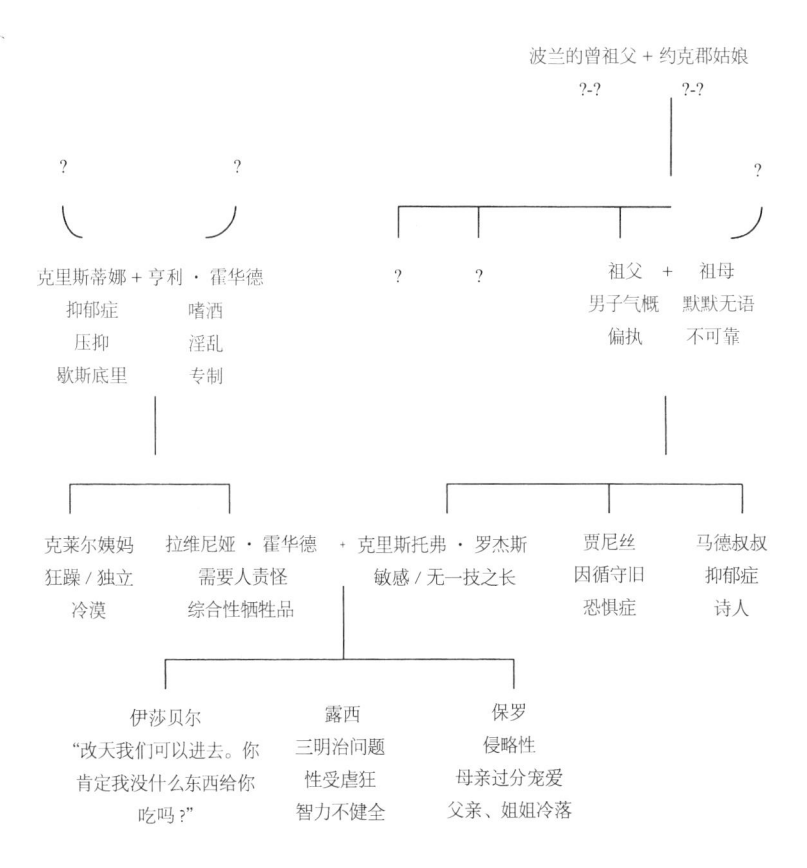

```
                                     波兰的曾祖父 + 约克郡姑娘
                                         ?-?        ?-?

    ?            ?                                            ?
    ┌────────────┐                    ┌──────────┬──────────┐
克里斯蒂娜 + 亨利·霍华德      ?       ?       祖父    +   祖母
  抑郁症      嗜酒                          男子气概     默默无语
  压抑        淫乱                            偏执       不可靠
  歇斯底里    专制
       │                                          │
  ┌────┴────────┐                        ┌────────┼────────┐
克莱尔姨妈  拉维尼娅·霍华德 + 克里斯托弗·罗杰斯   贾尼丝      马德叔叔
狂躁/独立   需要人责怪       敏感/无一技之长   因循守旧    抑郁症
冷漠        综合性牺牲品                       恐惧症      诗人
              │
      ┌───────┼────────┐
   伊莎贝尔    露西      保罗
  "改天我们可以进去。你  三明治问题  侵略性
  肯定我没什么东西给你  性受虐狂    母亲过分宠爱
  吃吗？"             智力不健全  父亲、姐姐冷落
```

现在随便弄弄算了,反正只有五件衬衣。"

"哦,我喜欢熨衣服。如果你答应给我买一份像样的午餐,我帮你熨。"

"说定了。"

"好。"

"你妹妹的生日过得怎么样?"

"糟透了。"伊莎贝尔回答说,但接着她欲言又止,就像一位客人担心他们讲的笑话逗不笑一起进餐的人,于是就先说一句"您知道,真的并不怎么可笑",以降低大家的期望值。

"我只是很生我妈的气。挺幼稚的。"她接着说。

原来,那天快吃完饭的时候,罗杰斯太太嘲笑似的提到一件往事,说许多年前她把伊莎贝尔给她的玩具熊当床用的一条"又骚又臭的旧毛毯"扔掉了,伊莎贝尔难过得什么似的。

"为那个难过还有多大错吗?"伊莎贝尔问。

"啊,很可笑,你跟我闹了好几个星期的别扭。不知道你现在是不是原谅我了。"妈妈回答道。

讲述这件事的时候,伊莎贝尔发出一声怪笑说:"事实上很可笑,我意识到我在某种程度上还没有原谅那个老妖婆。二十五岁的'我'中仍然有一个六岁的'我',这个小人儿对我母亲的所作所为愤愤不平。"

按成年人互相责怪的正常标准说,伊莎贝尔童年所受的这种痛苦只值得嘲笑而不值得同情;然而按儿童的标准衡量,这都是些戏剧性事件。但这些戏剧性事件能使儿童兴奋或痛苦地度过这段年龄，而这样做在成年人看来似乎是值得尊敬的。六岁时失去一条毛毯的感受是无法与六十岁时失去一条毛毯的感受相提并论的。

伊莎贝尔接着回忆说，有一次她在幼儿园里画了一个房子，自豪地拿给妈妈看。妈妈用取笑的口吻说："这可不能算好，你忘记画门了。你打算叫里面的人怎么出来？"结果伊莎贝尔哭了一场。

一个人受了这样轻微的批评怎么能放声大哭呢？然而，如果站在伊莎贝尔当时的立场上看，这种批评也许是一个象征，表明妈妈对她花费精力做的事将始终抱着讥笑的态度。

可想而知，从那以后伊莎贝尔的敏感性外面又多了个保护层。如今她已能够忍受母亲最尖刻的谈话，已能忍受在伦敦大街上和出租汽车司机大吵一架，已能忍受别人骂她娼妓，并能同样有力地反击男人们对她的侮辱了。但她始终不主动冒犯别人。然而在成年时的不可侵犯性下面，人人都有一些早年留下的纵横交错的伤痕。这些伤痕从远处看小得可笑，从近处看又极其严重。它们是皮薄如纸的儿童受到的伤害，而不是皮厚如象的成年人受到的伤害。

所以，无论伊莎贝尔对她的父母是什么态度，无论她多么不愿美化自己的历史，所发生的事已经足以为众所周知具有傲慢倾向的主人公开一张单子了：

我绝不对自己的孩子做的事

1)"我决不强迫他们吃煮过头的花椰菜。"当天晚些时候伊莎贝尔解释说。在熨烫之前,她先把旧衬衣的袖子展开。

"你说的是什么意思?"

"我小的时候妈妈总是强迫我吃非常不卫生的蔬菜。不仅如此,她还给我讲中国儿童挨饿的故事吓唬我,说他们吃饭要比我省事得多。有一次,她说她已经找到了一个可爱的中国小姑娘,名字叫山莳。那小姑娘面前有什么吃什么。等领养手续办好以后她马上就来把我们换过去,吓得我痛哭流涕。因为她总是这样吓唬我,所以我认为妈妈不喜欢我。她对我和露西说,要不是为了我们,她早就拿到了博士学位,说不定现在已经在电台主持文艺节目了。我绝不愿看到自己的孩子十五岁的时候对我反唇相讥说'我可没要求出生'。"

"你没有?"

"我知道,这是陈词滥调,可在当时似乎挺富有戏剧性的。"

"那你妈妈怎么说?"

"她倒很坦白。她说她也没要求出生,但同样的不幸也降临到了她的头上。所以我们不妨还继续过下去。"

2)在往一件保护得较好的蓝衬衣的领子上喷水时,伊莎贝尔接下去又责怪她的父亲,说他没能给自己以足够的判断力去认识世界经济现状。社会上有一种看法:女人无须为衣食担忧。正是因为这种过时的、颇具骑士风度但实际上却特别具有破坏性的观念，使得他一直不参与（或眼睛盯着天花板）为伊莎贝尔至关重要的谋生之道作决定。他对伊莎贝尔的要求也从来没有对保罗那么严。

她在学校里不会做错事。这本来是一件令人愉快的事，但在她的家里，得了 A 等成绩不奖，得了 Z 等成绩不罚（在伊莎贝尔看来，无论好坏都是她的努力换来的巨大收获）。伊莎贝尔认为这对她是一种侮辱。从那以后，伊莎贝尔就像有的人拼命想得到赞许那样刻苦学习——因为赢得广泛赞赏似乎只是"忽视"的另一种比较温和的形式罢了。

3）"性生活方面我绝不随随便便。我的父母竭力追求现代，但结果却开放得出格。记得十六岁那年我对父母说口交很棒，我母亲只是说：'是的，你将来会发现的。不过口交要想做好很难。'

"她让我服避孕药。由于拖着脚步出去找医生不是什么令人激动的事，所以她就来到我的房间对我说，因为我正在跟一个男孩子约会，所以最好采取些'保护措施'。"

4）"我想我还是不在家里偏袒谁为好。我知道我父亲喜欢我，不喜欢我妹妹。这也许是好事，可实际上事情很复杂。因为我爱露西，所以知道父亲更爱我，我心里很不是滋味。如果有时候我跟她处得不好，那大多是因为我的负罪感。老得拿出大姐姐的样子照顾她，这也太难了。我认为这也反过来影响到了保罗，他也得承受露西的不安全感带来的冲击。她一直在挑唆他，竭力在他和母亲之间制造矛盾。因为他是母亲的宠儿，这当然也令她恼怒。"

5）"我也绝不以让孩子感到内疚为武器向他们要求什么。我母亲经常要我做这做那，可她明明知道我没有时间做或不愿做。于是她就说：'哦，我早就明白，我知道你对我是啥看法。现在你长大了，翅膀硬了。在你眼里，我肯定像个傻老太婆。'她的一个最亲密的朋友最近患白血病死了。她打电话告诉我的时候，我正在接另一个电话。所以，我当然说等我接完这个电话以后再给她打过去。可她说：'不，不，千万别打，亲爱的。我只是想告诉你一声。我知道你有多忙，所以我不想占用你的宝贵时间。'就好像她最好的朋友死了，我忙得连跟她说句话的时间都没有似的！

"我无法容忍以可怜的形象作为影响别人的方法。如果想要什么，你就直说，不要愁眉苦脸地强迫别人给你。我讨厌母亲假装批评自己实则话里有话的说话方式。她会说'我太让你讨厌了'，目的无非是想防止自己失望。她自己讽刺自己，而且陶醉其中。她就像那些胖子，宁愿穿着印有'危险，胖子'的T恤衫，也不肯节食。"

6）"我还要更加尊重我和孩子们之间的界限。我母亲把我的爱情生活看作是理所当然跟她有关的一部分。有一阵我和一个她确实喜欢的男孩子谈恋爱。后来我得知,我们的关系断了之后她还和那个男孩子保持着联系。从我小的时候,她就向我吐露我不愿意知道的事。我十一岁那年,她对我说她认为我父亲有外遇。这使我第一次推测并发现她的婚姻出了问题。如果没有正当理由,这种事是不应该对一个小孩子说的。有一天,她晚上十点半给我打电话,向我诉说她和我父亲过得多么厌倦,还告诉我必须'多选择几个'。为了证明她的观点,她接着说:'听听你父亲睡觉时打呼噜打得多响。这种噪音我忍受了四分之一世纪还要多。'她还把听筒放在父亲的鼻子上,好让我听见。"

"听见什么?"我以病态的好奇问道。

"你知道,就是那种打鼾的噪音,呼噜——呼噜——呼噜——呼噜——可怜的男人。这跟我有什么关系呢?她把我带到他们的婚床上。我认为这是违法的。

"好了,五件衬衫熨完了。你记不记得里茨家的电话号码?"

无论这个单子有多么长,无论伊莎贝尔做过什么样的努力,她总算是令人啼笑皆非地向我做出了保证:到一定时候她也会想出更具有创造性的新办法来激起她自己的孩子对她的怨愤——所以说,要研究孩子抚养问题,只能指望得出不可避免的失败的结论,而不是成功的结论。

四　厨房传记

伊莎贝尔的冰箱里有一盒巧克力，那是她在美国的姨妈送给她的生日礼物，上面标着"大陆精品"，装在一个棕色的纸板盒里，盒子上有一个粉红色的蝴蝶结。每一块巧克力都卡在两层瓦楞塑料纸槽里。

伊莎贝尔要出差一周。因为我住得比较近，她问我能不能顺便到她家里替她浇浇她养的一棵植物。那是一棵绿色的小东西，它的学名我从未听说过，可她管它叫夹子。从它那紧紧贴在一起的尖叶子看，倒是蛮像的。

"冰箱里的东西你想吃什么就吃什么，想喝什么就喝什么，全归你了。"她补充说。我过来执行浇水任务时，相信了她的话。

冰箱里的东西不多，有一罐橄榄——西班牙橄榄，但显然罐子上用法语写着"希腊制造"，一瓶番茄酱、一盆人造黄油、两个苹果、一个胡萝卜、一些贴有"仅凭处方供应"标签的药物、一罐意大利青酱、一些黑樱桃果酱；一听金枪鱼罐头羞羞答答地藏在第三排架子上，在牛奶和"大陆精品"左边一点。

冰箱的外面，足球场上正进行一场历史性的比赛。于是在给夹子浇水之前，我从冷飕飕的冰箱里拿出巧克力盒子，在电视机前坐了下来。我没想到我竟如此贪吃。如果不是足球赛场上形势出现转机，如果不是我那么傻，吃一两块也许已经够了。等我关上电视机的时候（我支持的队丢人扫兴，吃了败仗），十二块巧克力已被我吞进肚里。我匆匆将包装巧克力的箔纸捏成小团儿，埋在盒底，又把剩下的重新摆放好，让人看起来没有吃那么多。我压根没想到那株夹子——后来的陪审团成员——正在墙角里喊着要一杯水呢。我离开了伊莎贝尔的住所，一门心思想的都是那个英国守门员未能捍卫住国家的荣誉。

"他死了。"伊莎贝尔回家后惊叫道。从电话线上就可以感受到她的悲哀。

"谁死了？"我边问边考虑他们家谁最有可能患心搏停止。

"夹子。他渴死了。"

"我很遗憾。"我回答说。这时我才意识到罪恶之深重。

"你没有浇他，对不对？"

"不，"我喃喃地回答说，考虑到自己罪大恶极、后果严重，我不由自主地撒了谎，"不，我浇了。只是天气太热，这几天这里一直很热。天哪，一直很热，热得真令人难以相信。我一直开着窗户睡觉……"

"你撒谎。你没有浇他，土都干透了。我希望你诚实。你错了我不在乎，我讨厌的是撒谎。还有，你走的时候不关灯，还把

070.

我所有的巧克力全吃光了。"

"我没有。"

"你吃光了。"

"我只吃了几块。"

"所有好吃的东西你全吃光了。你以为我是谁？难道我会吃该死的柠檬芭菲味？想发胖吗？"

事已至此，我只好赔偿。所以下班之后，我来到一家百货商店。那里出售一系列价格高得叫人破产的巧克力，是欧洲大陆上两个比较古板的国家出产的。然而面对比利时和瑞士的糖果，我意识到，伊莎贝尔气势汹汹地向我提出的问题我连一个也回答不了。

为什么她吃一块"该死的柠檬芭菲味的巧克力"竟是不可想象的？柠檬芭菲是什么东西？更能引起食欲的巧克力是什么做的？块菌状的，白色或咖啡色，中间夹有利口酒或焦糖？那么，我以为她是谁呢？

这些就是我在百货商店里遇到的大问题。我注意到，一个包着头巾的女人看见我在盒子之间咬着指甲犹豫不决显得很不耐烦，但那些盒子确实使我很为难。既然不能再对线性传记抱什么幻想，我不得不寻找合适的办法去观察伊莎贝尔。我没想到在开始阶段像她的胃口这样的小事竟会把我弄得焦头烂额。但她的问题使我的无知明显地暴露出来。

仅从摄取食物所占用的时间考虑，食物是所有生命的重要组成部分。伊莎贝尔吃早餐用十分钟，中午吃快餐用二十分钟，晚

亲吻与诉说　　　　　　　　　　　　　　　　Kiss and Tell

上有滋有味地吃晚餐用45分钟；一天之中，吃苹果、干果、膨化食品和巧克力饼干还要用去一刻钟。这样算起来，她一生中有13 685小时是在吃东西——这还不算准备过程或狂饮作乐后的后悔时间，这些时间加起来很可能多达15 000小时。

然而食物却很少在传记作品里露面。尽管我们对柯尔律治生平的研究使我们觉得我们比他本人还要了解他，但他为什么爱吃春天的蔬菜仍然是一个有启发作用的不解之谜；尽管我们已经掌握了有关亚伯拉罕·林肯与奥斯曼男爵[1]经历的足够多的情况，但我们仍难说出亚伯拉罕·林肯是喜欢吃煮鸡蛋还是炒鸡蛋，奥斯曼男爵是喜欢吃羔羊中部还是后部。

与此相似的是，E.M.福斯特[2]曾经悲叹自己在小说里缺乏烹饪热情（他与传记的历史缘分是很深的）。他说："食物能把小说中的人物吸引到一起，但从哲学上说，他们很少需要它，很少喜欢它，而且如果不明确地要求他们吃，他们也很少摄取它。他们互相渴望对方，就像我们在现实生活中一样。但我们也同样不断地渴望早餐与午餐，这一点小说里却没有反映出来。"

如果说我们对食物的渴望没能反映出来，那是因为——也许

---

[1] 乔治·欧仁·奥斯曼男爵（1809—1891），法国行政官员，第二帝国时期（1852—1870）负责巴黎大规模市政改建工作。

[2] 爱德华·摩根·福斯特（1879—1970），英国小说家和散文家，主要作品有《霍华德庄园》《印度之行》等，其作品反映了20世纪的人文主义思想。

四 厨房传记

是出于偏见——某些活动要比另一些活动更能反映我们的个性。福斯特的传记作者们忽略了他最喜欢的食物（茄子、葡萄干布丁），那是因为他们把反映他的个性的要素定位在了跟他睡过觉或他投过票的人（年轻女人、自由党人）身上。

然而，一个人的个性似乎能够在其微不足道的行为与癖好中、在一些原先被认为毫无象征意义因而容易忘记的领域、在其直接用易拉罐喝饮料或直接从包装袋里拿巧克力葡萄干吃的方式中表现出来。凡是听到过恋人解释他们的激情结束的原因的人都会意识到，我们倾向于将一个人的本质定位于在公开场合认为鸡毛蒜皮不屑一顾，私下里却认为极端重要的小事上。那位恋人可能会说被拒绝者的宗教、职业或文学方面情趣如何如何，但这还不如面包屑有说服力。也就是说，两人激情的结束可能是因为被拒绝者喜欢狼吞虎咽地嚼面包，连刀叉也不肯换一换，还用一块面包将肉汁擦得干干净净。一个人凭直觉了解的细节要比那位恋人所说的任何理由都更能解释两人关系破裂的原因。

人们可能会自负地认为胃口与揭示人物个性毫无关系，但胃口是不可忽略的，因为它是通向人物秘密的途径。在吃完那顿著名的肉馅饼之后，约翰生博士不是曾经对鲍斯韦尔解释过吗："谁也无法为一个人立传，除非跟他在一起吃喝过？"（他还可以加上"分享过几块巧克力"——假如1776年牛津大街有"大陆精品"的话。）

1843年，希梅内斯·杜丹发觉，对真正的传记作者来说，口味是责任的象征。他说："我无法医治自己的传记情结。假如我知道哪本书上能读到恺撒吃鸡蛋放几粒盐，我此刻就去找出这一珍贵的文件。我怀疑那些不喜欢小细节的大才子——他们是书呆子。"

假如说我们确知的有关传记人物的饮食资料对读者具有吸引力的话，那是不足为奇的。有人认为，马奎斯·德·萨德[1]最喜欢吃调和蛋白；卢梭[2]对梨子大加赞扬；萨特[3]惧怕有壳的水生动物；普鲁斯特从豪华旅馆订烤鸡；尼采[4]喜欢吃牛排加煎蛋卷蘸苹果酱。这种猜想不是也具有某种魅力吗？

因为那个包着头巾的女人已经用小推车朝我肋骨上戳了两次，所以我不再犹豫不决了，将赌注下在一个盒子上。盒子上贴着一个不协调的标签"苏黎世乐趣"。

"多谢，"当我把盒子送给伊莎贝尔的时候，她说，"瞧，上

---

1 马奎斯·德·萨德（1740—1814），法国作家，著有长篇小说《美德的厄运》等，以性倒错色情描写著称，曾因变态性虐待多次遭监禁。
2 让·雅克·卢梭（1712—1778），法国思想家、文学家，其思想和著作对法国大革命和19世纪欧洲浪漫主义文学产生过重大影响，著作有《民约论》《爱弥尔》和自传《忏悔录》等。
3 让-保罗·萨特（1905—1980），法国哲学家、作家，存在主义代表人物，拒绝接受1964年诺贝尔文学奖，著有哲学著作《存在与虚无》、小说《恶心》和《自由之路》、剧作《群蝇》和《魔鬼与上帝》等。
4 弗里德里希·威廉·尼采（1844—1900），德国哲学家、诗人、唯意志论的主要代表。

面有一幅湖的照片，还有瑞士名人的画像。你真不必买这个。我那是一时性急，看到夹子死了，还有其他等等，但巧克力的事根本没什么。何不帮我吃呢？我太胖了。"

我不打算冒险犯第二次错误。尽管我和伊莎贝尔下棋的时候打开了的那盒巧克力就放在我们面前，我还是不准自己的手拿一块。

"走哇。"伊莎贝尔一再催我。她注意到我在克制自己的食欲，便说："吃不完它们会走味的，要不然就得让我发胖。"

我一方面被她的邀请弄得直流口水，而另一方面则需要得到更多的信息，需要了解伊莎贝尔最喜欢吃哪种巧克力，由此间接地了解（仅就柠檬芭菲味而言）伊莎贝尔究竟是谁。

盒子里有一张小图表，标明了每种巧克力的质量和夹心。于是我停下游戏，开始研究起来。

"苏黎世乐趣"系列	伊莎贝尔的评价（满分10分）
榛子片 榛子切碎，经烘烤，与特细果子糖混合，外裹光滑的牛奶巧克力，切成单片。	7
圆形胡桃巧克力 卡拉梅尔糖块菌形巧克力加鲜奶油，撒切细的胡桃粒，外裹双层重油牛奶巧克力。	11
圆形林马特巧克力 芳香块菌形巧克力，加橘子油调味，薄薄喷几层水，外裹牛奶巧克力。	5

"嗨，够了，你这个猴子，"伊莎贝尔打断我说，"咱们能不能接着下？不就是你的马遇到麻烦了吗？这也不值得改换研究对象嘛。"

"我说，你觉得茨温利螺旋花饰蛋糕味怎么样？它的主要成分是榛果仁，加上轻轻搅打成糊状的白兰地调味——"

"嘘，我讨厌白兰地。别搅打搅打的，我想在《今日园丁报》来之前把棋下完。"

我不情愿地回到棋盘上救我的马，尽管它的勇敢与黑色的盔甲早在前面提到的小插曲开始前十分钟就已经无法改变它死在一个小卒手里的命运了。

"可这一切都意味着什么呢——那巧克力，它意味着什么呢？我和希望弄清楚恺撒往鸡蛋上放多少盐的希梅内斯·杜丹对传记具有一样的热情，但巧克力能告诉我伊莎贝尔是谁吗？假如恺撒往鸡蛋上撒的是十二粒盐而不是十一粒甚至十粒，杜丹又能从中悟出什么呢？

当我们从心理学的视角去看待食物时，接踵而来的可能是其意义上的"数不清理论"。可食用产品已经不再局限于常识范畴；喜欢萝卜亦不再是喜欢一种草本植物的根，它已经进入了象征性的层面。根据各人不同的分析倾向，它可以变成残酷无情的符号、妄想狂的符号，也可以变成心胸宽阔的符号。

伊莎贝尔从来也不曾将她的关于食物与个性的理论系统化，但她当然认为将它们系统化是值得的。她偶尔在超市进行的工作之一是对顾客作"小推车测试",根据人们购物袋里的货物推断他们的生活水平。

"瞧那个怪人。"巧克力事件和解几天之后她低声对我说。当时我们正在一家超市里排队等候付款。我们前面的一个留着小胡子的高个子绅士正在付钱。他买了一罐鳀鱼酱和一瓶胡桃油。

"你瞧,那家伙绝对是对儿童有色情倾向的类型,失贞处女幻想狂——但同时又是极右分子,很可能赞成对盗窃汽车收音机者判极刑。"

"嘘,你小声点。"

"别吓成那样,他听不见。你往后看,后面这位真会自我保护。"

伊莎贝尔所说的那个购物者已经匆忙摆好写有"下一位顾客"的塑料挡板,以保护她买的两听番茄、六个洋葱、三听金枪鱼和一罐棕酱。那女人在橡胶地毯上每向激光扫描仪挪动一寸,就要重新调整一下她买的东西,并小心翼翼地防止伊莎贝尔买的食物越过界限。

"可你不能够像这样轻易判断一个人。"我反驳说。

"为什么不?"

"因为实际上他们可能并不是那样。"

"是吗?"

"哦,假如有人根据你吃的什么判断你,你愿意吗?"

"我觉得蛮好,也许还是结识那个人的好办法呢。"

伊莎贝尔讨厌边吃边做别的事,而不讨厌边吃边谈。边吃边看电视的人达到了堕落的顶峰。她担心"我和哈比的缘分将会在半独立式的小屋里一边看电视新闻一边把托盘放在膝盖上吃晚餐的时候结束"。这的确象征着她对枯燥婚姻的忧虑。我曾听到她谴责她父母的一位朋友,说"那人用餐的时候看杂志";她曾以厌恶的口吻提到过她的一位男朋友边吃边浏览体育网页。即便是她独处的时候,无论她准备多么简单的晚餐,她也不肯分散注意力。她绝不会边烤面包片边看第二天的天气预报。她跟踪调查过一项饮食美学研究。那项研究是从饮食的作用与营养的层面进行的,远比感官研究深入得多。研究指出了快餐店的不足之处,不是根据它们所出售的食品,而是根据那里的食客无一例外的粗野吃相。

但即便就食欲而论,有意义的饮食方式也应当与纯粹的随便方式区别开来。我们对人的印象很少是根据可靠的事例得出的。我们可能会觉得某个人在社交方面局促不安,但却说不出究竟为什么,直到一位更有经验的观察者提醒我们说,有一次他主动伸出脸和手招呼我们,接着又在一个不适当的时刻尴尬地把脸和手缩了回去。

我知道伊莎贝尔缺乏耐心。她是那种不是嚼而是吞维生素C的人。但最能反映她的这一特点的代表性事例,还是我们一起在比萨饼店里度过的那天晚上的一幕。事情是这样的:正当我采用系统性的方式将比萨饼切成片的时候,她选择了一种迂回的方法:每逢到了最诱人的时刻她就先停住,把不好吃的皮慷慨地送给我吃,还预言说:"再吃一口我的肚子就爆炸了。"

四　厨房传记

078.

　　伊莎贝尔的购物篮里的东西表明,她的烹饪程序既不会复杂,也不会太长,因为里面根本没有香草精,没有蛋糕原料,也没有带骨的大块牛肉。没有耐心的厨师不相信时间是一种善意的力量。他们认为,拖延时间只能增加风险,暴露弱点。这正好说明了伊莎贝尔喜欢意大利面食的原因,具体体现就是放在橡胶地毯上的三包意大利扁面条。她嫌大多数意大利面食番茄味不够浓,就买了许多听浓缩调料,让浓缩调料与番茄片的比例达到大约三比一。她知道这样做不规范。她做这道菜比做其他菜更没有把握(考虑到自己对烹饪信心不足,伊莎贝尔总是设法降低期望值,做出的饭只要能吃就行)。

　　不吃意大利面食的时候,伊莎贝尔常常习惯于吃自己。

　　"你在做什么?"我问。在我们动身去大街以前,我注意到她正把大半个手往嘴里塞。

　　"哦,没什么。"她回答说,并迅速地将手藏在坐垫下面。

　　我离开房间片刻,回来时又看见她在那样做。经过仔细观察,我发现她似乎是在用嘴咬左手两个指头之间的某个地方。

　　"是不是起水泡什么了?"我问。

　　"不过是一块茧子。"伊莎贝尔回答说,面颊微微泛红。

　　她的左右手上各有一处死皮,在食指的根部。心里不痛快的时候她就想撕。(到底为什么事不痛快另当别论。伊莎贝尔似乎有一系列的烦心事:

　　1. 她是不是丑,如果丑,丑到什么程度。她的体重曾经历过几个危机阶段，特别是在停止游泳的一段时间里。我吃惊地获悉，认为自己太胖的想法会整天在她心灵上投下阴影。

2. 她的工作是不是合适。

3. 她是否有真正的朋友——从饮食学的角度看，这种关注可以与她不愿单独去饭店吃饭联系起来。面对别人的疑问，需要有这样的信念：一个人总能找到陪自己吃饭的人。

4. 她是不是在浪费生命，是应当多读书还是应当专注自己的事业）。

"那些死皮什么味道？"我问。

"啊，有点像鸡肉，"她回答说，"就是没有鸡肉软。"

伊莎贝尔与鸡肉关系很好。她晚饭最常做的就是鸡。她喜欢切下鸡胸脯炸一炸，然后加蘑菇和少许辣椒粉做成松软的奶油沙司。

有意思的是，伊莎贝尔今天从超市买的那块鸡肉既去了皮又去了骨。她害怕上面带有过多自然器官的食物。她买生菜时宁肯多掏点钱，也要买预先挑好的、洗过的叶子，以避免从吓人的泥疙瘩上往下掰叶子。

这种担心也正是她的篮子里没有水果的原因。有一次她吃桃子吃出一条虫子来，从那以后再不吃桃子。她不吃带核的葡萄；她不喜欢吃浆果，因为里面藏有小昆虫。心理学家可能会将这些习惯同她对旅游的态度联系起来，因为她从来就不是那种背着背包徒步旅行的人。她喜欢呆在家里，除非能够轻易得到享受才肯出门。

"现金还是支票?"收银员问。

"啊,现金。"伊莎贝尔回答说。这时她才从忧郁的梦中醒来。

"十八镑三十三便士,亲爱的。你如果需要,那儿有小推车。"

"一点也不便宜。"伊莎贝尔低声说。

几分钟后我们来到汽车跟前时,我试图用假设的问题改变她低落的情绪,让她愉快起来。

"假如让你设计世界上最理想的最后一餐,不管花多少钱,给你完全的选择自由,你认为你会吃什么,白鲸鱼子酱、肯尼亚羚羊肋肉、鹌鹑蛋、巴黎糕点……?"

"别,我一想起来就恶心。你所说的'最后一餐'是什么意思?"

"啊,你知道……"

"不,怎么会是最后呢?是我老迈年高了,还是我快被处决了?是我要自杀了,还是要相信上帝了?"

"这跟相信上帝有什么关系?"

"从基督教的观点看,相信上帝的人可以幸福地要一顿十道菜的饭,明知道这是最后一餐也丝毫不害怕。他们认为他们能够脱离肉体活下去。这对每一个想吃巧克力又怕大腿和屁股长脂肪团的人来说再理想不过了。"

"你相信上帝吗?"

"这个问题太大了,可不是在地下停车场能讨论的。我相信的可不是让你吃饭的那种上帝。如果真要我准备最后一餐,我想我会十分着急的。我会吃掉我的双手,而不仅仅是我让你看的那些干皮。"

事实证明,伊莎贝尔不愿动用她的想象力设计一顿最后的晚餐跟她的胃轻微受寒有一定关系。回家后不久她就躺倒在床上,只喝了一碗清汤。

一夜的疾病使伊莎贝尔龟缩进一个无声而痛苦的壳子里,这与她平常的脾气格格不入。它提醒我们,别人的个性的稳定性在很大程度上是建立在物质微粒不稳定平衡基础上的假象;我们总是乐观地把健康本身当作"我们自己",但健康本身很可能只是潜藏于我们的器官冲动中的一系列怪物之一。

疾病可能会残忍地将我们变成我们心目中的那个自我的无能的代表。我们要求手臂活动,手臂却傲慢地保持着无精打采的姿态;我们的温文尔雅让位于可怕的尖叫;敏锐的思维让位于无法容忍的昏庸。疾病带给我们的还不只是肉体的痛苦,它还像盲目的爱情一样,使我们一想起来"我还能再成为我自己吗"就心烦意乱。它能搞乱我们习惯性的脑力活动。有些意见我们似乎一向确信是我们自己的,但疾病能使那些意见显得格外陌生,就像是在做梦一样。在那种梦境里,我们离开家庭的安逸,到一片稀树草原里过一种危险的生活。

如此看来,传记作家们不愿意提及胃可能是起源于一个更可以原谅的想法,那就是不愿意承认这一器官及其所在的肉体会强迫我们在朦胧的状态下受折磨。在那种朦胧的状态下,我们从那个不牢靠地称之为"我们自己"的东西上被切了下来。

五　回忆

　　催促别人回忆过去无异于强迫他们在枪口的威胁下打喷嚏，效果注定是令人失望的。因为真正的回忆就像打喷嚏一样，不是随意就能做到的。当然，有些东西经常被我们错当成了回忆，比如当你问我中学毕业时的成绩时，我就去搜索文件柜。其实那只是一种机械的本能反应，是这一现象微不足道的同类物。与过去的真正碰撞应该是不分时间距离的即时性对我们的袭击；它看起来根本不像是回忆，而是发生在时间口袋以外的东西。真正的回忆能够溶解回忆本身与现时之间所发生的一切。三十岁的时候我们突然回到二十岁时在森林里的一次旅行中，吃着夹有粉红色的火腿肉的三明治。回忆不是以另一个人的唐突提问强加给我们的，而是三十年后在一家火车站小餐馆里偶然闻到的相似的三明治气味启发我们的。

　　"是的，正是如此。不论管它叫什么，它都是普鲁斯特瞬间。"伊莎贝尔的朋友克莱斯特领悟到了这一点。当时我们三人坐在一家酒吧里。克莱斯特一直持有和我相同的看法（二手的观点，但尚未有人注册)。伊莎贝尔默默地从蜡扦上将蜡烛油挑下来,分成小块,然后再把它们放进火焰里。

"你读过普鲁斯特的传记吗?"伊莎贝尔抬起头来,以怀疑的口吻问克莱斯特。

"我?"

"对,你。"

"读过一点,好吧,其实没有,"克莱斯特不自在地回答说,"我是说我有那本书,看过一些评论文章,但就是抽不出长假日……"

判断一位作家水平的方法也许就是看他的观点能在多大程度上被那些从来抽不出长假日读原著的人们所接受。不幸的是,那本书我也只读过二十来页。从伊莎贝尔看克莱斯特时的目光判断,似乎最好是换个话题或者建议打道回府。

然而几周之后,当我和伊莎贝尔在我的一位朋友家色彩鲜艳的沙发上坐着时,这件事似乎又成了适当的话题。我朋友的沙发是一个橘黄色的框架结构,上面覆盖着一种彩色垫子。其中一个垫子是用一种蓝色的毛茸茸的材料做成的。我看到伊莎贝尔把它拿起来,用手轻轻地抚摩一两次,然后低头闻了闻。

"你在做什么?"趁主人去厨房准备饮料,我悄悄地问她。

"真有意思。这个垫子和我小时候穿的睡衣是用一模一样的材料做成的。你知道我说的是哪一套吗?那是一种单件连衫裤,也是这种深蓝色,前面有一条大拉锁,两只脚套是直接缝进材料里的软塑料。小时候我最喜欢穿,感觉到又安全又自由。我记得

五　回忆

有一次洗澡，妈妈给我穿上一件。我穿着那个小壳子围着房子跑来跑去。由于某种原因，我记得那天阳光灿烂，黄昏时分屋子里充满了橘黄色的光线。那是母亲准备打发我和妹妹睡觉的时候，也是父亲下班回家的时候。晚上是妈妈对孩子们管束最松懈的时候。她总要喝一杯酒，抽一支烟，甚至会变得非常温柔。你觉得我能不能问问你的朋友这些垫子的来历？"

我对普鲁斯特的研究可以说是蜻蜓点水，但我读过塞缪尔·贝克特写的一本对他很有见地的评论。所以我知道，无须过多的推断便可以确定，伊莎贝尔坐在沙发上突然回忆起来的她童年的轶事就是所谓普鲁斯特瞬间。普鲁斯特关于回忆的思想介绍了一种判定过去复苏的复杂方法。这种方法弥足珍贵，但却具有传记性质。最常用但却美中不足的方法是通过自愿回忆。有一次在电影院里的灯光熄灭之前和伊莎贝尔的谈话中我曾经使用过这种方法。当时我问她小的时候在哪里过夏天。"啊，洛桑。在我父母的朋友所拥有的位于湖畔的一所房子里。要不要再来点爆米花？"这种回忆是自发出现的，因而它无疑是可靠的，也是改变话题的前奏；它是一道重新加热的菜，而不是在煎锅里噼啪作响的原料。

另一方面，非自愿回忆则是在别人没有提出问题的情况下人们被不规则运动的"现在"碎片、著名的玛德莱娜蛋糕[1]或不那么

---

[1] 一种面上有果酱、糖霜、果仁或水果等的贝壳状重油小蛋糕，在普鲁斯特的《追忆逝水年华》中，被视为能勾起强烈回忆或乡愁之物。

著名的毡垫撞击进"过去"的怀抱里。那种"过去"将会像"现在"一样真实；它存在于一切感知之中。谁也无法预料这种光芒会在何时出现，只能偶然遇到这些曾经是、现在又死而复生的逝去了的世界的一部分。

还有一次我和伊莎贝尔去游泳。池子里的氯气味比在电影院里的任何提问都远为成功地唤起了她童年时的回忆。我们游第三圈的时候，一个划桨的小孩子溅了伊莎贝尔一脸水。她抹了一把眼上的水说："天哪，它使我想起了往事。"我回头看看，仿佛那小孩子是个熟人或是某个熟人的后代。伊莎贝尔游了过来，向我讲述她小时候知道的另一个有氯气味的池塘。她说，从那个池塘边放眼望去，目光可以穿过莱芒湖看到法国的阿尔卑斯山，有些山峰上夏天里还覆盖着白雪。她曾在那里学过游泳。由于在水里呆得时间过长，指尖都被泡得起了皱。她妈妈说"就像渔民的手一样"。贮藏室里有大黄毛巾，毛巾上扯满了蜘蛛网，爬满了黄蜂。伊莎贝尔取一条大毛巾来，用脚趾头夹住一头的两个角，将另一头蒙在头上，做成一个毛巾帐篷。阳光穿过毛巾照进帐篷里，她觉得舒适极了。帐篷外面正发生着更奇怪的事。她妈妈夸张地哈哈大笑；那些大人们讲的是法语。她不喜欢他们，或者说不喜欢那些有点年纪的人管她叫"小公主"，而且每次给她添加空心粉时总要不停地拍打她的脑袋。连续五年里，每年夏天他们都要回那所房子和它的游泳池去。尽管伊莎贝尔已经忘记了她睡的是哪个房间，忘记了主人们的面孔，但那个城市的氯气味比我的任何愚蠢的问题都能更有效地把她带回当时的环境里。

我开始琢磨一个人能不能不按家庭年表安排自己的过去，而改用普鲁斯特瞬时法，按照气味、触觉、声音以及使周围的感触具体化的视觉景象所引起的反应安排自己的过去。

但与更为传统的年表法相比，这种方法要复杂一些。下面是有人记述的尼采的生平：

1844—生于萨克森

1865—被带到一家妓院，后逃跑。他的朋友，著名的印度学家多伊森说："他从来没碰过女人。"

——发现叔本华[1]

1867—开始服兵役

1869—被任命为巴塞尔大学教授

1872—出版《悲剧的产生》

1876—在索伦托遇见瓦格纳[2]

1879—放弃教学生涯

1881—居留于瑞士恩加丁的锡尔斯-玛利亚

---

1 阿图尔·叔本华（1788—1860），德国哲学家、唯意志论的创始人，认为意志是人的生命的基础，也是整个世界的内在本性，著有《意志和表象的世界》《论自然界的意志》等。

2 里夏特·瓦格纳（1813—1883），德国作曲家，毕生致力于歌剧的改革与创新，作品有《漂泊的荷兰人》《纽伦堡名歌手》等。

1882—构想出永恒回归思想

　　—爱上卢·安德烈亚斯·萨洛米

1883—瓦格纳逝世

　　—发表《琐罗亚斯德如是说》

1889—在都灵看到马车夫打马,抱着马高喊道:"我理解你。"精神失常。

1900—逝世

　　对事件的这种排列顺序在某种程度上是以事件与时间具有内在联系这一观念,即某些记忆在时间上比另一些记忆离得更远的观念为前提的。但普鲁斯特瞬时法揭示出:从主观上说,将我们和某一事件分隔开来的距离并不代表真正的距离。1882年尼采单恋卢·安德烈亚斯·萨洛米的时候,他记得更清楚的可能是1865年冲出妓院的那一天,而不是仅仅出版了《悲剧的产生》一书的1872年。当记忆与事实一样强烈时,生平也就变成了协同式的,而不是顺序式的。我们可以同时体验两个时间段。1889年,当尼采拥抱着那匹马,从而促成他发疯的时候,他可能也感受到了1867年在军队服役时所感受过的对残忍虐待动物的同样的义愤。

　　这就使得按时间顺序界定重要事件更加复杂化了。传记依据的是屠夫式评判标准,一个人的一生以死亡、婚姻、专业职位、谋杀以及军事战役为标记被划分成许多小块。然而,当我们回首往事的时候,其实会有许多极其模糊的形象在脑海里浮现出来。

088.

我们不仅能够回忆起具体的事件,甚至能够回忆起毫无情节衬托的情绪和气氛。由此可见,我们常见一个人沉湎于对往事的回忆,却又声称他什么也没有想,这是不足为奇的。

一个星期四晚上下班之后,根据伊莎贝尔的建议,我和她来到离法林顿路不远的一家咖啡馆。我们俩都没有心思说话。已经在咖啡馆里谈了好几天之后,出现这种沉默的局面是很自然的。但我觉得她长时间的沉默可能是一种信号,表明她遇到了什么问题。于是我问她在想什么。

"啊,什么也没有想。"她回答说,莞尔一笑,情绪开始好起来。

"什么也没有想?"

"啊,你知道,胡思乱想。真的没什么。"

"太好了,我刚才也在走神儿。你要不要来点蛋糕?"

"我很好。"

我们的许多时间真是在什么也不想中度过的。这也许是我们除睡觉以外最喜欢的消遣形式。即便是在浩如烟海的编年史中频繁出现的男女伟人(如托尔斯泰、弗洛伦斯·南丁格尔、亨利四世)肯定也在什么也不想中消磨过时光——坐在火车上、马背上、会议室里和肥皂泡沫覆盖的澡盆里,任凭往事从意识中川流而过,但却不能清晰地判断出它们可以在什么样的情况下吹起小号宣布说"我是柏林人"或"不管怎么说,值得为巴黎做一场弥撒"。

我们说话的时候,要尽量让别人明白意思,向他们讲明一两个要点,而不必也让他们了解意识中较为混乱的思维过程。就连小说中的人物也大多缺乏必要的复杂思维。他们的想法是从智力的黏性物质中提炼出来，然后带着个套子"他想"或"她想"被涂抹在页面上的。

当安妮塔·布鲁克纳[1]希望告诉我们《杜兰葛山庄》的女主人公伊迪丝头脑里在想什么时，她设置了一个平静的沉思场面：

"伊迪丝想，将许多女人驱赶进婚姻深渊的恰恰是她们的同性伙伴。"

让我们对比一下，在小说《尤利西斯》中，当乔伊斯想告诉我们摩莉的头脑里在想什么时，他是如何做的（荣格说，乔伊斯在那一段长篇大论中给他讲的女性心理学比其他任何东西都多，而纳博科夫则认为，"私下里说，那是书中最差的一章"）：

弄得连嘴唇都苍白了不管怎样现在总算一了百了世人再也不会成天议论这种事了其实只有第一次才算个事儿以后就成了家常便饭连想也不去想它了既然你有时候爱一个人爱得发疯觉得非那样做不可想亲吻想得浑身发麻而不能自制为什么非得先嫁给他才能跟他接吻呢我巴不得什么时候身边有个男人把我搂在怀里亲嘴再没有比长时间的热吻更美妙的了麻酥酥的一直热到魂儿里几乎能使你瘫痪我

---

[1] 安妮塔·布鲁克纳（1928—2016），英国小说家及美术史家。作为小说家她起步很晚，但从1981到1988年，她八年出版了八部小说，其中《杜兰葛山庄》1984年获布克奖；其他小说有《家人与朋友》(1985)、《一位英国朋友》(1987)等。

五　回忆

090.

讨厌忏悔……

假如有人认为布鲁克纳是现实的，乔伊斯是古怪的，这是因为我和伊莎贝尔在咖啡店里互相交谈时，我们是在用布鲁克纳式的句子交流，而不是用乔伊斯式的句子。如果我轻轻拍拍伊迪丝的肩膀，问她坐在安乐椅里想什么，她一定会回答说："哦，我是在考虑她们的同性伙伴怎么会把许多女人驱赶进婚姻的深渊。"

但事实上，伊迪丝自己未必会把事情想得那么清楚。她的思维也会像喋喋不休的摩莉·布卢姆那样迅速，离谱，富于联想。话又说回来，思维清晰是社会强加于我们的。我们的意识中分泌出的不能是毫无句法可言的黏液。我们学习讲话时别无选择，只能够把原料装进用动词、名词和稀稀拉拉的形容词做成的、用句号包裹得整整齐齐的香肠里。交谈的时候，我们要竭力让别人听明白。要想让别人明白我们脑子里想的什么，首先我们自己要清楚我们要说的话是什么意思。

"所以，你知道，我也读一点文学报纸。"伊莎贝尔回答说。然后她决定，即使要蛋糕，也要一个小的。

"但无论我在想什么，我只不过是埋头喝茶而已。"她端着一个杏仁巧克力面包卷从柜台回来后，态度更加宽容地接着说。

"你瞧，一看见黄花菊我就想起了小时候生病的情形，"她一边解释，一边搅拌现在空了一半、上面印有1984年奥运会标志的杯子，"母亲认为，黄花菊可以治百病。所以，我们几个谁有个头疼脑热的，我就听见她说：'我去给你冲一杯黄花菊，喝下去转眼就好。'我不知道她是否有关于黄花菊疗效的证据，但只凭她的那份热情就足够了。冲一杯黄花菊就能保证你健康。所以我真的没有多想，只是心不在焉。"

时间的云雾被包裹在其他官能和饮料中。从新磨的咖啡内部，像魔仆似的飘然升起了她小时候星期六上午父亲的形象。那时候，她的父亲把自己当成扑扑冒气的煮咖啡器，而且一再声称（背着妻子）一个男人混到这份上已经够了，还求什么呢？他爱坐在厨房里看报纸。他情绪好的时候，伊莎贝尔、保罗和露西甚至在吃完早餐后也会留在餐桌边聊天。他会偶尔转过脸来对他们中间的某个人眨巴眨巴眼睛，他们则会哈哈大笑，要求他再眨巴一下。有时候他还会给他们唱歌，把他们中的一个抱起来放在腿上。他的《瓦尔森·玛蒂尔德》唱得好，但唱《约翰·布朗之躯》难听得吓人，于是他们就哈哈大笑，尖叫着要他安静，并用手指塞住耳朵。

她记得小时候她以为父亲一直就活着，因为他是那样高，那样老，似乎什么都知道。有一个学期，他们学习工业革命。伊莎贝尔回到家里问父亲是否记得火车出现以前的事。

有一次，伊莎贝尔在考文特花园的一家咖啡店里回忆起了父亲。尽管父亲本身根本没有咖啡豆的香味，但在伊莎贝尔的想象中，咖啡和父亲总是同时出现。

我们离开咖啡店的时候，她手里拿着为父亲的生日买的一包哥伦比亚咖啡豆问我:"这是不是我的恋父情结的进一步证据?"

伊莎贝尔继续进行这种普鲁斯特式的调查。她对我说,姜味饼干使她想起了她上小学时上午的课间休息。十一点钟铃响,孩子们从各个教室里跑出来,乱哄哄地在餐厅里排成长队。摆在金属柜台上的食品盒里只有很少的姜味饼干。其他可供选择的食品都很可怕,有奇奇怪怪的奶油蛋糕、令人恶心的消化饼干,还有令人讨厌的白脱甜酥饼。伊莎贝尔摸索到一条占据离门最近的桌子以及迅速跑到校园左边的最佳路线。有一次,她跑得太快了,一头撞到女副校长的怀里。当时那位女副校长正捧着一棵植物苗往生物室走,结果植物苗被碰落在地上。她知道自己闯了大祸,吓得呆若木鸡。

"哦?难道你不准备道歉吗?"被弄得满身是土的女副校长问。

伊莎贝尔什么也回答不出来,只说了声"姜味饼干",便哇的一声哭了起来。

然而,伊莎贝尔更多的普鲁斯特式联想还是发生在泡泡浴缸里,像交通工具一样载着她,把她带回十一岁那年的一次纽约旅行。她父亲的公司派她父亲去做一笔生意,他们全家被安排在曼哈顿中心的一个商务宾馆里住了一个星期。伊莎贝尔对宾馆的奢华大为震惊:那里的电视有三十个频道;休息厅安装着巨大的双开式弹簧门;她的房间竟然高居那幢六十层大楼的第三十九层。她同电梯司机成了朋友,他把她一直带到顶楼。顶楼跟其他楼层看起来一模一样,尽管那人告诉她说风大的时候可以感觉到大楼在晃动。那天夜里起了风暴,她很庆幸他们只住在第三十九层。就是在那时,她第一次洗泡泡浴。看到绿色的液体扩散开来,形成表面参差不齐的一块块泡沫,像白色的蜂窝似的闪耀着柔和的光芒,她惊讶不已。她像撒哈拉大沙漠里的孩子用手触摸白雪一样拿眼睛瞧着那些泡沫,又花了半个小时将泡沫摆弄成各种形状:先垒成圆顶小屋,再堆成带有滑雪场的高山,后来泡沫开始消失,变成一座座在绿色的大海里漂浮的冰山,最后在她身上留下一种滑腻腻的香味,一直保留到下一次洗澡。

尽管许多记忆都是通过视觉、味觉和嗅觉发现的,但伊莎贝尔认为,音乐才是最能唤起她回忆的普鲁斯特式媒介。

"你能不能把音量开大点?"有一次夜间行车,当汽车收音机里传出琼·艾玛崔汀演唱的《爱与情》时,伊莎贝尔问。

"你知道吗?我第一次听到这首歌是在萨拉的十四岁生日晚会上。当天晚上,我大部分时间不是躲在浴室里,就是在厨房里帮忙洗碟子。晚会上人满为患,人们吃着辣味香肠蘸酸甜酱——这很可能就是我记得有人想亲吻我的原因。我的裙子上溅了点什么东西,我记得是苹果汁。"

伊莎贝尔听音乐的时候,常常讲述一件有具体时间、具体环境的普鲁斯特式的往事。因此,她的回忆常常是隐藏在唱片中的歌声和伴奏声中的。

普鲁斯特式回忆并不是遵照逻辑模式出现的。有些事情她能够铭记好多年却不记得具体时间,而另一些引起回忆的事则跟播放的音乐本身无关,而是后来变成了引起联想的线索。比如说,在威廉堡参加完婚礼回来,开车去格拉斯哥的路上,她从没听过REM乐队的《罗克维尔》,但那首歌却使她回忆起了与另一位应邀参加婚礼的客人同路的那次旅行。那是九月的一天,暴风雪从海面上席卷而来,山上的积雪达几英寸厚。汽车上的雨刷发疯似的擦拭着前窗;车空调喷送着融融暖气,车内的舒适与外面暴风雪的肆虐形成了鲜明的对照。歌声使人联想起了旅行的情趣,而不是具体的事件;温暖的车座的气味、布满蒸汽的窗玻璃的手感、路边被风吹成的雪堆的形状、他们到达格拉斯哥时天气戏剧般的突变——这些都是诗一般的感官记忆,而不是叙述性记忆。

成年早期,伊莎贝尔开始自己买音乐磁带并在上面加盖了记忆的印记。从那以后,她所收集的磁带既显示了她的音乐爱好形成的轨迹,又提供了她的音乐爱好形成的背景。

她的第一盒磁带是在牛津大街上的HMV连锁唱片店买的。那年她十三岁,曾经亲吻过同班的一个男孩子,并发誓以后绝不再那样做。磁带的名字是:

ABBA[1]:流行金曲精选辑
封套上站着的一群人身穿闪闪发光的缎子裤、紫色丝绸衬

---

1 著名瑞典演唱组。

衣，沐浴在朦胧的橘黄色光线里。曲目包括《舞后》《拿我赌一回》《赢者全拿去》《彻姬提塔》和《我们中间的一个》。她跟萨拉、塔米、珍妮特和劳拉几个姑娘在购物中心跑了一个夏天才买到那盒磁带。她回忆说她当时希望自己是另外一个人，具体地说是高她两个年级的格雷丝·马斯登，因为格雷丝乳房大，头发长，皮肤光洁。伊莎贝尔一直不敢照镜子，因为鼻子底下的一个脓疱长了一个星期。她曾经想到过上吊自杀——这也许跟ABBA的调子不太和谐，但ABBA的歌声确曾给她带来了几度欢乐。歌曲《舞后》充满活力，速度很快，她跟劳拉把录音放到最大音量，伴着节奏在床上乱蹦乱跳，直到劳拉的父亲——抛弃了妻子，跟自己的法律助手勾搭的法务官——大喊大叫，要她们懂事一点。

然而，一盒磁带里可能会隐藏着一个挨一个的多层记忆，分别反射聆听它的不同时间，就像将一座古老城市的地基横向切开，显示出一层摞一层连续不断的居住痕迹一样。

在ABBA的第一普鲁斯特层下面埋藏着一个在阿尔加维度过的假期。那一次伊莎贝尔是同克里斯、克里斯的女朋友和她的妹妹一起去的。他们租下了一套房和一辆汽车，使用一个星期。在开车沿着弯弯曲曲的道路去海滨和夜总会的路上他们播放了那盘磁带。伊莎贝尔一直在寻找无聊的刺激，这种无聊的刺激终于以她和来自吕贝克的一位德国人的风流韵事的形式到来了。那位德国人是一位潜艇设计师。假期临近结束的时候，他向伊莎贝尔透露说他要带着一个小儿子结婚了。但这并没有影响沃尔夫冈与伊莎贝尔一起聆听《我们的去年夏天》。后来那首歌常使他想起那一次他和伊莎贝尔在他的吉普车里过夜,一起在海边看日出的情景。

最后一个普鲁斯特式回忆隐藏在最近的一次单位圣诞晚会中。晚会上,《拿我赌一回》的歌声回荡在皮卡迪利一家饭店酒吧粉红色的大厅里。接待员萨莉·韦尔奇的眼泪(她的男朋友当天晚上离开了她)、勾兑的酒水、打情骂俏与孤独寂寞一直伴随到晚会结束。

然后是:

"金发女郎":精选辑

这一次,伊莎贝尔十四岁,每天下午都要一边听着《海潮高高》《不挂电话》和《玻璃心》,一边学习化妆,试穿朋友的衣服。她的裙子越来越短(她妈妈看到一件时嘲笑说:"看起来更像是腰带而不像裙子")。她的第一条迷你裙伴随着紧身衣和高跟鞋出现了。趁父母和爷爷奶奶一起度复活节假期的时候,伊莎贝尔拉着劳拉去了诺丁山的一家夜总会。她们画着眼线,抹着淡紫色的口红,冒充十六岁少女混了进去。几位学语言的意大利留学生给她们买来了饮料。两杯草莓代基里酒下肚,酒性发作,伊莎贝尔迷迷糊糊地亲吻了其中的一位,是叫圭多或是乔瓦尼或是贾科莫什么的。后来她喝的酒吐在了拉德布罗克路边的排水沟里。

那盒磁带的第二次出现是在伊莎贝尔二十二岁那年搬进哈默史密斯的套房里的时候。当时它简直成了她的打扫卫生伴奏带,无论是用吸尘器打扫卧室和小客厅还是清扫书架，无论是洗涤一摞摞的餐具还是清理浴室，她都要放那音乐。她非常讨厌日常琐事，所以她需要音乐给她带来活力，以免一开始就瘫倒在沙发上。

伦纳德·科恩：最流行金曲

这些音乐把伊莎贝尔带回到她十几岁时在卧室里度过的那些百无聊赖的下午。那些回忆中的主要色彩是紫色（那是她的羽绒被的底色）和米黄色（那是磁带封套的颜色）。母亲总对她怒目而视，骂她像街头流浪儿，既不跟家里人讲话，又不好好上学。无论母亲说什么，伊莎贝尔都不争辩。她只是用单一的语调低声问能不能让她一个人呆着。这可能不是做母亲的所希望的，因为她认为对方不反击是对她的侮辱，于是她更加怒火万丈。有一次，伊莎贝尔拒绝否认她在尝试毒品，母亲狠狠地打了她一耳光。伊莎贝尔坐在餐桌边一动没动，连眼睛也没眨一眨，以免眼里的泪水流出来。就是在那时候，她冒出了那句臭名昭著的话，说她从没有要求父母生她。

这时候，她开始接触：

鲍勃·迪伦：异教徒

情况在好转。首先，那张唱片是伊莎贝尔的第一个男朋友斯图尔特·威尔逊送给她的礼物。斯图尔特让她发现，有时候，跟男孩子谈话可以像跟女孩子谈话一样畅快。斯图尔特十七岁，前年离开了学校,现在在维多利亚火车站附近的一家青年旅行社上班。他们两人的关系持续了一年。其间,这对年轻人或一连几个小时在市场上找衣服,或去淘唱片店,或到恩菲尔德大街斯图尔特的父母家去,在斯图尔特的床上互相抚摩。

斯图尔特虽然话不多,但却有超人的本领:他能让伊莎贝尔感觉到他理解她。迪伦的歌是他们上述活动的重要载体,尽管他们也可以选择比《你这样的情人》《忧郁难排解》《我真正想做的事》等较差的载体。他开始进入青春期中期,而在此期间,伊莎贝尔选择音乐以及男朋友的品味同时发生了变化。在他们发现了各自最喜欢的三个乐队之后,相互之间对对方生活的探索很快就结束了。

然而到学生生活的最后一年,伊莎贝尔在男女关系以及唱片收集方面都更加成熟了。那时,伊莎贝尔弄到了一种版本的:

莫扎特:第三号和第五号小提琴协奏曲

它使她想起了一次学校组织的和十个女生及一位艺术史教师一同参加的巴黎观光旅游。他们住在蒙马特一家破旧的旅馆里。伊莎贝尔和一个担任旅游团副团长的姑娘合住一个房间。(那姑娘已被牛津大学录取,后来她患了癌症,在她的二十五岁生日前一个星期死去。)他们参观博物馆,在里沃利大街的小餐馆里给朋友写明信片,对法国小伙子讲糟糕得可怕的法语——只要她们能报之一笑,那些法国小伙子们倒不嫌麻烦。听那些协奏曲特别能唤起伊莎贝尔对乘火车返回加莱[1]的旅行。她记得那绿色的塑料座位,记得车窗外阿图瓦乡村单调的景色。离开那座城市回国的时候她非常想家,想家里的亲人。然而仅仅几个月之后她毕了业,在伦敦大学谋到一份工作,干了一年便又到国外旅行去了。她先到柏林,为一位翻译家打工,遇到一群美国人,其中一个人给她留下一盘:

名家歌曲精选:唐·乔瓦尼、迪·曹伯弗洛特、勒诺兹·迪菲加罗、科西·范·塔特

这张唱片捕捉到了伊莎贝尔对国外一年生活的混乱记忆。歌曲《假如你想跳舞》使她想起柏林曼埃克大街的一个角落里她经常光顾的一家咖啡馆;《苏珊娜没有来!》使她想起了歌剧院;从《如同残缺而稳固的礁石》里她仿佛看见了多维尔,她在那里的一家旅馆干了一个夏天的接待工作;而《唐·奥塔维奥死了!》的不祥乐曲使她想起了她所乘坐的那趟正驶出米兰火车站的卧铺车。

---

1 法国北部港口。

六　隐私

我们读传记时有一个共同的印象（尽管对此也许还有争议），那就是：一个人的生平中有些部分要比其他部分重要。无论一部传记作品用什么方法吸引我们的好奇心，说到底它还是在挑逗读者，也就是说，它不向读者透露其中隐伏的观点，除非它像不公平的父母那样偏爱其中的某一部分。一时受好奇心驱使，我们可能很想了解爱因斯坦小时候是怎样吹肥皂泡的，丘吉尔在雅尔塔是如何和斯大林分享雪茄的，伯特兰·罗素对特里尼蒂的斯提尔顿干酪的感觉如何。然而，如果它所能给读者提供的仅此而已，我们会在大失所望中合上传记，这种情形就好比某个用餐者急于吃一盘泡芙，而饭店厨房却告诉他说已经卖完了最后一份。

我们所探索的是私生活，一心想了解除了据称别人已经知道的那些内容外，某个人的生平里还剩下什么。法国格言作家沃韦纳格 1746 年写道："没有人喜欢别人同情他的错误。"这话不错，但对这位格言作家本人的传记作者似乎并不怎么适用，因为他的好奇心可能会仅限于了解引发了主人公那句精辟格言的痛苦的孤

Kiss and Tell
亲吻与诉说

寂时刻。尽管沃韦纳格绞尽脑汁想从他的个人经验中推断出能够适用于全人类、超越他所生活的那个戴假发乘马车的时代、在他无法想象的以后几个世纪里能被台北人和加拉加斯人所理解的东西，但传记作者则可能会暗暗认为，自己的任务是解开精心编织的结，破解严密的文字，探察究竟是谁同情过这位格言作者，为什么同情，同情了多长时间，最后的结果是一场决斗还是一颗破碎的心。除非那句格言能回归到它从中巧妙脱逃的个人根源中去，否则它就是不诚恳的。

这种使一个公众人物的生平坍塌成隐私形状的愿望产生的原因是什么呢？也许是公众的怨愤的一致性以及一种具有诱惑力的欲望，那就是：意欲揭示出那些男女伟人们并没有摆脱常人般的愚蠢。也许在格言方面沃韦纳格是一位天才，但在其产生那些格言的个人生活中，他无疑又是一个凡人，具有人类所具有的一切弱点。此外，只要想一想促使他产生那些想法的原因，就可以舒舒服服地抵消那些想法本身的力量。渴望了解别人的好奇心是避开自省的好办法——你可以用同被允许引用、描写的对象作斗争代替自身的内心斗争。

然而，我们可以指责现代传记剥夺了读者发挥想象力的可能性，因为它把读者对主人公私生活的探索限制在了卧室的范围之内。

> 床上谈话本该最惬意，
> 躺在一起云天雾地，

102.

> 两人的标志就是诚实。
>
> 然而越来越多的时间在沉默中流逝，
> 外面的风并未完全休止，
> 天空的乌云时散时聚……

对那些熟悉未得到满足的性行为结束时的令人难堪的沉默的人来说，这似乎是一首能引起感情共鸣的诗；但对于具有传记思维倾向的人来说，它几乎无韵律可言，看不出有托马斯·哈代[1]的影响，倒像是与跟诗人在尴尬的沉默中躺在床上的那人有关，跟诗人小时候发生的令他张口结舌的事有关。仿佛他原本想拥抱一个孩子，却拥抱了一个女人。

区分传记与高雅的回忆录或学术专著的一个观念是：从理论上说，传记作者应当和他或她的主人公睡过觉——这是从一种非文学理念推断出来的结果。这种理念就是，在询问过是关灯还是开着灯之后，两个人的关系就达到了登峰造极的程度。

"我是说，这会产生相反效果。她总是连人家的名字还不知道就跟人家上床。"说起她的巴西同事格拉齐耶拉，伊莎贝尔解释道。就这样，午餐时，她一边打开一桶农家鲜干酪，一边对上述

---

[1] 托马斯·哈代（1840—1928），英国小说家，诗人，早期和中期主要从事小说创作，后期转向诗歌创作，代表作为小说《德伯家的苔丝》和《无名的裘德》、历史歌剧《列王》等。

做法含蓄地提出了挑战:"然后呢,当事实证明他们并不合适时,或者人家不再理她时,她就会大吃一惊。"

"也许加布里埃拉那样做只是出于性欲。"我说。

"格拉齐耶拉,不是加布里埃拉。"

"你得承认,这名字很难记。我没有跟她睡过觉,你说的名字我没记住。"

"问题还不在这里。她只是想星期天晚上能有个人跟她依偎在一起,可又不知道如何亲近才算恰当。于是床似乎就成了摆脱困境的捷径。"

伊莎贝尔可能很同情格拉齐耶拉暴露私人秘密的愿望,但她不赞成她所选择的方式。尽管性交是关系亲密的象征,但它本身并不能保证两个人的关系一定会密切。象征甚至会阻挠它所象征的情况实现——以和某人上床的办法避免费事的熟悉过程,就像买书是为了省却读书之苦一样。

"那么格拉齐耶拉应该怎么做才能快活呢?"我以教父般的关切问道。

"我不是专家,"伊莎贝尔说,她把农家鲜干酪重新放回冰箱里,"我只是想,跟人上床并不总是好办法,除非在此之前跟他们有过实质性的亲密举动。"

"比如说?"

"比如说吃醋、发誓、展示你狡猾的方面、呕吐、掏鼻孔、剪脚趾甲。"

六　隐私

104.

"怎么？"我不解地问，"你的脚趾头有什么……？"

"不，我的脚趾头很好。"

"那你？"

"啊，我是想，剪脚趾甲也是一种隐私。趾甲长在脚上没事，一旦剪掉，就浪费了。看到长在一个人头上的头发是一回事，发现浴室里有头发是另一回事。"

"可为什么剪趾甲比上床更能表示亲密呢？"

"我只是认为，你跟他上床的人也应该是你当着他的面剪脚趾甲毫不脸红的人。"

伊莎贝尔正在给了解隐私本身所必须的要素重新下定义，很微妙但也很重要。她的看法同赤裸裸的现代传记特征形成了鲜明的对照。鉴于两者之间存在着差异，根据什么界定一个人的生活是不是隐私呢？也许得根据它所揭示的人类的脆弱程度。剪脚趾甲是隐私，因为它不雅观，需要旁观者宽宏大度，就像宽容一个女人不梳头不化妆就出来吃早餐一样。私生活包括一切需要用善意或同情看待的事情。那是我们自我暴露时刻的记录。

于是乎，亲密的过程就包括引诱的对立面，因为它意味着使一个人暴露出最容易遭到不利评价的方面，或者说最不值得爱的地方。而引诱是建立在展示一个人的最优秀品质和小礼服的基础上的。亲密需要一个既提供易受伤害的部位，又要剪脚趾甲的复杂过程。

根据她的定义，伊莎贝尔明显的私人自我表现要比我想象的多。她已经渐渐学会了随心所欲地发誓；她已经展示了她的一些

亲吻与诉说　　　　　　　　　　Kiss and Tell

比较狡猾的方面；她甚至还承认，她说读过苏珊·桑塔格[1]的书，其实她撒了谎。

"你什么意思？"我问。

"啊，有一回咱们谈论摄影时，我喋喋不休大谈起那个老太婆来，你还记得吧？其实她写的书我连一个字也没看过。"

"一个字也没看过？"

"没有。我记得我当时是想让你感到渺小，所以就……"

承认这样的诡计会使伊莎贝尔跟在卧室里一样暴露出最容易受到攻击的一面。承认后她会想知道："你现在是不是愈发看轻我了？"

生活中的隐私部分对于了解一个人具有格外重要的意义。伊莎贝尔之所以不大愿意暴露她在读桑塔格的书的问题上耍了花招，就是担心我不仅会改变对她学习方面的看法，而且会改变对她的智力水平、人品道德的看法。我们所了解的他人的一些情况会毫无道理地影响我们继续全面看待一个人的能力，而只会注意一些孤立的细节。比如说，一旦我们了解了一个人具有某种生理缺陷或不良嗜好、长有副乳或患有手淫窒息症，此后一提起这个名字，马上就会想起此人的这种缺陷。

这一点可以解释为什么在社交场合擤鼻子需要有技巧。

"很抱歉，我知道这不太卫生。"伊莎贝尔抱歉地说，因为我

---

[1] 苏珊·桑塔格（1933—2004），美国文学批评家，尽管她也写过小说，但还是以其风格新颖的散文著称。她有影响的著作有《论摄影》《作为隐喻的疾病》等。

106.

意外地发现她躺在沙发上一边看报,一边挖鼻子。

"没什么,"我回答说,光凭那三块鼻屎我无法判断她要干什么,"你要用它们做什么?"

"啊,我通常是把它捻成一团。"

"然后呢?"

"你知道,如果旁边有个垃圾篓,我会把它扔进去;如果没有,我就把它弄碎丢在地毯上。最好的鼻涕是干而成块的,最坏的鼻涕是感冒的时候又湿又散。你知道吗?不干不湿的时候掏也不行,擤也不行。也许你能够掏出一点点,但掏到半道就断了,你不得不千方百计地隐藏鼻子里剩下的。"

伊莎贝尔解释说,她的鼻涕的颜色经常变化,这可能跟空气的质量有关。在城市里,鼻涕又脏又黑,到了乡下,鼻涕像蜂蜡一样黄。她对一些鼻屎块之大感到惊讶,那粗糙的结构令人想起史前洞穴的墙壁。

"你经常把鼻涕抹到……?"

"现在不了,但过去在学校和在家里的时候,我经常把鼻涕抹到课桌的一边或小柜子的后面我们藏钱的地方。如果某份文件只有我一个人看,我就把鼻涕抹在上面。"

"还会吃掉?"

"我试过,但我的鼻涕太咸。"

几个星期之后的一个格外炎热的夏夜,十一点多,我躺在床上看新闻，关注这么一段逸事：一对长得一模一样的双胞胎出生时就被分开，后来两个人都嫁给了左撇子长笛演奏员。正在此时，我套房里的电话响了。我决定不接电话，让应答机回话。

"哦，真该死。我猜想你不在家。我是伊莎贝尔。很抱歉这么晚打电话，可我今天做了一件最愚蠢的事：我把钥匙借给我的老板了。这就是说我现在进不去……"

我意识到她遇到了难题，便立即提出让她睡在我套房里的一张床上，尽管她发现这一建议很难接受。

"谢谢你，不过我睡地板上就行了。"

"这主意太好了。不，那你也太舒服了。你为何不睡在柜子顶上或阳台上呢？"

"别逗了。很抱歉，我已经够难为情了。"

后来，她睡在了卧室外面的沙发上。套房的开放式结构意味着隐私是有限的。伊莎贝尔穿着我借给她的T恤衫从浴室跑向沙发时喊道："别偷看。"

也许是不习惯这种局面，我们俩立即都推说累了，并在互道晚安时熄灭了灯。

我想睡觉，但炎热的天气及隔壁房间里的另一个人使我无法得到必要的平静。我睁开眼睛，望着天花板胡思乱想起来。我调整一下枕头，又担心起对面墙上的缝隙来。我不知道伊莎贝尔是否进入了梦乡，便试着揣测隔壁房间里偶尔传来的嘎吱声和脚步声意味着什么。我们两个人互致晚安之后，便进入了一个微妙的阶

108.

段。我们都知道也许谁也没有睡着,而是假装迷糊,以免让对方意识到自己知道他(她)没睡。随着时间的推移,要维持这种互不干扰的局面已不大可能了。这不,一想到要孤单一人度过漫长的一夜,有人便隐约地担心起自己会失眠,于是就悄悄地倾听对方有什么睡着的迹象,比如轻轻的鼾声或者在被单下伸展四肢的声音。

"你睡着没有?"隔壁的人小声问。

"完全睡着了,你呢?"

"我也是。"

"太好了。"

"今夜太热了。"

"我知道。"

"我可不可以打开起居室的窗户?"

"当然可以。"

我瞧着伊莎贝尔从沙发上爬起来,走到窗户旁边。大街上橘黄色的路灯照出了她的身影。

"这就好些了,"她说,"我这个人真的很不会睡觉,有时候看书看一夜,上班之后就像散了架似的。我认为这是小时候养成的习惯。我跟妹妹同住一个房间,我们总是一谈好几个钟头,根本休息不好。"

"谈什么?"

"啊,鸡毛蒜皮的,什么都谈,大多是下流的傻话。"

"我很难想象你们会那样做。"

"为什么不会?"

"不知道。"

"我告诉你个秘密好不好?"伊莎贝尔建议说。

"好啊。"

"你能保证不告诉任何人?"

"当然能。"

"那好吧。那是关于我和妹妹的事。"

"什么事?"

"不,我不能说。这个秘密太重要了。"

"说下去,你不能够欲言又止嘛。"我争辩说,"秘密"一词已经刺激了我的想象力。

"哦,那好吧。只要你保证不讲给别人听就行。是这样的,我第一次接吻是跟露西。"

"你的初吻是将同性恋与乱伦相结合喽?"

"电影里的人为什么老亲嘴儿呢?这一问题强烈地吸引住了我们。所以,有一天,我建议说咱们也试一试。于是,我们就钻进了贮藏柜里——我想,大概是因为我们隐隐约约地知道这事有点荒唐——模仿电影里看到的样子张开了嘴。我们都动了情,便开始咯咯地笑,但好长好长时间没有停止,因为它在某种程度上很令人愉快。那很可能是我的第一次性体验。从那以后,每逢看到电影里的人接吻,我们就会互相看看对方,然后咯咯地笑起来。一直到现在,我和露西在电影院里看到接吻的镜头时,我就琢磨

110.

露西是不是也在想接吻。但我们俩都很窘迫，对此总是心照不宣。这就是我们的秘密，你答应不告诉任何人，对不对？"

如果说秘密虽有强大的威力，能激起我们的兴趣，然而听到的时候又常常不能激起我们强烈的感情，那也许是因为一提到"秘密"一词，而不是诸如此类的其他词汇，我们就会潜意识地想象到我们自己的秘密。我们把我们认为不完全属于全人类的个性的某些方面称之为秘密。秘密乃是我们独特性的阴暗面和尴尬面，即我们背离社会期望的时刻——不是为了标新立异或英雄主义，而是为了那些我们担心会遭到社会谴责，或者社会虽会容忍但至少会讥讽的价值观念，比如我荒淫无度，爱上一个同胞姐妹或引诱同性。儿童的秘密最多，这不足为奇，因为他们缺乏经验，对新奇的事物，对他们做过的或感受到的私事最为敏感。到了漫长生命的尽头，一个人就会想象他库存的秘密正在减少，因为原先看起来离经叛道、下流可耻的行为，现在看来却正好符合对人生真谛的理解。从这种意义上说，他人泄露秘密的倾向也许更多的是出于能耐，而不是出于残忍。作为一个局外人，他意识到，那些被认为是隐私的东西事实上是属于正常人范畴的——这一范畴要比秘密持有者想象中的狭窄领域大得多。

根据我们的情况判断，等不了多久伊莎贝尔就会吐露另一个秘密。自从二十五年前拉维尼娅和克里斯托弗搬到伦敦以后，罗杰斯一家一直雇佣贝克街的同一个牙医——罗斯先生。罗斯先生是一个饶舌的澳洲人，喜欢赛马。他的办公室里摆满了赛马赢得

亲吻与诉说　　　　　　　　　　Kiss and Tell

的奖杯,挂满了他的高头大马的妻子的照片。他给十二岁的露西安装过畸齿矫正架,为十八岁的伊莎贝尔拔除过四颗智齿,为罗杰斯先生填充过牙根管,为罗杰斯太太修补过臼齿上的几个洞。关于他为其他家庭成员治牙病的详细情况这里就不再一一赘述了。

"听起来很古怪,但他是能让我多少干点事的人之一。"伊莎贝尔透露说。这时,她在沙发床上坐起来。

"我十二岁的时候,那些男孩子们什么事都期待我拿主意,我当然不会那样做。我觉得很奇怪,罗斯先生居然会对我感兴趣。我是说,那时我还是个孩子,而他那么老。但那时候我的确有某种恋父情结。我曾经单独找他看过一次牙。傍晚的时候,妈妈把我一个人留在那里。我不记得他是怎么摆弄我的牙的,只记得停了一会儿他抚摸我的后背。那只是牙医与病人的一般亲密关系,没有任何别的意思。他嘴里不停地做着不带感情色彩的评论,比如说'你要知道,你的上齿很漂亮'。紧接着,他既没有改变声调,也没有换录音带——还是放威尔第的曲子——突然说:'接诊员就要走了,然后就只剩下我们两个单独在一起了。没有人会知道。如果你不想再做什么了,我就立即停止。'我不明白他在说什么,可他却以一种几乎是专业的方式非常温柔地亲吻起我来。几分钟之后他停下来说:'现在你明白怎么做了。'好像亲吻是治疗过程的一部分。我简直难以相信,但也很愉快,因为,说实在话,我还真有点喜欢他。"

"后来发生了什么事?"

112.

"啊,我跟他的预约不多,一年也就两次。我又一次找他看牙的时候,一切都又恢复了正常。他没有感到羞耻;他觉得他是帮了我的忙。我们也再没有提起过那件事。我们甚至还谈论起我的其他恋人来。"

看来这是一个明智的选择。于是,我和伊莎贝尔放弃了立即休息的愿望,互相询问起来。这是春心骚动的青少年互相探听真心话常用的办法。

"我不能再谈下去了。"轮到她说话时她抗议说。

"可你答应过的。"

"太不好意思了。"

"你已经让我把什么都告诉你了。"

"对不起。"

"你为什么不能说呢?"

"因为。"她欲言又止,似乎这就是她的解释。她羞答答地又把被单拉上来遮住下巴。

"你知道,并不太多。"她轻轻嚼了一阵子被单头之后接着说。

"我不在乎。"

"我还是很安分守己的。"

"你指的什么?"

"或许我不是。也许太多了。可能我真是个荡妇。哦,好吧,我告诉你。"

伊莎贝尔闭上眼睛,皱起眉头开始咕咕哝哝地数数。过了一会儿,她像官员宣布选举结果一样庄严地宣布道:"哦,我很可能和十七个人接过吻。至于上过床的,那就少多了,大概有九个或十个人吧。"

姓　　名	接过吻	上过床	年　龄
露西·罗杰斯	×		9
罗斯医生	×		12
查利·布林特	×		13
贾科莫?	×		14
伯特兰·丹尼斯	×	类似	15
斯图尔特·威尔逊	×	×	16–17
弗兰克·惠特福德	×		17
罗杰·博伊德	×		18
帕特里克·阿姆斯	×		18
贝特朗	×	×	18
汤姆·格雷格	×	×	18–19
安德鲁·奥沙利文	×	×	19–20
盖依·斯特里克斯	×		20
沃尔夫冈?	×		20
约翰·沃特	×	×	21
艾尔弗雷德·布伦		×*	20
杰里米·巴格利	×	×	22
伊萨克·戴维森	×	×	23–25
迈克尔·卡滕			

* 伊莎贝尔在度假滑雪时曾和他睡过一夜,此人在做爱时不愿接吻。

114.

"我不明白你伊莎贝尔是如何在十五岁上'类似'失去童贞,而又在十六岁上最终失去的。"

"因为我是个傻瓜,"她解释说,"那是我交换留学去法国的时候。我被送到多尔多涅省的一个家庭。事实上,上大学的时候,我母亲跟那个人的女儿有过同性恋。"

"那人是个艺术家。"

"不错,雅克。可那时他已经不再是艺术家了,他在埃尔夫石油公司上班,成了那里的头面人物。他在巴黎买了一套住房,在多尔多涅省改建了一个粮仓。他娶了一位艺术品商人的女儿。那女人非常有钱,一只眼睛睁不开。他们有两个孩子——贝特朗和玛丽-洛尔……"

"你说什么?一只眼睛睁不开?"

"我也不知道是怎么回事,可能是她的眼睑肌肉松弛或别的什么原因。玛丽-洛尔跟我一样大,贝特朗比她大一岁。我就是和那姑娘交换留学,想把我的法语水平提高到普通程度。前年,玛丽-洛尔跟她爸、妈和我在康沃尔郡过了一个夏天。她很令人讨厌,老在对我们说英国的切达干酪不如妈妈给她买的法国卡门贝干酪好。我真害怕下一个夏天还跟她在一起。但就在这时,我认识了她的哥哥贝特朗。于是,一切都发生了变化。"

"他什么样?"

"十六岁,骑一辆助动车,抽烟——很讨人喜欢。当时我正处在害羞阶段,略微与性沾点边的话题都会使我脸红,尽管我们当时谈的只是家畜的交配习惯。在多尔多涅,一天晚上吃晚餐时,一件事弄得我面红耳赤。后来我走了出来,站在厨房外面的石头台阶上听蟋蟀叫。贝特朗来到我身边。我想跟他交谈,可他从来不爱多说话。于是我们就默默地坐在那里。这时他突然说:'你脸红的时候很迷人,颧骨像两朵花似的。'在此以前,从来没有人用'迷人'一词描述过我,也没有人如此肉麻地提起过我脸红,这说明这一次我的脸比以往红得更厉害。我迷惑不解,窘迫不安。我恋爱了,却以为自己是在做傻事。我哭了起来。"

"他做了什么?"

"有一段时间什么也没做。我记得他想再点一支烟,可是风大,划了好几根火柴也没有点着,最后只好放弃,接着便开始亲吻我。"

我咽了口唾沫。

"你快睡着了?你肯定觉得很乏味。"伊莎贝尔问。

"天哪!不,恰恰相反。"

"别撒谎。"

"我没有。"

"这故事太平淡了。"

她说得对,是没什么出奇的地方。但她的故事很吸引人;叙述肉体的欲望总有一种力量,它能抓住听者的注意力,无论故事的结局如何。一个故事一旦开始,我们就会回复到普通的洞穴人的生活状况中,围着篝火啃猛犸象肋骨,渴望能找到那个被有教

116.

养的文学批评家认为十分庸俗的问题——"接下去发生了什么事？"——的答案。悬念的实质也许不过是对特洛伊罗斯[1]和克雷西达[2]幽会的环境及原因略微关切而已。虽然世界上仅有五个故事，但我们可以幸运地听到人们讲来讲去，添油加醋。反复讲述的结果，故事改头换面，灰姑娘遇见她的求婚者的地点变成了在火车上而不是在舞会上，或者王子被魔法变成了耳塞，而不是癞蛤蟆。

"假如你真想知道接下去发生了什么事，那我就告诉你。贝特朗的父母出来了，换句话说，他们打扰了我们。我回到自己的房间。但在半夜的时候，贝特朗摸进我的卧室，爬到我的床上。那是我除了玩具熊以外第一次跟别人睡觉。所以我吓得浑身僵硬，尽管我的另一面还在想：'上帝啊，我先跟萨拉[3]说一声好不好？'"

"后来呢？"

"噢，我们傻乎乎地玩了一会儿。那是典型的青春期的事，谁也不清楚在做什么。一个一提到家畜交配就脸红的人当然不会不控制自己。"

"所以你就……？"

"有几分像，我是说，作一会儿类似的动作，然后他就用法

---

[1] 特洛伊罗斯，希腊神话中特洛伊国王普里阿姆（即普里阿摩斯）的儿子，在特洛伊战争中被阿喀琉斯杀死。

[2] 克雷西达，希腊神话中特洛伊罗斯不忠的情人。

[3] 伊莎贝尔最要好的朋友。

语咕哝了几句什么,这就完事了。我突然认为我可能会怀孕,但结果证明,该怀孕的是床单。"

"最终你究竟跟谁真正……?"我委婉地问。

"噢,跟斯图尔特,有一天我对你说起过他。我们甚至还有一本指导手册,现在还放在我家里什么地方,上面有好多示意图、长胡须的家伙、大量的花边,还有七十年代的照片。我们俩约会了一年,太棒了,非常自在,但那很可能说明我当时是多么单纯。那是少男少女之间的短暂爱情。真正的爱情故事发生在后来,但都是杂乱无章的。上帝啊,你听我说。爱情故事,听起来我像是活到九十岁了,才有一两个爱情故事。"

伊莎贝尔停了停,换换姿势,用另一只手支撑着身子。

"你知道,现在的确很晚了,"她说,"我真不敢想象你居然还愿意听。"

可我愿意。我们一直谈到第二天凌晨,我还在不停地提问。

一个人希望通过了解另一个人爱过谁来获取他的什么情况呢?为什么这一问题对理解我们认为是隐私的个人生活的神秘片段显得如此重要呢?向别人透露我们自己选择情人的情况又意味着什么呢?

只要人们渴望得到自己没有的东西,爱情故事就能勾画出我们的需求演变的轨迹。从伊莎贝尔与牙医的一次舒适亲吻,到她接下来所要揭示的另一个人的性格特征——如果不是我们后来睡着了,接下来她是会讲给我听的。然而,情人并不是按照感情空

118.

白与性爱候选人的完美配合选择的——从这种意义上说,情人乃是内心需求的复杂路标。许多人之所以被选中,并非因为伊莎贝尔认为他们合适,而是因为她觉得这时候适合牵手。我们也许不得不从极其狭小的圈子里挑选情人。要解释更为费解的爱情故事,也许得用令人沮丧的想法"你约会过其他人了吗?"来回答这样一个问题:"为什么会是他们?"

除了这种管理问题外,还有一个心理投入的复杂问题。它可以阻止一个人回应一个显然是完美灵魂的爱,而去选择虽不理想但极具诱惑力的情人。古怪的选择显示出了我们强加给看似简单实则复杂的付出与接受感情过程的微妙之处。如果不能碰巧坠入爱河,我们就仍然得受选择标准的约束。那些标准或许是有益的,比如偏爱明亮的眼睛、天庭饱满的数学家或细脚脖子的女演员,或许包含一些不那么令人愉快的强烈冲动,比如嫁给贵族、酒鬼、癔病患者或者被母亲遗弃者的冲动。只谈论我们所选择的他人身上的优点,就会忽略我们为满足自己的历史性需求花费了多少时间。这种需求常常是下意识的心理需要,是施虐受虐狂的罗盘上协调的南北极,是普通的神经官能症,而不是对戏剧或冬季运动共同的兴趣。

伊莎贝尔是这样总结她的罗盘上的方位的:"我爱的坏蛋、爱我但最后让我瞧不起的好人,再往后就是那些还过得去的家伙——我之所以竭力与他们相处是为了试着做个成年人。"

在伦敦大学的第一个学期,她认识了来自格拉斯哥的在读博士生安德鲁·奥沙利文,并将他定为这些人中第二类的代表。两个人的关系一直建立在伊莎贝尔称之为索尔·贝娄[1]式幻想的基础上。

"你知道,我通常喜欢控制人,喜欢负责任。但另一方面,我也希望拜倒在坚定、持重、可以信赖的人脚下,就像索尔·贝娄小说中的女性一样。我希望能有人照顾我,纵容我,娇惯我。我知道这并不光彩,但我需要有人至少像关心金钱、食物和住房那样关心我。"

在所有饱受消极幻想折磨的人看来,安德鲁·奥沙利文再聪明不过了。如果遇到海难或空难,他肯定是一个理想的伙伴。他会用两根柴枝生火,会用地毯和竹手杖搭帐篷,知道如何用手灯吸引营救人员的注意。在无灾无难的日子里,他的这些能力是靠聪明地填写保险索赔文件、在家里布线以及精确安装伊莎贝尔的壁挂式电话上的两颗螺丝钉表现出来的。

一个在船舶失事中有用的人具有如下特点:他能够阻塞部分想象力,善于对付屠杀旅客的海盗或者将危难变成葬礼的台风。虽然这种阻塞在危急关头颇受欢迎,但在风平浪静的春日里,当需要用想象力去理解另一个人的哑剧时,问题就会凸现出来。伊莎贝尔记得,她曾经给安德鲁讲过她的母亲与一位汽车商之间的

---

[1] 索尔·贝娄(1915—2005),美国小说家,美籍犹太作家的代表之一,主要作品有《奥吉·玛琪历险记》《赫尔索格》《赛姆勒先生的行星》《洪堡的礼物》等,获1976年诺贝尔文学奖。

120.

风流韵事。安德鲁睁大眼睛耐心地听到故事结尾,然后他想了想说:"太不可思议了。"他特别强调最后一个词,仿佛是他首先发现了一个灭绝的部落。

随着幻想的逐渐破灭,伊莎贝尔注意到她对安德鲁的一只手表越来越恼火。那是一只潜水表,厚厚的金属表带,大大的表面,带有测量气压的刻度盘、五个国家的时间显示和一个经纬仪。在谈话的间歇,安德鲁总是习惯地看看表问:"喂,你知不知道?现在是东京时间凌晨四点半。"

两人的关系持续了八个月之后,那只手表已不仅仅是计时的仪表,它变成了安德鲁刻板性格的最重要象征。伊莎贝尔没有在安德鲁身上看到任何新东西,她所看到的始终是那只手表以及安德鲁的相关方面。不过,她能以两种不同方式解读同一方面,这要看她是站在爱情线的哪一边。

人们在感情生活中最容易误解别人,这是因为,爱上一个人时最容易相信他的聪明,也最不能够忘记他的邪恶行为。爱情状态是一种误解他人、写糟糕传记的专横标志。

公平地说,促使人们做出这种杂乱无章的精神努力的原因是"贫穷"。这是因为,只有当我们需要孩子的时候或者在孤零零地过另一个星期天时精神错乱了的时候,我们才不再不偏不倚地考虑他人。我们被骗得只承认我们的部分愿望,其中占主导地位的是希望能有一张脸可供亲吻,而与此同时却把我们对户外运动或对早期现代史的热情忘得一干二净。这些愿望中也包括我们希望与他人分享的东西。但我们可以牺牲掉这些愿望，以搂抱取而代之，就像政府为了打仗而关闭芭蕾学校或游乐中心一样。

假如在伊莎贝尔正热恋着另一个男人时问她对安德鲁的看法，她无疑会一五一十地诉说他的各种缺点。然而在她刚入大学时迷迷糊糊的几个月里，安德鲁满足了她最原始的需要。这种需要使得他较为迂腐的性格特点变得隐蔽起来。

然而安德鲁点燃了一根导火索。这根导火索只能加速他自身的毁灭。伊莎贝尔被需要遮住了双眼，使她看不见安德鲁的某些错误，但他满足实质性需要的技巧说明，他已经逐渐允许她尽情观察他的那一大堆毛病——就像路边饭店里的一个饥饿的开车旅行者，一旦他的饥饿感得到了满足，便会抱怨盘子里剩下的蔬菜煮得太过头了、肉太咸了、餐厅里的装饰太糟糕了。具有讽刺意味的是，我们之所以能够顺利发现别人身上的错误，竟是那些错误的强大力量慷慨地为我们提供了安全保证。

伊莎贝尔想要诱导他发脾气越来越难了。不幸的是，她的战术还起到了反作用：她的郁郁寡欢使安德鲁变成了一个非常小心眼儿、非常固执的人。他把探索伊莎贝尔的困难放在第一位。他请她解释有什么困苦，然后再从她精心编造的借口中琢磨出某种意义来。

"假如我没有理解错的话，你的意思是说你想让我们的关系表面上看起来更亲密而事实上并不那么亲密？"安德鲁会一遍又一遍地重复这一问题，就像一个学生练习汉字发音一样。

六　隐私

122.

"啊，我也不知道我想干什么。我只想一个人呆着。"伊莎贝尔会这样回答。此时的她，就和安德鲁一样困惑不解，不明白怎么会碰上这样一种情形：明明投入了许多，事情却莫名其妙地越来越让人难以忍受。

她开始让两人的关系冷下来。原本可以恰当处理争吵，使两人重归于好，如今只能靠无奈地耸肩膀或蒙头大睡解决问题了。

"'也许你只是害怕你的情感。'有一次安德鲁对我说，"伊莎贝尔回忆道，"当时我真该回答说'我不害怕我的情感，我只是一点也不想用在你身上'。"

伊莎贝尔之所以没有那样回答，部分原因是环境与性格改变的结果。大学生活使她自信起来。她与一些人建立了友谊，而那些人的生活将安德鲁衬托得过分严肃持重。她想夜间外出，而他却认为没有理由不呆在家里，因为在那之前他们俩的关系还是很融洽的，于是他便建议她给他播放她经常假装去俱乐部听的那些音乐。

如果不是伊莎贝尔遇到了这些新朋友，问题很可能永远也不会出现，安德鲁依旧会很讨人喜欢，就像一部田园诗般的浪漫作品，只有在离开创作它的宁静的度假胜地时才会被投入垃圾箱里。我们喜欢用心理学来解释和睦相处。事实上，也许只有考虑环境因素才能更好地理解它。两个人的关系在某些场合会表现出明显的稳定性。这说明，一个人平时所暴露的只是他很少的几个侧面，于是，其他伙伴可能会得到一种虚假的印象，认为他再没有别的

亲吻与诉说　　Kiss and Tell

侧面了。正如两个最要好的朋友住在同一个城市里，平时一星期聚餐两次。有一次他们一起外出野营度假，结果互相发现对方一大堆以往从未看到过的令人不愉快的毛病，以后就再也不可能聚餐了。那些看起来固有的和睦相处实际上仅限于某种特定的环境。人总有糊涂的时候，比如一个人因为有钱，习惯于看别人对他笑脸相迎。久而久之，他会忘记笑容与金钱的联系，认为别人笑脸相迎的是他这个人。直到受到破产打击后他才意识到，他把一种相对反应错当成了自然反应。

伊莎贝尔之所以不敢和安德鲁摊牌，是因为她害怕孤独而羞于明言。这种担心意味着她必须努力抓住他身上她所喜欢的那些方面。她意识到，安德鲁也许不是她所想象的那种人，而是另一种人，便再也无法平静地完成一部传记了。她想："啊，蒙巴顿[1]并非我想象中的英雄。"伊莎贝尔只能对她的蒙巴顿表示绝望。她相信，一定会有人来取代他。但直到她遇见盖伊，才算有了必要的勇气。

盖伊是一位音乐记者。一次在记者招待会之后，他邀请她参加一个宴会。送她回家的路上，他在索霍区一家用木板封闭了门窗的店铺的门道里亲吻了她。后来他违背了给她打电话的诺言，而她给他打电话时他又似乎总是不在办公室里。正当她对和他恢

---

[1] 路易斯·蒙巴顿（1900—1979），英国海军元帅，第二次世界大战时任东南亚盟军最高统帅，战后任海务大臣等职。

124.

复联系不再抱任何希望时,他手捧玫瑰花出现在她的大学宿舍门口,理由是他被派往曼彻斯特出差而耽搁了。诱惑力战胜了怀疑。他们在她的房间里做过三次爱。

"在那之后,哦,怎么说呢,"伊莎贝尔笑了笑,"我知道该跟安德鲁结束了。"

然而,实言相告不好开口,于是伊莎贝尔提出,她需要把更多的时间用在学习上。她认为,用教科书赶他走要比用记者赶他走更令安德鲁容易接受。他也没有苦苦思索他不能使她满意的原因。

"他甚至问我是不是认为他床上功夫不好。"

"你怎么说?"

"我对他说别说傻话了,挺好的。"

"还有呢?"

"啊,他对我使用'挺好'一词挖苦了一番。我想,他是希望我使用更有力的词。"

伊莎贝尔的内疚表现在她想跟安德鲁保持好朋友关系上。这意味着,她可以通过继续享受两人关系中的最佳成分——即安德鲁的谈话,而不是他和她上床或他的潜水手表——逃避断绝关系的残酷打击。尽管伊莎贝尔发现他令人讨厌,她仍然愿意看见他,因为她不希望别人从她的生活中飘逸出去。她记得在学校的最后一天,她拿出伊冯娜·道勒的电话号码。那是一个她平时竭力回避的姑娘。她之所以想给她打电话并非因为想再见到她,而是因

Kiss and Tell

亲吻与诉说

为今后似乎再也不可能见到她了。于是,伊莎贝尔和安德鲁到丘园游玩,围绕布卢姆斯伯里散步。对于伊莎贝尔来说,这些活动本该是很愉快的,然而安德鲁总把它们看作是修补两人关系的胡乱尝试。直到他在莱斯特广场火车站站台上试图亲吻伊莎贝尔时,伊莎贝尔才知道,想再保持友谊是不可能的。

伊莎贝尔的故事讲完之后,我的另一部分突然想到,假如我听到了安德鲁·奥沙利文在去苏格兰旅行的火车上叙述这些事件,我可能会感到这些事件很难相信。从受害人与死刑执行人之间的分界线的另一侧看,这个故事很可能是无法分辨的。即便是一个戴着潜水表、温柔得惹人讨厌的小丑也可能会发现一个女人不知道自己想要什么,发现她在玩阴谋诡计、她不忠。她可能会有与潜水表相抗衡的东西,那就是故事的细节。因为叙述者是她,我们就一直用天生的盲目审查那些细节,却看不到别人在我们身上发现的我们一转身就会受到指责的东西。

此外,一个人离开另一个人的方式是不同的。这就是说,我们不能一味地将从家里被赶出去的人看作是被拒绝者。有时候我们想打点行装,却下意识地让别人替我们打点。

伊莎贝尔一直对安德鲁惹她生气的方式感到很无奈。之所以无奈,是因为她感觉这种恼怒反映的是一种私下的不满。正如一位患糖尿病的客人,明知道抱怨的只有他或她一个人,却又必须谢绝一份有迹象表明放了糖的汤。但这可以忽略安德鲁本人在故事中的介入程度。他变得令伊莎贝尔恼火的原因可能来自她给他

126.

带来的挫败感。对此安德鲁并不完全清楚,因而他只有躲避,别无选择。他也可能试图理解伊莎贝尔讨厌他的理由,但他真正需要努力的(这种表面的努力是很苍白的)可能是弄清楚他讨厌她什么。谈判分手可能是他们两人之间一项复杂的合约。这项合约就像两个人串通好坚持一种说法一样,双方都深知那种说法不真实,这样做不过是为了满足其他需要而已。安德鲁对伊莎贝尔说:"让我以受害人的身份离开你吧。"伊莎贝尔对安德鲁说:"如果你一定要离开,那就请允许我相信我就是死刑执行者。"

如果说安德鲁是对伊莎贝尔的消极幻觉的回答,那么盖伊则是对一种不同的感情困惑的回答。

在他们刚开始晚上在一起的时候,有一次盖伊会意地笑了笑说:"你是个非常自私的人,对不对?"仿佛是在指出她的衣服的颜色或是上面墙上的一幅画。在浪漫地共进晚餐时,一方说另一方自私,这也许是非同一般的。不过,要让伊莎贝尔感到对方理解她,靠夸她褐色的眼睛多么美丽或她的欲望多么无私是无济于事的。尽管奉承令人愉快,但批评似乎更加真诚。

两人的关系摇摇晃晃地过了十四个月。盖伊身上有许多优点能引导伊莎贝尔坠入爱河,但尚不足以令她在坠入爱河后感到幸福。

"关系时好时坏,有时候我们俩好得甚至想到结婚生孩子,有时候又糟糕得一塌糊涂,"伊莎贝尔回忆说,"本来是可以那样继续维持下去的,但有一天晚上我突然发现必须马上结束,连一点思想准备都没有。盖伊一直在为一家杂志写一部连载小说，关系破裂就发生在该杂志社解除了和盖伊的合同之后。他来到我的房间，一边踱步，一边骂人家是狗杂种。我想安慰安慰他，就说解除合同也算不了什么大事，何至于如此呢。谁知道他的火气更大了。他说我被宠坏了，说他对我一直是有求必应。他过去也说过类似的话，可这一次我真的生气了，因为他以前保证过以后决不再说。我告诉他不要再自我怜悯。这话肯定是戳到了他的痛处，他一听勃然大怒，一下子冲到我面前，举起拳头。我认为他不会打我，然而我想错了，他一拳打在我眼睛上。接着一片混乱，我哭起来。他一看闯了祸吓坏了，赶紧拿毛巾，找药物。我对门住着一位信奉基要主义[1]的基督徒姑娘。她听到喧闹声就来到我的房间。那姑娘身材纤小，盖伊人高马大，但她竟敢冲他大喊大叫，要他出去。盖伊抓起上衣乖乖地出去了。那姑娘多么可爱，然而上大学时我跟她在同一条走廊住了两个学期，竟然一次也没有跟她说过话。她把我送进医院。就在我们候诊的时候，我突然感到自己似乎要精神错乱了，因为我最不能忍受的事就是肉体暴力。我对盖伊忍让得太多了。要不是伤口流了血，缝了针，也许我还会继续忍让下去的。我就像从黑暗的地道中走了出来。当天夜里我对他说我再也不想见到他了。"

---

[1] 基要主义系第一次世界大战后基督教新教中一些自称"保守"的神学家们提出的反现代主义神学主张。

128.

作这样的设想似乎有点奇怪：假如盖伊的小说没有被杂志社退稿，假如他没有错误地判断伊莎贝尔看问题的角度，假如伊莎贝尔没有流着血去医院，情况又会怎么样呢？那样的话，盖伊还会是那个盖伊，但他殴打女朋友的本领将有可能安全地掩藏下来。

当人们批评传记作家和小说家过分注重不寻常的故事时，当我们的大部分生命中没有吵闹，没有戏剧性的事件，四平八稳地流逝时，有人就会说：传记和小说里的那些故事并非不真实或不相干，只不过是那些没有机会表现的矛盾的外露而已（更确切地说，只是一种缓慢或模糊的表现形式）。当一个男朋友的职业生涯平静安逸的时候，你怎么能知道他脾气不好或脾气暴躁呢？不到一只狮子在丛林空地中吼叫着向我们扑来时，我们如何知道自己是不是勇敢呢？假如俄狄浦斯偶然遇到的是另外一个人，假如安娜·卡列尼娜没有碰见渥伦斯基，假如爱玛·包法利的丈夫那次抽彩赢了，他们的生活当然会平静得多，可他们的性格就不会展现在我们面前了。

用"逃避现实"这一词语解释我们充满故事的人生中的爱情似乎是太冷酷了，因为它会使人联想到，这些故事与我们毫不相干，没有反映出我们自身的潜在碎片。我们的婚姻很般配，住在树木繁茂的郊区，但并不能因此就说我们的生活与俄狄浦斯生活的那出戏剧有多大差别。我们本人原本被环境削弱了，而传记生平的极端内容恰恰是对我们本人更充分的表达。纳尔逊的生平对于不敢划船过瑟彭泰恩河的人来说可能有极大的吸引力，因为我们的诸多半公式化的幻想被装在高度发展的结构里,这个结构要求我们要有自知之明。

伊莎贝尔弄不明白她究竟为什么要跟盖伊出去约会。莫非是出于性受虐狂的欲望,想证明自己在一个不喜欢自己的父亲眼里是好样的?那么,这个象征性的父亲和对她疼爱有加的真正的父亲之间是什么关系呢?难道他不是更像她的母亲而不像她的父亲吗?她之所以选择他是不是因为他长得很漂亮?要么就是出于社会良心和中产阶级的内疚?她爱他是不是因为他不会对她以爱报爱?她是不是会在一觉察他可能开始爱她的时候就结束对他的爱?

然而,人们不可能会想到,伊莎贝尔总是最有办法找到这些问题的答案的人。她是否觉察到盖伊在为自己的暴力行为道歉之后不再愿意同她保持朋友关系了呢?

"没有,说实话,没有。我一次也没有想过要分手,我还希望和盖伊保持朋友关系。他总有那么大的吸引力,是一个非常好的伙伴。可我没觉察到,我真的一点都没有觉察到。我是说,谁要是不愿来看我,我也不愿去看他,真的。我爱过盖伊,但如果别人对友谊不感兴趣,我也不打算低三下四地去强求。再说,盖伊真的就那么有趣吗?我看未必。就算他真有趣,他对打电话想见他的人那么冷漠,还有什么兴趣可言?我不是说我介意这件事,真的没有,不过只是有点……"

"女人是不是太爱抱怨了?"

130.

"啊？你说什么？"伊莎贝尔回答说，她的脸上顿时露出无端遭人诽谤的愤慨，"你什么意思？"

"哦，我不清楚，你是不是太唠叨了点？"

"是吗？"

在这种时候，有人就会认为（这种想法是多么的自负，或者简直毫无益处）他已经看透了别人隐藏的性格。于是他就会武断地声称："关于你对某某人的感情，我想我比你本人更了解……"

"对不起，我错了。"我急切地回答说，急切得就像是穴居野人不愿冒险听见接着发生的情况一样。

闹钟走到两点半的时候，我打开一盒巧克力葡萄干，问伊莎贝尔："你要不要再来一颗？"

"谢谢。"她说。她走到床跟前拿了一颗，然后跷着二郎腿坐在房间角落里的一把椅子上。

"我永远也弄不明白盖伊究竟是怎么了，"她接着说，"我和另一个男朋友迈克尔之间的问题也是如此。"

而我早在知道这个问题之前就已经接触到它了。那时我和伊莎贝尔在沙夫茨伯里大街一辆拥挤的公共汽车上。我看见一个穿戴整齐的人拍拍她的肩膀，她转过身来同他说话。那人个子太矮，够不着上边的扶手。他热得汗流浃背，连厚厚的眼镜片都被汗水打湿了。他戴的是那种常在学校的操场上被大孩子打破的眼镜。他们说了几句话后，我们就在剑桥广场站下了车。我问她那人是谁。

"不过是一位最近没见过面的朋友。"伊莎贝尔回答道。接着她便改换话题,谈起乌云来。

过了一会儿,我才把这个幽灵同某个叫迈克尔·卡滕的人联系起来。伊莎贝尔曾描述说他是"和我一起玩过的最性感的男人"。

我眨眨眼睛,再一次意识到,用想象力理解另一个人的话语时有时会出现多么大的偏差。我对迈克尔的理解原是由伊莎贝尔的描述支配的,而现在却承受着被纠正的痛苦。无论是谁,一旦他仅仅靠别人的解释获得的某些人的情况与他们的立体表现相冲突,这种纠正就是不可避免的。难怪传记里的照片能把人给搞糊涂,就像过去仅凭电话里声音想象,现在突然见到他本人一样。在拉夫伯格夫人用了一百页的篇幅向读者描写一位身材修长、后脑勺盘着圆发髻的严厉的女校长的形象之后(既因为作者的无能,又因为读者注意力不集中),读者会转而观看第一次世界大战之前两年克拉丽莎·拉夫伯格在戛纳海滩上拍摄的一幅照片,并对照片上的她打阳伞的独特方式、活泼的眼睛,以及她对身边玩沙土的孩子们深情的一瞥感到惊讶。

这使得理解伊莎贝尔的情感的任务更富有挑战性,尤其是在她说过"我有点冷。我到床上把自己裹起来你不介意吧"之后。

她从椅子上站起来,裹着被子蹲在床的远角,继续讲述她的故事。不幸的是,我看到她的脚趾在羽绒被下支起的那个小"帐篷"离我的脚只有几寸远。这就是说,她所讲的故事大部分都丧

132.

失在如此亲近的感觉形成的大漩涡里。她说的话我一句也没有听进去。直到我从遐思中清醒过来,才发现她在问我:"你经历过这种毁灭性的破裂吗?"

我含糊而同情地点点头。

"你要不要依在头靠上?"我问,"蜷曲在床沿上太不舒服了,"我又体贴地加了一句。

"啊,挺好的。"她略微吃惊地回答道。说着,又在我身边调整一下姿势。

关于姿势的某些情况提醒我,惯常的卧室传记仅包括本人希望进入或别人希望他进入这一卧室的人的一个碎片。尽管人们认为完美的事情能显露出我们对一件事的看法是多么天真幼稚,然而要从应变计划中拯救那些没能发生的故事,我们还有许多东西需要了解,了解那些别人想让你了解或你本人想了解而未能了解的情况。没有过的亲吻也许要比有过的亲吻更有意思。

不愿让别人选中的人,第一选择就是呆在家里。

"这件事发生在我十岁左右的时候,我们全家聚餐为爸爸祝寿。"伊莎贝尔一边用一只手揉搓另一只手上的死皮,一边回忆说。

"不是你的……"

"听我说。我妈妈做了一顿丰盛的午餐。好多家庭成员都来了。我们还剪纸做装饰,购买了礼物。饭后,老爸站起来要大家静一静,为一个人干杯。他说:'现在,我要感谢我生命中一位非常非常特殊的女子……'我记得当时我立刻猜到爸爸要说的是我。

我低头看着盘子,想象着大家的目光肯定会转向我。然而,最后他说:'这位特殊的女子就是我的太太拉维尼娅。是她为我们大家做了这顿丰盛的午餐;是她……'我突然感到一阵难以置信的困惑,一半是生老爸的气,一半是生自己的气,觉得自己是个大笨蛋。我担心,我的这种恋父情结要压抑已经太晚了。当时我已经十岁,本该能够更好地压抑自己的感情的。"

这一要命的情爱局面绝非伊莎贝尔必须忍受的唯一的一次。

名　字	偶尔想与她交媾	她偶尔想与之交媾	她当时的年龄
爸爸		×	10
希斯克利夫		×	12
蒂姆·詹克斯	×		13
查利·布林特		×	13
赫斯克特先生		×	15
奥费里亚·肯普顿	×		18
瓦茨拉夫·哈韦尔		×	23

先说希斯克利夫。十二岁的伊莎贝尔曾经梦想,他能够应答她迷失在约克郡沼泽里的蕨丛中的情感。他的心成了众多女孩子孜孜以求的对象,因为金斯敦中学还有另外八个女生倾心于这位当年班级会考的英雄。但伊莎贝尔感到自己优于竞争对手,尤其是那个傲慢的瓦莱莉·希夫顿,她在会考中得了个A级的理想成

134.

绩，但对爱情一窍不通，因而远远落在后边。那年夏天，伊莎贝尔央求全家到约克郡度假，好去霍沃思看看艾米莉·勃朗特[1]在那里长大的牧师寓所。当时，雨一直下个不停，拉维尼娅扭伤了脚踝。其实，伊莎贝尔早就意识到，驱使她去约克郡的不是对勃朗特家的厨房的兴趣，而是一种荒唐的愿望，那就是和一个小说中的人物过一夜。失望之后，她为错过一次同萨拉和她十五岁的表弟到运河度假的机会大为恼火。据说，萨拉的那位表弟能用牙齿开啤酒瓶盖。

但后来的事实证明，希斯克利夫对伊莎贝尔的优点视而不见，就像伊莎贝尔对她的同班同学蒂姆·詹克斯的优点视而不见一样。她和蒂姆·詹克斯都参加了圣诞节童话剧演出，他扮演牛屁股，她扮演一位被复仇的海盗俘虏的公主。在彩排及以后的正式演出期间，伊莎贝尔对一个身穿毡裤和破烂的亚麻衬衫、头戴水手帽的"海盗"心醉神迷。那个扮演海盗的男孩子名叫查利·布林特，后来大家都管他叫胡克船长。第一幕之后，公主和牛下场，等待谢幕。于是蒂姆便趁机对伊莎贝尔大献殷勤，先是说他不仅仅是一个被人嘲笑的动物的屁股，后来又鼓足勇气邀请她看电影。不幸的是，临电影开映前十分钟，查理随口问伊莎贝尔是否愿意和他一起去吃汉堡包。一旦查理横插一杠子，蒂姆就

---

[1] 艾米莉·勃朗特（1818—1848），英国小说家，小说《呼啸山庄》的作者。希斯克利夫即与《呼啸山庄》中的男主角同名。

只能准备好走去伊斯兰堡,于是他最后一个人去看了一场《夺宝奇兵》。伊莎贝尔带着一个泡黄瓜和芥子酱味的亲吻回了家。后来,她从蒂姆亲手交给她的一封长信中得知,她伤了一个人的心,就像那个"海盗"后来伤了她的心一样。

这种悲喜剧式的不当组合使我们联想起了我们对别人的影响的残酷的不确定性。这种不确定性可以从以下情况中明显地看到:一个人可能会匆匆地向遇到麻烦的朋友提出一个平庸的建议。而令人吃惊的是,他们竟然对那一建议珍惜了一辈子。"我永远忘不了你告诉我的办法:'无论做什么事都不要着急。'"他们对我们说的则是我们二十年前不费吹灰之力随便说的一句话。这句老生常谈使我们从一次令人讨厌的电话中得到了解脱。如果说这还不够不幸的话,那么更为不幸的是,我们曾经对朋友说过一番很有意义的话,跟他们进行过一次推心置腹、令人信服的交谈。然而我们的意见却没有在他们的头脑里留下任何印象,因为他们耸耸肩膀,责怪我们把他们搞糊涂了。

伊莎贝尔毫不理会蒂姆·詹克斯对她的感情,正如查利·布林特不理会她的感情一样。可三年之后,布林特邀请伊莎贝尔出去吃晚饭时,她拒绝了。这表明,别人是否接受我们本人或我们的主张,主要取决于他们当时的心情,而不是他们的品质。"做事的时候不要着急"——当一个人需要聆听这种劝告的时候,这句话可能是有意义的;而当他热火朝天地忙活着的时候,这句话就像迷人的微笑一样毫无意义。

136.

这一点可以用来解释伊莎贝尔的政治学老师赫斯克特先生的行为。此人一度是一个毛泽东主义者，说话干净利落，具有诱惑力。他粗暴地蔑视社会制度。不幸的是，在他的学生看来，这并未转化为他对妻子的粗暴蔑视，尽管伊莎贝尔在打曲棍球时尽可能地穿短裙，并在她的一篇名为《1945年的劳工胜利》的论文上薄薄地喷上一层妈妈的香水。她对赫斯克特的爱使得她对他的全部服装、他换衬衣的规律、他的黑白相间的茄克衫以及他打喷嚏前先眨巴眼睛的习惯了如指掌。伊莎贝尔认为，她最早产生性欲是在学校观看电影《战火屠城》时。当时，她坐在赫斯克特旁边，胳膊肘挨着他的胳膊肘。当银幕上出现政治大屠杀的场面时，她感受着他的体温和他身子的活动，心里有一种莫名其妙的快感。

她最近的单相思是对捷克总统兼剧作家瓦茨拉夫·哈韦尔。她读过他的剧本、他在监狱中写给妻子的信以及他的散文。她认为她可以从他身上找到解决她成年时诸多问题的答案。当我逼迫她说出她对哈韦尔先生的性幻想时，她很不情愿地承认，这可能正是她失望的地方，就像他们之间的语言障碍一样。

她对成年的新构想迄今还只是一个模糊的理想男人的形象：瓦茨拉夫·哈韦尔与希斯克利夫相结合，再加上赫斯克特先生的声音。

我十分清楚，我本人和这个三位一体之间存在着差异。然而我认为，因此就断定他们不可超越，那是愚蠢的。

"我能不能看看你的脚？"于是我问。

"为什么？"

"就让我看一看吧。"

伊莎贝尔把脚从羽绒被下伸出来，我俯下身子仔细观察起来。

"要知道，你的第二个脚趾的指甲真该剪了。疼不疼？"

"嗯，是有点疼。"伊莎贝尔疑惑不解地回答说。

"那么你认为我有资格为你剪吗？"

"哈，"她笑着说，"我猜想你现在对我的每一个脚趾头都已经非常了解了。"

"仅仅是脚趾头吗？"

"你是不是也想把自己的名字加在我的那个一直使你厌烦的小名单上？也许是？"

"我一向喜欢数字18的。"

七　另一个人眼里的世界

据说，感情移入的典型是能够通过另一个人的眼睛看世界。尽管我们对这个星球的观察大部分被我们歪曲的视角扭曲了，然而，由于走运或机灵，我们也会获得站在另一个人的立场上观察这个星球的权利。在这个过程中，我们可以断言我们能够——起码一时能够——超越自己的相对性。

在我们俩的拥抱预示着一种更加经典的亲密形式即将到来且我们开始讨论伊莎贝尔预定的雅典之行以前，这种可能性看起来也许是抽象的，而且显然是怪诞的。她的公司正准备往希腊发运第一批产品。她和她的老板以及公司的营销主任即将赶赴希腊，与当地的经理讨论交货安排。那次旅行诱发出伊莎贝尔的出发恐惧症的明显症状。她不知道该带什么，她陷入了困境：是带一条裙子还是两条？是否需要带一些不那么正式的衣服周末穿？带两条牛仔裤还是一件布连衣裙？另外，她还有一种担心：飞机在飞行途中可能会发生可怕的情况，因为伊莎贝尔特别害怕飞机会出现机械故障，尽管她对那些机器的工作原理一窍不通。

我们讨论了一会儿飞机飞行中可能出现的种种可怕情况。这时，她第一次提到一个大洋的名字。

"我宁愿飞机掉在陆地上，也不愿它掉在大西洋里，"伊莎贝尔说，"掉在地上活命的可能性也许会大一些。"

就这个抽象的问题，我态度和蔼地反驳她说："别傻了，从甲地到乙地，坐飞机是最安全的。起飞前他们检查得可仔细了。飞机从天上掉下来对谁都不好。"

"我知道，可我讨厌在海上飞行。我记得看过一个关于大自然的节目，讲的是大西洋里的鲨鱼。据说那种鲨鱼非常饥饿，专等着吞吃旅客。"

"伊莎贝尔，你不可能会掉进大西洋里。"

"嚄，你说得倒轻巧，你到霍尔本的一家公司去干吗老是乘地铁？"

"你不会掉进大洋里。"

"那可说不准。"

"有些事你应该懂。"

"不是不懂，万一出了事故呢？"

"听着，如果飞机掉下来，有一点可以肯定：你不会掉进大西洋里。"

"为什么不会？别那么肯定。"

"因为，哎呀，飞机从伦敦到雅典根本就不从大西洋上空飞。"

无论一个没有飞行恐惧症的人会不会同情有恐惧症的人，我

140.

最终还是明白了,这里面也许还有一个十分重要的问题,那就是:一个人需要更多地了解地理,而不是心理。

因为我们生活在同一个物质世界,使用着受共同定义约束的语言。我们同别人交谈时,总是设想他们大多数人的头脑里会具有和我们相同的形象与概念。假如你和我在谈论牙膏,尽管市场上可以买到的牙膏品牌繁多,泡沫种类各异,但我们谈论的依据是双方对这种物质的共同理解。谈论的结果,我不必拿出我的佳洁士,你也不必拿出你的高露洁。类似的道理也适用于地理知识领域,因为假如有人提到从伦敦乘飞机去雅典,另一个人的脑海里就会出现如下的地理形象:

因而，我需要千方百计地努力使自己暂时从自己的思维倾向里走出来，以便理解以下两点：一，伊莎贝尔心目中的地图的形状很可能与我们常见的地图有很大差别；二，按词的最基本意义说，通过她的眼睛看，世界很有可能像是一个非常不同的地方。

她过去提到过，她的地理知识严重不足。她曾经说过她缺乏方向感，因而曾将汽车丢失在一家电影院附近。她甚至还谈到过，她曾经因为如何读地图与安德鲁发生过争执，而那场争执成了她和安德鲁关系最终破裂的催化剂。然而我显然未能理解这些因素的重要性，因为直到现在我才弄清楚，有迹象表明，伊莎贝尔对地球上那一部分的想象与现有的一切地理概念都不一致。

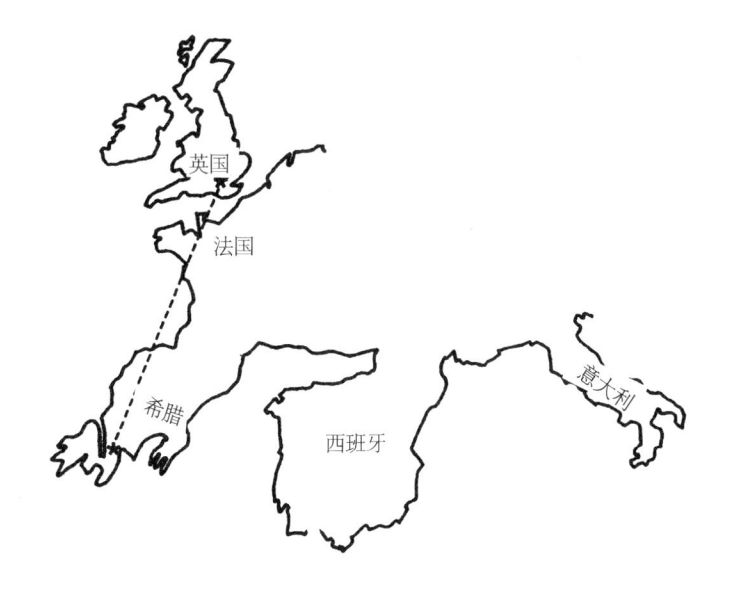

七　另一个人眼里的世界

142.

她对欧洲大陆的理解与一般人不同。按照她的理解，大陆板块似乎曾经经历过一次大动荡，就像倒退到某种原始拼图玩具状态：希腊占据了伊比利亚半岛的位置，将伊比利亚半岛推到了意大利原先占据的地方；半岛的尖端向东漂移，罗马变成了巴塞罗那一条短短的航道。世界的其他地方似乎被扭曲得更加厉害，澳大利亚漂移到了日本附近；菲律宾占据了夏威夷的地盘；更倒霉的是，中东消失了，非洲高傲地站在了它的头上。

"至于说印度和中亚在哪里，我真的不知道。"伊莎贝尔说。

"如果要你猜的话，你会把它们摆在哪里？"

"不知道，我想我会把它们漏掉。我说，你能不能把你脸上的那种表情去掉？"

"我只是有点吃惊而已。"

"像我这样的人很多。这跟空间感有关。我想我不是一个理想的陆路旅行者。"

如果有人需要的话，这是很好的一课。它不仅讲述了一个人内心的地图具有多么强烈的个人色彩，而且讲述了这种个人色彩在相互作用中可能会处于休眠状态。我和伊莎贝尔很可能会整夜讨论雅典和伦敦，而意识不到两人对这两个城市的定位会有多大差别。这就像两个耳背的人在哐啷哐啷的火车上友好地交谈，一个人说的是法国伟大的历史学家米什莱，而另一个人说的是法国伟大的旅游指南米其林，结果，两个人都觉得对方的反应不协调而怀疑地询问对方。

但我和伊莎贝尔不仅对地貌的感知不同,而且所使用的感知方法也往往不同。我们俩生来都是伦敦人。我们可以谈论拉塞尔广场的停车情况,谈论骑自行车去滑铁卢或在桥头堡剧院看戏,然而,由这些地方引起的联想和活动却反映出了两个人截然不同的历史。从肯辛顿西区萨拉的家去瑞士式农舍,伊莎贝尔设计出了一系列捷径,其中包括从布鲁克盖特的停车场出发,穿过格罗夫纳广场,继续往前走,到汉诺威广场,然后从北出口去卡文迪什广场,穿过波特兰大街,然后再绕过摄政王公园。她还热衷于走 A40 公路。她坚持说,从东向西走,可以不走贝斯沃特公路,而走 A40 公路。而这两种方案我都反对。去瑞士式农舍我会选择走埃德格瓦尔大街;从东往西走,我会从韦斯特瓦尔大道走,创造性地选择一条曲折的路线。我说这些,是想证明一个冒险盘旋在肤浅与深沉之间的断层线上空的论点,那就是:虽说实质上只有一个伦敦,但一个人眼里的伦敦一个样。有多少个伦敦人,就有多少个伦敦。

"耸人听闻。"伊莎贝尔激动地说。很显然,这种反应属于上面提到的断层线的肤浅一方。

然而,当她透露说她每次开车经过大本钟的时候都禁不住会想起她父亲的一个朋友、许多年前在去议会两院途中勾引她的弗兰克·惠特福德时,我意识到,我的这种关于个人独有伦敦的过激观点是正确的。八百万个居民每人都有一个伦敦。大本钟乃是这个国家的国际象征、邻近政府议院的报时官、生殖器崇拜的换

七　另一个人眼里的世界　　Alain de Botton

144.

喻词。大本钟之于伦敦犹如帝国大厦之于纽约，埃菲尔铁塔之于巴黎。而对于伊莎贝尔来说，大本钟则是她十七岁那年与父亲的朋友的一次接吻的私人象征。

弗兰克·惠特福德是一位退休教师，曾经帮助伊莎贝尔准备英语高级考试，包括辅导她阅读《傲慢与偏见》《米德尔马契》《荒凉山庄》和《无名的裘德》[1]。吸引伊莎贝尔的不是他的相貌，因为他的牙齿咬不动一个略微青一点的苹果；他的皮肤像纸灰一样苍白，活像阴间的死人。但他的谈话充满尖刻的睿智；与伊莎贝尔的同龄人的缺乏反思相比，他对人性的理解深刻、透彻。有一次他建议去国家政府所在地玩。在那次游玩中，她在新宫廷院外面的一个墙壁凹槽里向他的勾引屈服了。

她对惠特福德的感情部分建立在两人具有相同的文学爱好的基础上。她对他的文学反应的重视表现在如下偏见上：共同喜欢《名利场》的两个人要比萨克雷小说里错配姻缘的夫妻和睦相处的机会更大一些；体验对同一个对象的相同情感是一种心理亲和的标志；理解一本书意味着以某种方式理解该书的其他读者。

难怪有的人会有那么大的热情，在各个安静的图书馆里窥察读者，通过阅读假装跟一些热情好客的生人认识，慢慢地抿白葡

---

[1] 以上四部小说分别为英国小说家简·奥斯丁（1775—1817）、乔治·艾略特（1819—1980）、查尔斯·狄更斯（1812—1870）和托马斯·哈代（1840—1928）的作品。

萄酒，不动声色地将他们列入神秘的康拉德[1]派、衰弱的菲茨杰拉德[2]派或刻板的卡佛派[3]。

尽管这种探索人们性格的方法无疑有其优点，但雅典到伦敦的飞行同样也会间接地提醒我们：两个人可能会喜欢同一本书，但他们脑海里的形象却是截然不同的。这一问题绝非文学课所讲的霍尔登·考尔菲尔德是不是好人或伊莎贝尔·阿切尔是不是愚蠢之类的陈腔滥调。这一问题也不是一本书的意义问题，而是一个截然不同的思维形象问题，即一本书在读者的脑海里放映出的思维电影。提问"当你阅读《麦田里的守望者》或《一位女士的画像》[4]时实际上你看到了什么？"这一问题和提问"在你的心目中的地图上雅典究竟在哪里？"具有相同的意义。

伊莎贝尔最近刚刚读完托尔斯泰的《伊凡·伊里奇》，我们就这部杰作如何感人交换过意见。尽管我赞同她的看法：以往还没有任何一本书使她如此接近死亡的现实，但我不知道该不该向她提出这样一个古怪的问题：事实上她是如何想象伊凡·伊里奇、他居住的房子、他的妻子以及孩子们的相貌的。我想超越一

1　约瑟夫·康拉德（1857—1924），英国小说家。
2　F. 司各特·菲茨杰拉德（1896—1940），美国作家。
3　雷蒙德·卡佛（1938—1988），美国作家，以"简约"派的短篇小说闻名。
4　以上两部小说分别为美国作家杰罗姆·戴维·塞林格（1919—2010）和美国小说家（后加入英国籍）亨利·詹姆斯（1843—1916）的作品。上文所言的霍尔登和伊莎贝尔分别为这两部作品的主人公。

七　另一个人眼里的世界

146.

般文学讨论的范围，不是简单地谈论道德、象征意义和小说的结局，而是讨论一个人如何看待小说里的风景、人物和房间，以及在一个人的生命中这些舞台道具是如何布置的。

伊莎贝尔从未去过俄罗斯，当然更没有去过十九世纪的俄罗斯。所以，她心目中的伊凡·伊里奇的住所是她凭着对维也纳的弗洛伊德博物馆的记忆想象的。十五岁那年她曾随父母参观过那个博物馆。那是一栋不起眼的资产阶级住宅，黑色的木门，破旧的波斯地毯。伊莎贝尔并没有用这栋房子完全取代伊里奇的住宅，因为在她的想象里，伊里奇的书房又像是她爷爷的书房，房间里摆满了军事书籍，一个角落里放着个地球仪，沉重的绛紫色窗帘，靠墙放着两把宽大的安乐椅，写字台上的一只罐子里插着一组羽翎笔。她经常把这种房间布局运用于俄罗斯文学作品。她记得曾经将这一布局移植进《罪与罚》[1]的章节里。至于伊里奇和他妻子的相貌，在伊莎贝尔的梦中他们都不止一种长相。伊里奇既是她的美国表兄，严厉、拘谨、正确，而且在托尔斯泰揭示了他的慈悲之后，伊里奇又摇身一变成了国家画廊里悬挂的后期自画像上的伦勃朗。与此同时，他的妻子则得到了伊丽莎白二世女王中年时的相貌，跟伊莎贝尔办公室的档案室里悬挂的一幅照片一模一样。

但我心目中的伊里奇的住所与弗洛伊德的房子毫无共同之

---

[1] 俄国作家陀思妥耶夫斯基（1821—1881）的小说。

处。在我的想象里，伊里奇的住所显然跟贝纳尔多·贝托鲁奇[1]导演的电影《同流者》里男主人公的妻子的居室一样。读《伊凡·伊里奇》前几周我看过那部电影，现在它已经深深印在了我的脑海里，尽管故事的情节我已经记不清楚了。而屠格涅夫的《父与子》则是伊莎贝尔将枫丹白露[2]前面的马厩与一本《房屋与花园》杂志里刊登的一家瑞典宾馆的内部照片缝合在一起弄成的一所房子。我心目中伊里奇的住所来源于布莱顿附近的一所半独立式房子。那所房子是我原先的一位女朋友的父母的。她如今在布里斯托尔做旅游公司的代理人。

然而，内心里的不同形象并不总是随意堆积、毫无价值的，因为它们的基础是与截然不同的感受，与一个人能够和谐相处或在一个特定的环境里能够获取的不同事物联系在一起的。

我从来没有认真观察过鲜花。鲜花能给花园增添色彩，在这一点上它们似乎是有用的。但"鲜花"若能像一个未知的种族那样由"德国人"或"美国人"构成就好了。然而，在伊莎贝尔看来，鲜花是人们迷恋的对象。前面我曾将这种迷恋同那个永恒的问题联系在一起。当我请她描述一下她祖父母的房子时，她先从花园谈起，足足讲了十分钟。我打断她的话，问她埃塞克斯郡的那所住房究竟在什么地方。我向她描述说吉弗尼的莫奈[3]花园色彩

---

[1] 贝纳尔多·贝尔托卢奇（1940— ），意大利电影导演，诗人。
[2] 法国北部一城镇，在巴黎东南方。
[3] 莫奈（1840—1926），法国著名画家，印象派创始人及主要代表人物。

绚丽的方式令她大为震惊。这是可以理解的。

"怎么个绚丽法？"她问。

"啊，我不知道，反正有许多粉红色、红色、蓝色的花。"

"有没有杜鹃花？"

"可能有，我说不准。有一群日本游客。他们当中好多人不是在看景，而是在用摄像机拍摄，见什么拍什么，新式摄像机，取景器是彩色的。"

同样，我和伊莎贝尔对他人的敏感之处也是不一致的。假如她要写一部传记的话，里面肯定会描述一番人们出手汗多少的差别，而我对那一点向来是不注意的。她记得她们的老校长手掌总是湿漉漉的，而她的父亲的手总是干裂；保罗夏天里老是搓手，而圣艾夫斯的一位客户的幽默感则像他的爪子一样糟糕得令人难以忍受。

这些原本都是些无足轻重的小事，而偏偏又是不同的人以不同的方法理解环境的征兆。于是有的人就开始对环境大喊大叫，而不是去解释它。以"理性"一词为例。在伊莎贝尔的词典里它是一种意思，而在我的词典它又是另一种意思。所以，当我赞扬她多么有"理性"时，她以为我是在侮辱她，因为在她的词典里，"理性"一词的定义如下：

形容词

1. 指一个人令人讨厌，迂腐；

2. 感情的反义,令人想起传统家庭的二元性:她妹妹是感性的,她是理性的;

3. 盖伊曾用这个词侮辱过她。

但我所使用的这一词条在我的词典里的释义是:

形容词

1. 对有教养的人的赞美话;

2. 乔治·艾略特、玛丽·居里和弗吉尼亚·伍尔夫都是理性的;

3. 适合并能够增进感情。

这种由不一致引起的小冲突表明,人们对一个单一事件可能会产生不同的解释;表现在传记上,就会出现一种令人惊恐的现象:一份单一的生平能够衍生出一系列相互矛盾的故事。

在伊莎贝尔的公寓里用午餐时,罗杰斯太太吃完后讲述了一件轶事,以说明她的女儿是多么固执,但一个不那么片面的观察者可能会对那件事另有看法。

伊莎贝尔小时候显然很喜欢洗澡,常常缠着忙碌的母亲给她洗。有一天晚上,罗杰斯太太答应五岁的伊莎贝尔,说六点钟给她洗澡。可是,六点钟到了,罗杰斯太太偏偏有别的事要办,第二天又是答应了没办到。到了第三天,伊莎贝尔没经过母亲允许,

七 另一个人眼里的世界

150.

索性自己去洗。然而不幸的是,热水水箱刚坏,伊莎贝尔伸进脚丫子试试,浴盆里的水冰凉。尽管如此,她还是决心洗一次等待已久的澡。她躺进冰冷的浴盆里,结果被母亲发现,骂她昏了头了。

从一个角度说,这是一个小孩子盲目任性的故事,但从另一个角度说(对于罗杰斯太太来说,这是极不愉快的),这是一个小孩子在跟一位一再令人失望的母亲对着干,自己实现自己的愿望,而且敢于付诸实践的故事,尽管在成年人看来晚上泡在冰冷的浴盆里似乎是不合逻辑的。

不幸的是,这件事里没有丝毫去雅典时的困惑里所包含的确定性,因为去雅典时的困惑起码有一个大地图册能帮助她在事实的基础上解决问题。于是,罗杰斯太太离开了公寓,将女儿的解释斥之为"纯粹是胡说八道"(同时建议她"收拾一下那些吓人的耳环")。

但我们不应该想当然地认为伊莎贝尔很清楚她生命中的事件意味着什么。我对她了解得越深,越是注意到她在不停地修改自己的故事。她哪一天高兴了,童年的故事就会朝着乐观的方向冒出来;有一天她和老板闹翻了,两手捧着脑袋坐在那里哭了一阵(她喜欢宣泄式的短暂痛哭),最后得出结论:她从落地以来就没有走顺当过一步。

因而,伊莎贝尔至少有两部童年传记并排摆放着:

由于传记的选择取决于伊莎贝尔难以预测的情绪变化,所以不可能用一个阿基米德点永久性地将故事固定下来——起码在死亡的打击到来之前不可能。

用心的读者也许已经发现了这部冒险式的传记和比它更正规的传记之间的差别,因为它的着眼点(这样说决无恶意)是伊莎贝尔还没有死。

大多数传记写的都是死人。那些传记有许多引人入胜之处——包括主人公临终时的忏悔、遗嘱里谁得到了什么、某一位老兵是患肺病死的还是被失手的高尔夫球棒打死的。死亡给一个人的生命画上了句号;死人不会站起来驳斥作者的分析;他们离开活人生活的土地,为作者提供了将一部书写完的便利条件。

愉快的童年传记	悲哀的童年传记
1968:错过六十年代就意味着避免了花季的幼稚,可以在考虑男孩子而不是考虑政治中度过青春期;看到父亲在七十年代穿紫色上衣,打橘黄色领带。	**1968**:出生得太晚,未能赶上六十年代的性自由和乐观主义,被迫在货币主义、艾滋病、密纹唱片的死亡阴影里度过青春期。
1970:妹妹露西出生,她是一个避开孤单的理想伙伴;教会她如何分享玩具,变得更有责任心、更合群、更善良了。	**1970**:露西从她那里夺去了父母的钟爱,惹恼了她,从而养成了她残忍的竞争个性;这意味着她不善于与女人交朋友。
1974:妈妈逼迫她长大,成为懂事的成年人;为未来严酷的生活做好了艰苦而良好的准备。	**1974**:妈妈扔掉了她最喜欢的玩具盖毯——破坏了她与男人建立良好关系的机会。
1976:错过了进入该地区最好的小学的机会,但学会了结交各种家庭出身的孩子,使她变成了一个全面发展的人。	**1976**:父母不让她进她自己选择的小学,从而直接导致了后来她报考牛津大学的失败。

(续表)

愉快的童年传记	悲哀的童年传记
1977：小弟弟出生,这教会了她如何与男孩子和睦相处;她把弟弟当作是好玩的玩具。	**1977**：保罗出生,打破了家里的平静;他是个顽皮的孩子,后来使她无法得到父母的钟爱。
1978：爸爸的生日盛宴。	**1978**：意识到父亲更爱妈妈,而不是她。
1980：开始进入骚动而卓有成效的青春期;罗斯医生给了她信心;拒绝她的男孩子给了她可贵的教训;人们认为她长相一般,使她得以避免相貌太漂亮带来的种种麻烦。	**1980**：开始进入噩梦般的青春期;令人毛骨悚然的罗斯医生的亲吻注定她后来吸引性变态的男人(安德鲁、盖伊、迈克尔);她长成了可怕的大宽脸——开始终生妒忌漂亮的女人。
1981：遇见她最好的朋友萨拉,开始一种繁忙而又愉快的社会生活。	**1981**：和萨拉交上朋友,从而自然导致对学习失去兴趣;为了小姑娘之间的闲聊而牺牲了尘世上的成功。

然而,假如传记的目的是为了了解一个人一生的经历,那么死人的传记就丧失了一个重要特点,那就是:人死以后,我们很难断定我们所讲述的故事是否真实。

死亡是潜在可能性的大敌。它能够使我们忘记如何像从内部观察事物一样从外部看待一位死者的生活目的,使我们忘记为什么推断的情节往往会超过死者真实的经历。

四岁那年,伊莎贝尔想做砌砖工人。

"是吗?"

"是的,半是实干,半是美学。你知道,我当时想,盖房子的人都是英国最有钱的人,因为房子那么大,那么贵。这是孩子们的逻辑。后来我很纳闷，不知道房子上的每一块砖是怎样一块摞一块仔细垒起来的。那时候我很喜欢观察墙壁，然后想象垒成那些墙花了多长时间。"

然而到了八岁，伊莎贝尔又想做送牛奶的。

"哦，确切地说是想做挤奶女工。你知道，我既喜欢牛奶，又喜欢送牛奶的工人开的电动小货车。所以将两者合二为一似乎是一个好办法。我还跟给我们送牛奶的工人交上了朋友。那人名叫特雷弗，从特立尼达岛来的。他对我说，他给我们送的牛奶是他养在果园里的一头名叫戴西的母牛产的，因而味道比其他任何地方的牛奶都好。"

但后来伊莎贝尔既没有做砌墙工，又没有做挤奶工，难怪她不愿在聚会时谈论她的职业。她通过网络找到一份工作，但她不愿将自己的身份降低为文书。大学毕业后，她先去一家电台找工作，但因缺少必要的经验而遭到拒绝。于是她决定注册学习广播课程，并申请政府贷款，但当时申请政府贷款需要提供经济担保，她可悲的经济状况意味着她不得不同时寻找工作。她送去文书工作的申请仅仅一天之后，她现在的老板便给她打电话，向她提供了一个相当不错的职位，要求她第二周上班。伊莎贝尔觉得自己没有足够的自信拒绝那份工作。

"我后来认为，当时我并不真正适合到电台工作，我有几位朋友现在就在那里干，但他们不是有人脉关系，就是具有我不具备的经验。"伊莎贝尔说，声音里流露出回首往事的辛酸。这件往

七 另一个人眼里的世界

Alain de Botton

154.

事提醒人们，带有个人责任心重负的偶然事件并不总是令人愉快的。一个人的职业是由神明安排的，容不得自己选择，不是靠再坚持一下、再巧妙一点能够改变的。这样想事情就简单多了。

"电台只不过是一个不懂事的小姑娘愚蠢而又过分渴望的梦，"她最后说，"许多人在离开大学后，了解实际情况以前，都做过这样的梦。"

这就是伊莎贝尔的性格：蔑视年轻时的自我以及当时的幼稚想法，将自己与过去划清界限。

她对我说，十五岁时她是一个淘气的孩子，相信下列各点：

——她二十五岁生日前会死；
——她永远不会原谅父母，因为他们强迫她必须在十一点之前回家，而人家劳拉和萨拉却可以在外面玩到半夜；
——爱一个人意味着你老想和他生活在一起；
——发财的人都是坏蛋；
——男孩子第一次邀你出来时，你应该假装很忙；
——婚姻是反动保守的，孩子是无谓的牺牲品；
——度假的目的就是晒黑皮肤；
——玛格丽特·杜拉斯[1]是一位伟大的小说家；
——她决不愿像格雷斯·马斯登那样漂亮。

---

1 玛格丽特·杜拉斯（1914—1996），法国女作家兼电影摄制人。

"现在看起来,那些东西统统是荒唐可笑的,"她解释说,"我宁可出一大笔钱,也不愿同那个十五岁的傻乎乎的我自己一起吃饭。想想那些争论吧,有人会说:'不,亲爱的,资本主义并非一无是处。'还有:'你知道,伊莎贝尔,帕台农神庙[1]要比宾馆里的游泳池有趣……'"

成年人喜欢用粗暴的方式对待青少年,而粗暴则可能导致两代人的彻底分裂。这表明,一个单一的人实际上乃是挤进一个具有欺骗性的连绵躯体里的一大队人。从一个人到另一个人的转变与接力赛跑中传递接力棒颇为相似,同一个队的队员要跑一圈中的不同路段。这一比喻既指差异性,又指连续性:变换赛跑运动员象征前者,接力棒的固定不变则象征后者。

我记得有一次参观毕加索作品回顾展。毕加索一生的作品的多样性令人惊叹不已。接力棒从一个用蓝颜色画骨瘦如柴的人物的天才年轻人手里传给一个画柔和的粉红色景物的人;过了一个时期,那人又把接力棒传给了一位将透视图切割并自称为立体派的画家。这样跑了一圈之后,接力棒又到了一个心里老想着《格尔尼卡》[2]的人手里。这一过程的进展比我听说的还要顺利,因为

---

[1] 雅典卫城上供奉希腊雅典娜女神的主神庙,建于公元前5世纪,被公认为是多利斯柱型发展的顶峰。

[2] 毕加索创作的一幅25英尺宽的反法西斯大型油画,揭露佛朗哥1937年对西班牙城市格尔尼卡连续进行三小时轰炸,将该城夷为平地的法西斯暴行。

七　另一个人眼里的世界

156.

我当时溜出来到自助餐馆去了。

即便是从发型的角度看,从 1881 到 1973 年,毕加索也经历了根本性的变化。照片显示,他十五岁时留的是平头短发;十八岁时的自画像上是从中间分开的长发,并留着小胡子;二十岁时他蓄着惹人注目的大胡子;中年时他的长发改从右边分开,常有几缕头发垂下来遮住左眼;1944 年巴黎解放时,他的头发变得稀疏起来,而且已白了许多;到了 1949 年的巴黎和会期间,他已成了秃子。他的衣着也经历了重大变化:早年穿茄克衫,中年穿套装,晚年穿蓝白相间的条纹 T 恤衫。

那么,伊莎贝尔一次次的决定性转变是在哪里呢?

"我不想夸张,但我觉得最近我跟别人交往时变得自信多了,"她举例子说,"就从我学会对人进行洗手间测试以后。"

"何为洗手间测试?"

"那是一种同羞怯作斗争的最佳办法。"

伊莎贝尔的性格上有一种倾向,那就是对待她不太了解的人过分认真。孩提时代,她在小伙伴中间超前地自信,而在一屋子生人中间又极其羞怯。在幼儿园的头两个星期里她一句话也没说。直到老师煞费苦心地把她介绍给别的孩子,她才融入了班级生活,还带头搞过一系列反叛式的恶作剧折磨她的看护者,而那些看护者们至今还被蒙在鼓里。

伊莎贝尔孩提时代的羞怯一直延续到成年,直到她参加工作后不久在一次会议上发现了洗手间测试法为止。她跟她的老板去

亲吻与诉说

Kiss and Tell

找银行经理,商量贷款购买地皮兴建新仓库一事。事前,老板要求她根据她计算出的管理费用在会上概括陈述公司的策略。她的数学差是出了名的,那些数字都是她从相关决算表中搜集的。她很担心完不成任务。但马上就要轮到她发言时,那位肥胖的银行经理告退,出去了一会。于是只好休会,直到他从洗手间回来。不料,他回来后刚坐了十分钟,便连喊倒霉,说他头天晚上吃了变质的海鲜,不得不再次告退。说来也怪,银行经理的麻烦非但没有影响伊莎贝尔的陈述,反而使她顿时信心倍增。银行经理突然变成了一个脆弱的人,肠胃咕噜噜作响。一想到他裤子褪到脚脖子上,条纹变成乱七八糟的褶子,额头上渗出豆大的汗珠,五脏六腑在倾斜的笼子里扭动的狼狈相,他那细条纹套装似乎也不那么令人生畏了。

"于是,我便开始对我所畏惧的所有人进行这种洗手间测试:警察、服务员、学者、出租车司机、天然气管委会的人……结果我发现,他们似乎和我都是同一个星球上的人。这一方法改变了我的生活。"

然而,无论伊莎贝尔如何努力区分她不同的自我与它们的生活,这种区分都是注定要失败的。有一次,在忙碌了一天之后,她宣布今后将不再从感情上关心公司的命运了。她躺在泰晤士河边的草地上,眼看着一架喷气式飞机冒出的烟雾在天空划出一道条纹。她说:"今天我有一个非常振奋的想法。就在大家都在叫喊、邮件还没有来到、电话铃丁零零作响的时候,我突然意识到,

七 另一个人眼里的世界

158.

"对世上的一切到头来都可以说一声'那又怎么样?'今天该做的事我没有做完,那又怎么样?我的汽车跑起来不太顺当,那又怎么样?我的钱不够用,那又怎么样?我爸妈不怎么爱我,那又怎么样?你明白我的意思没有?这样想叫人很轻松。这将是我今后看待世界的新方法。"

然而,她刚刚这样宣布完,一场更大的职业危机出现了。于是乎,伊莎贝尔的那种佛教式的智慧来也匆匆,去也匆匆。一个人看待世界的方法总是在不断变化的,早期的自我留下的遗迹会干扰后期的自我有条理的推断。如果有人争论说,那样她会躺在床上"像西西里的寡妇一样抽泣";伊莎贝尔声明放弃自怜自哀的决定可能马上就会收回。她承认说,她经常像坏脾气的婴儿一样有大喊大叫的欲望,只是因为周围的人们似乎早已逃脱了游戏围栏、在他们面前那样做太不合适才没做罢了。在拒绝求婚者时她决定作一番自我解释,然而当一位名叫索蒂里斯的希腊会计师开始追求她时,她又改用原有的办法,从不回他的电话,假装没有收到过他的信。

伊莎贝尔曾大胆地声明,她"今后决不再跟感情受压抑的男人有任何瓜葛",今后"决不再因为我自己的过错责怪他人",或今后"午餐只吃有益于健康的食物,晚餐决不喝白葡萄酒",但性格的转变是逐渐发生的,尽管伊莎贝尔不愿意承认这一点。

她现在同父母之间的关系似乎比较像一种成年人之间的关系。其原因与她越来越聪明关系不大,而跟她有自己的住房有关。

她去看望父母就像是出于礼貌拜访朋友,从不跟同一屋顶下的一家人唇枪舌剑。然而一个圣诞节周末发生的事使她清醒地认识到,从深层讲,她和父母之间的关系没有任何改变。那天,她使出青春期的所有活力同母亲大吵大闹一通,还跟弟弟因为一卷透明胶带发生了口角,如同两个小学生一般。父亲以屈尊俯就的口吻对她进行了一番说教。那口气似乎是说,她那么大火气大概是因为回家时买火车票遇到了麻烦。

宣布某些日子是性格的转折点是很有诱惑力的,就像历史学家确定这个朝代的衰或那个朝代的兴是在1850年、1500年或是1066年一样。然而,要确定发展与倒退的真实年代却要困难得多,因为总能找到工业化以前的村落一直存在到所谓现代的证据,或者一个王国早在下一个五十年前就本应最后灭亡,但却表现出了巨大的复原力的证据。

八　男人和女人

无论一个人如何注意通过另一个人的眼睛看世界,他总有某些东西看不清楚,尤其是当他不幸身为人类(尽管这是很平常的事)、站在人类的位置上观察的时候。这一点现在越来越清楚了。

一个星期六的上午,我约伊莎贝尔在考文特花园车站外相会。她迟到了几分钟。在道过歉、骂过火车之后,她问我:"哎,你觉得怎么样?"

"不知道。"我回答说。我不清楚她问的什么。

"不好吗?"

"今儿外面天气不错。"我说,因为雨一连下了十二天,今天是第一次停。

"不,不是这个。"

"那是什么?"

伊莎贝尔笑了笑,叹了口气,脸上露出两个装满幽默的酒窝。然后她说:"算了,忘了它吧。走,咱们喝点什么去。"

然而,我们刚坐下片刻,她又重新问起了那个令人困惑的问题。

亲吻与诉说　　Kiss and Tell

"难道你真的没注意到什么?"

"不知道。"我一边说,一边犹犹豫豫地回过头来看,仿佛路易斯·阿姆斯特朗[1]就坐在邻桌上,"我没注意到什么。"

"这么说你认为什么变化也没有?"

"变化?啊,没有,真的没有。我是说,今天是周末,所以你可以说每个人都比平时轻松了一点。我猜想,从长远的观点看,联合国的决议会是个好消息,尽管……"

"天哪!"伊莎贝尔大叫一声,用双手捂住脸,叹起气来。仿佛在说:"男人"可能原本不过是"糊涂虫"。服务员的到来破坏了她的这一悲哀的姿态。

"卡布基诺咖啡?"服务员问道。

"我要的。"我回答说。

"所以女士要的是橙汁。"他很懂事地说。他所表现出的老练的演绎能力比我还要强。

"祝你们好胃口。"他又加了一句,并对我们这哭丧着脸的一对儿报以讽刺的一笑。

"怎么了,伊莎贝尔?别生气呀!你想我看见什么了?我一向是不会猜心思的。"

"我只是想,任何一个人,只要他有半个脑细胞,或者半只眼

---

[1]　路易斯·阿姆斯特朗(1900—1971),美国爵士乐小号演奏家,爵士歌曲作家及歌唱家。

162.

睛,都会一下子看出来我跟昨天有点不一样,因为我刚花了两个小时和二十五英镑在发廊里理了发。我现在的头发比原来短大约两寸半。我知道,这肯定不是什么惊天动地的新闻,而联合国什么时候都是一个值得谈论的话题,可我还是希望你能注意到发生了点什么变化。"

她又叹了口气,并刺啦一声撕开纸包,抽出一根紫色的麦秆吸管,然后说道:"可我想,你是个男人嘛,所以对此我真不该大惊小怪的。"

现在我能够正确地看待伊莎贝尔了,也就是说,由于了解了她今天的不同,现在再看她,的确一切都发生了变化。原先她那栗色的头发低垂到肩膀以下,现在只达到肩胛骨上边。她的脸型也因此发生了变化,颧骨更加突出,人显得更成熟了。

"我看着更年轻了,是不是?"伊莎贝尔问。

"嗯。"

"这是如今比较有女人味的发型。是戴夫的主意。你知道,关于发型我们讨论了很久,因为我想改变点什么。一开始他想弄成一绺一绺的,但我认为他后来给我剪成这样是对的。"

想起来令人沮丧,除非在理发行业受过熏陶,否则我们对他人外表总不及对我们自己的外表那么敏感。有些日子我们发现头发垂到眉毛上很吸引人,但奇怪的是,有些日子头发垂到同一条眉毛上却会扫得眼睛直流眼泪。我们无法明白其中类似的复杂性,只知道那些唯一的敏感通道支配着他人与其外在的自我的关系。

其实他们只须保留他们的本质，我们就会忽略那些偶然发生的面部浮肿、前额皱纹或肚子隆起的问题，而这些问题却可能会导致那些不幸的人们极度憎恨自我。

"哦，很抱歉，我还没准备好呢。"一个星期二的晚上，七点四十分，伊莎贝尔这样说。那是我们约好从她那里出发去基尔本出席在一年一度的业余园丁协会会议上举行的颁奖仪式的时间。伊莎贝尔因为在阳台上栽种了一种绿色植物而获得了该协会的一个奖项。

"你是不是觉得这样打扮太过分了？"她问。

"不，很好。咱们走吧，不然要迟到了。"我回答说。

"你听着，我何不马上换一换呢？然后听听你的看法。"

她走进卧室，慢慢腾腾地换了半天，出来时差不多还是老样子。

"你觉得短裙好还是长裙好？"

"噢。"

"我觉得长裙好，你说呢？"

"都好。"我以一个男人的观点预言说。而我这个男人空闲时间老穿棉布裤子，因而连一条黑裙子与另一条黑裙子之间的细微差别也搞不清楚。

"你觉得这件衬衫时髦吗？"

"时髦？"

"配上裙子？"

"当然。"

164.

"我拿不定主意是穿米黄色的还是穿淡蓝色的,你想不想看看?"

"快点。"

"好的。"

我跟随伊莎贝尔走进她的卧室,只见抽屉大开,柜子门大开,仿佛有一个毛手毛脚的窃贼刚刚忙乱地搜寻过金锭或手枪。

我为大衣柜暗示的自我意识和有形意识感到震惊。它使伊莎贝尔得以区分什么是随便,什么是高雅,而这种区别仅仅在于诸如一条牛仔裤的颜色或者一件毛线衫的口袋样式之类的外表细节上。衣柜里有各种各样的裙子、上衣、衬衫、裤子和套衫,用以满足不同场合的需要。出席园丁协会会议需要穿这一件,参加朋友的生日宴会需要穿那一件。

"你身上穿的这件衬衫就很好。"我撒谎说,就像一个色盲侈谈马蒂斯[1]运用红色颜料的技巧一样,目的无非是借此吓唬人。

作决定的过程似乎结束了,于是我们朝门口走去。不幸的是,过厅一侧的墙上挂着一面镜子,不知伊莎贝尔从镜子里看到了什么,她赶紧跑回起居室里,还一面解释说:"我的鬓角上有一座火红的火山。"

于是,我便在她的脸上寻找那座维苏威火山[2],然而经她一解

---

1 亨利·马蒂斯(1869—1954),法国画家与雕刻家,野兽派领袖,作品以线条流畅、色彩明快,不讲究明暗与透视法为特点,代表作有《戴帽子的女人》等。

2 位于意大利西南部,欧洲大陆唯一的活火山。

释我才明白，原来只不过是一个小红点，一个皮肤病历史上比较小的红点潜伏在她的左鬓角上。

"没什么。"我再次安慰她说。

"我希望你不要只图自己方便就随便撒谎。"说着，她便向卫生间走去。

"伊莎贝尔，别傻了。"

"说我傻我就傻，随你说去。"她突然痛苦地回答说。

难道伊莎贝尔不傻吗？话说回来，我讲句心里话又有什么关系呢？怎么能把一个小红点看成可怕的火山呢？面对苛刻的自我观念，别人的判断又有什么用处呢？

这种差异还是另一个象征，它是对传记的客观性概念发起的又一次挑战。且不论火山专家小组会怎么说，假如有人试图理解伊莎贝尔，他真的能把她本人对那个小红点的感觉误认为跟维苏威火山的大小无关吗？换句话说，难道他不应该考虑这种客观上荒唐可笑、主观上真诚可信的看法吗？

诸如此类的自我观念与外界判断的矛盾冲突有许多都是令人愉快的，因为差异所要求的纠正在朝着好的方向发展：意大利卤汁面条好极了，尽管厨师认为糟透了；晚餐后的演说很成功，尽管演说人认为自己放了个受潮的哑炮。然而，其他误解就不是这样无害了。传记作家经常得罪主人公的亲属和崇拜者，这是不足为奇的，因为他们经常往相反的方向调整传记主人公的自我形象。就好比告诉伊莎贝尔，说她的舞跳得不像她自己想象的那么好、

八　男人和女人

166.

法语讲得不像她自己声称的那么流利，或者说在计算机技术方面她应该再谦虚点时，她多半会皱眉头。

"我需要在卫生间里呆一会儿，再收拾收拾，"伊莎贝尔在里面喊道，"也就一小会儿。冰箱里有葡萄酒和啤酒，想喝自己拿。"
"干吗不现在就走呢？你看起来挺好的嘛。"
"给我一点时间，好不好？"
"那好吧，我们只好等仪式结束后才赶到了。"我生硬地说。

我在起居室里一边看电视上的娱乐节目一边等她，时不时地扫一眼手表和关闭着的卫生间的门。我这个自以为是的瑞士公民就像在8:03等待8:02的火车，心中充满了怨恨。此外，我还像伊莎贝尔几星期前那样叹了口气，悄悄地脱口说出了一声"女人哪"，然后沉浸在电视里的观众粗野的大笑中。其中一位观众因为吃完了一罐蚯蚓而刚刚获得去夏威夷度假的奖励。

传记的传统写法是毫不犹豫地跨越时代、阶级、职业与性别界线。一位城市贵族会过上乡村贫民的生活；一位五十岁的人会遵循年轻的兰波[1]的经验；一位胆小的书生会把自己同阿拉伯的劳伦斯[2]

1　亚瑟·兰波（1854—1891），法国诗人，创作生涯从十五岁到二十岁，但其作品简洁奥妙的风格对象征主义产生过重大影响。
2　托马斯·爱德华·劳伦斯（1888—1935），英国军人、学者，曾研究中世纪城堡学，第一次世界大战时受命加入阿拉伯军队，从事游击战和间谍工作，以"阿拉伯的劳伦斯"闻名于世。

联系起来。令人钦佩的忠实就隐藏在这些冒险精神的背后。尽管有细微的表面差别，但男人和女人还是能够互相理解的。

约翰生博士认为："我们都被相同的动机驱动着，都被相同的假象蒙蔽着，都被希望激励着，都被危险阻挠着，都被欲望纠缠着，都被欢乐引诱着。"约翰生提出：人类属于同一个既独立而又统一的大家庭，都持有进入人类社会的护照，因而他们是能够相互理解的。我能够理解你的动机，那是因为如果我从枕头下面看，也会发现相同的动机；我能够理解你的经验片段，因为我也能在自己身上发现相同的经验；我能够理解爱情给你带来多大的痛苦，因为我也曾在一个又一个晚上忍受过没有电话的折磨；我能够理解你的妒忌，因为我也了解自身的缺憾造成的痛苦。

但这种枕头模式的含义也有灰暗难解之处。枕头下面隐藏一点东西又有什么关系呢？亚当·斯密在其《道德情操论》一书中无意间精辟地论述了这一难题："因为我们没有别人感受到的直接经验，因而，我们无法仅凭设想我们在类似的情况下会有什么感受对影响他们的行为方式形成看法。尽管我们的兄弟正处在极度痛苦之中，只要我们自己心情舒畅，我们的感官将永远无法告诉我们他受的是什么苦。只有通过想象我们才能对他的感觉形成某种概念。通过想象，我们能够设身处地设想自己正在忍受同样的折磨。"

尽管与别人同甘共苦是一种美德，但枕头理论的严重后果在于，它需要切实地贮存足够的经验，用以想象别人的经验——令

168.

人沮丧的是，我们的经验贮存将永远不足以回答我们所遇到的自身无法理解的情感问题。

假如我过去从来没有痛苦过，那会怎么样呢？看到我的兄弟遭受不可想象的痛苦命运的折磨，我会有何感受呢？我会不会想象上一次在拥挤的地铁火车上的情况，然后把这一经历扩展一百倍，也许再把它跟拔牙或尖刀的穿刺的痛苦回忆混合起来？换句话说，我们怎么能够理解自己不曾经历过的经历呢？

我们可以设想，任何经历都不是独一无二、不可类比的。总有一些经历是相近的，我们可以借助它们获取原来经历的信息。当我们的想象力枯竭时，我们可以利用隐喻进行推断。我从来没有吃过鲨鱼，然而当伊莎贝尔对我说鲨鱼肉的味道半似鳕鱼半似金枪鱼时，它对我也就不那么神秘了，因为鳕鱼和金枪鱼我偶尔都买过。当我们说一部书能把我们带到一个从未去过的国度时，我们也是在说，它成功地使我们联想起了那些我们所熟悉，但从来没有联系起来想的地方，尽管这样说似乎是有悖常理的。

但也有些情况，既告诉我们是鳕鱼，又没告诉我们是金枪鱼。也许有人会反对仅凭想当然便认为我们应该知道这些东西是什么，因而没有让人家讲清楚就主观地断定他们的经历的性质。愠怒者的想象不需要说话、比喻或解释就可以明白，因为话语意味着对一次重要的和较高暗示程度的交际的理解的失败。当我们的直觉能力受阻，需要清清嗓子的时候，当我们的声音有可能会使我们想起自己的孤独的时候，情况就是如此。我们只研究我们没有感受过的东西。

"真想象不出她把自己关在里面对那个红点做了什么。"我问自己,并再一次看看卫生间的门和我的手表。我这个自以为是的瑞士公民16∶45仍在满腹怨恨地等待着8∶02的火车。"她已经在里面关了大约两个钟头了。"

就在我继续用手指轻轻叩击玻璃咖啡桌,电视上的娱乐节目已经演完,换成了较沉闷的节目——燕子的筑巢方式考察时,我认真反思了自己脾气暴躁、无法理解伊莎贝尔呆在卫生间不出来的问题。我以亚当·斯密的名义问:女人究竟在卫生间里干什么呢?我为什么会想当然地认为一个不用化妆品的人能理解一个用化妆品的人呢?一个连四天的黑眼圈都不怕的人为什么非要理解别人鬓角上的一个红点的意义呢?一个从未穿过裙子的男人如何会对一个柜子里有五六条裙子的女人表示同情呢?

"你到底在里面做什么?"我问伊莎贝尔。我的声音里已不再有原先提问时的那种怨愤。

"你等待片刻好不好?别再打扰我了,不然我会花更长时间。跟你说,我会尽快出来的。"她回答道。很显然,她根本没有发现我的语气已从烦恼变成了哲学研究。

"我不是要催你。忘记那该死的园丁协会吧。我只是对你在卫生间里做什么感兴趣。你已经化过妆,穿好衣服了呀。"

"哎呀,别挖苦人了。我说过了,马上就好。"

"不是挖苦,我想知道。"

170.

"知道什么?"

"啊,你对着镜子站那么长时间,究竟在做什么。"

"我还没站够时间哩。"

"我知道没有,可我还是想知道。"

"你是在开玩笑。"

"不是。"

"你真想听我解释?"伊莎贝尔一开门,露出一个堂·吉诃德式的微笑。

"真想。"

于是她就解释起来。我们错过了整个园丁会议,然而作为回报,我被带进了伊莎贝尔的生活。她的生活与我本人生活的差别通过亚当·斯密式的想象是推断不出来的。我了解其他一些女人的卫生间,但却忽略了她们的面部化妆;我能断定,女人的梳妆袋里总是装着这个露那个剂的,还有什么睫毛膏、眼线笔和润肤露,但我不知道女人每天有哪些面部例行公事要做,也不知道这会给两性的经历造成什么差别。

伊莎贝尔的一天是从洗面奶开始的。那是一种由娇韵诗公司制造、装在蓝色瓶子里的白色液体。她先把一个棉絮垫用水龙头里的热水冲一冲,挤出水分,然后把洗面奶倒在上面。这样,用它擦脸的时候毛就不会掉在脸上了,而且垫子的热量还能使皮肤上的毛孔张开。擦完之后再用爽肤水,那是一种清澈的液体,用以清除脸上残留的洗面奶和彩妆。它还有一个额外的好处,那就是可以使毛孔关闭。接下去是使用妮维雅公司生产的管装润肤露。伊莎贝尔总不忘在脖子上涂一些。那是他妈妈教给她的，目的是防止以后脖子上起皱纹。伊莎贝尔每周洗过澡之后会用另一种润肤露涂抹双腿（这一次用的是一种大粉红瓶子装的），而涂抹双手时再换一种（装在一个淡蓝色的管子里）。

"先用遮瑕膏盖住红斑或红点，然后打肉色的粉底，然后再……你真的还想听我说下去吗？"

"那当然。"

"于是，我轻轻地在脸上扑一层古铜色的粉，比皮肤的颜色稍重一点。它可以避免颜色刺眼。你得用一个大刷子刷，先擦去手背上多余的润肤露。如果不嫌麻烦，我还可以擦上点腮红，以突出颧骨。"

然后再画眼睛：先用睫毛膏刷睫毛，用眼影刷刷上眼皮（褐色，与她的眼睛相匹配）；接着轻轻地把眉毛梳理整齐。多余的眉毛可以在这时候拔掉。整个过程苦不堪言。

在任何一位女性看来，这一程序之枯燥乏味与其重大意义相比实在算不了什么。对于一个被认为古怪的人来说，最大的乏味恰恰就是因为他不喜欢这种枯燥乏味——即使他碰巧会对别人的化妆大吃一惊，他也会相信这种东西不值得她感兴趣，也不会激起他特别的好奇心。

这种程序横亘在我们中间的十字路口。它使伊莎贝尔感觉到

八 男人和女人

172.

以下这些事实:好莱坞伤感电影里的女主角一直到上床睡觉都没有卸妆;还有,在葬礼上,没有一个女人眼上浓重的睫毛膏流下来——我对电影的真实性的看法同样是不准确的,男性的迟钝使我忽略了这些细节。

也许有人会由此得出结论:一个合格的男性传记作家需要在内心形成一种异性装扮癖,以便理解女性的经验。亨利·詹姆斯[1]戴假发的故事如今似乎成了类似于研究鳕鱼和金枪鱼的资料,而不是什么属于精神病分支的东西。对于弗吉尼亚·伍尔夫的男性传记作家来说,寻找她的信件和穿着爱德华时代的袜子在贝德福德广场转悠一整天同样重要。

---

1 亨利·詹姆斯(1843—1916),美国小说家、评论家,晚年入英国籍;主要作品有《一个女士的画像》《鸽翼》等。

九　心理学

人人都有不可告人的隐私，因为大家都猜想，如果让别人知道了他们的某些事情，别人就不会爱他们了。我们之所以需要有隐私，那是因为我们担心，一旦人们了解了我们的一切，我们就会变得不受欢迎。难怪托词偶尔会引起担忧，生怕泄露了天机，就好比梦见我们一丝不挂地站在大街上，或者在旅客拥挤的机场，我们的手提箱在行李传送带上打开了。

诸如此类的夜间恐惧使我们重新体验了儿童时代的赤裸感。孩子不会保守秘密。成年人比孩子们聪明，他们善于发现秘密。所以，那种将一个人的秘密暴露于光天化日之下的感觉使得父母在孩子面前产生了优越感。然而，对透明的担忧，即担心另一个人会发现我们的秘密而不给我们任何选择的机会，正渐渐为这样的假定所征服：透露不透露秘密全在我们自己；我们比别人更了解自己。

然而，在心理学家面前，这种假定很可能失去作用，透明感又会重新回来。我们想象心理学家不问便知的东西当然是我们最

174.

危险的秘密（对我们能否得到爱的机会而言）。我们担心的不是心理学家了解那些秘密，而是他们据此做出的判断。他们对我们的原罪的判断不可能像我们所希望的那样好。于是我们便又得重新回到孩提时代，鬼鬼祟祟地去偷吃最喜欢的糖果，结果却在走廊上碰见了自己的妈妈，并由此意识到，自己不应该做的事妈妈都知道。

我看到伊莎贝尔在写日记时心里感到不舒服，原因就在于此，因为写日记者与心理学家具有相同的象征性地位。他们嘴里不说，心里都很明白。个人秘密一旦被他们了解，那是够危险的。

"我真感到奇怪，我一写日记你就不高兴。"有一次在她家附近的一个咖啡屋里，她掏出钢笔和那个紫红色的笔记本后说。

"我没有不高兴。"

"那你为什么要我别再写了？"

"因为这样很不礼貌。"

"可你看报纸就没问题了！"

"那你为什么不能告诉我你写的什么呢？"

"因为这是我的隐私，而且我没写你。"

"我确信没写我。我不在乎，想写什么你尽管写好了。"我说的时候带着一种令人羡慕的成熟，接着又回到那些全球丑闻上去了。

日记是一种令人惊恐的东西，因为它可能成为一个人最不讨人喜欢的想法的存放处。当弗吉尼亚·伍尔夫去波特兰大街一幢典雅的大楼里聆听埃塞尔·史密斯[1]彩排时,可以想象她对主人是彬彬有礼的,一边品茶,一边轻轻地嚼着主人提供的葡萄干蛋糕。想想看,假如埃塞尔·史密斯、L夫人和她的朋友亨特太太不幸看到弗吉尼亚1931年2月4日的日记里对那天拜访她们是这样描写的,她们该会多么惊讶:

> 波特兰大街上一幢高大的楼房,亚当斯式的灰泥建筑,装饰奢华而过时:破旧的红地毯;墙面被涂成单调的绿色……亚当斯式的壁炉里呼呼地燃烧着炉火。L夫人和亨特太太并排坐在沙发上。L夫人现在毫无线条可言,俨然一根香肠,而亨特太太则像一根缎子包裹着的香肠。埃塞尔身穿皱巴巴的毡上衣、针织紧身短裙,手里拿一支铅笔,站在窗边的钢琴旁边指挥,鼻子尖上有一滴汗珠。

真是太可怕了,居然有人注意到鼻子尖上的一滴汗珠。不论是真是假,倒霉的都是那些观察别人比较仔细的人,因为这样会导致人们对他们产生极大的疑心。

然而,无论日记多么可怕,我们所关心的恐怕只是如何使自己免受人们的错误判断在日记之外传播所造成的更大恐慌。在谈话过程中,好心的邻居们常常在他们的甜言蜜语之外揣摩我们。

---

[1] 埃塞尔·史密斯(1858—1944),英国女作曲家、作家、女权主义者,曾为妇女社会与政治联盟谱写战斗歌曲《妇女进行曲》。

176.

如果我们以己度人的话,他们也不想使我们为难。

"德里克,我给布雷瑟顿打过电话了,箱子星期四到。"

"太好了,马尔科姆。我接到了从约克郡来的通知,他们下个星期将装运两千只。"

"这可是他们求之不得的。"

"不,他们每次总是运两千只。"

"啊,那好吧。你要不要在最后期限之前让詹妮知道?"

"当然要。"

这是我在经过一间自由式平面布置的办公室时无意间听到的一场关于公务的谈话片段。我的同事马尔科姆站在复印机旁边。他体态肥胖,大腹便便。他说得很快,但腮帮子里面的唾沫又使得他的话含糊不清。他呼出的气很像是秋天里空气不流通的澡堂子里的气味。德里克两手娇嫩,鼻子大而难看,一双巨大的鞋子走起路来嘎吱作响,几缕仅存的头发被精心地梳理成背头。另外还有两个滑稽可笑的人物。这几个人物的怪癖实在无法言传。德里克和马尔科姆也许彼此都了解对方的丑陋之处,然而他们内心里居然还想对对方说长道短、评头论足。这种想法无疑会使两个人都感到意外和气恼。

也许只有在如下条件下才能进行不自觉的对话,那就是:对话双方都以为对方理解的只是字面意思,而不是谈话的弦外之音。听到有人说话贬低我们时我们会感到十分烦恼,这是不足为怪的。我们真正生气的不是某个人说了我们什么(说得很对,我们没有头发、脾气坏、太固执己见、太羞怯、太富有、太贫穷……），而是由此产生的想法：我们认为某个热衷于传播小道消息的人，同时心里也揣着对我们的种种看法。今后说不定哪一天他就会把自己的看法传播给他人。

这一点可以解释如下现象：心理学一词在某个范围内可能会使一个人脊梁骨发凉，并焦虑不安。说不定在婚礼招待会上排队领取喜酒、说话柔声细语的心理学家对你礼貌的高谈阔论其实并不感兴趣。就在他假装整理领结的当儿，他正偷偷地对你的灵魂进行 X 光透视呢。

然而，毫不夸张地说，心理学不过是无数种互不相容的人类精神理论的统称。在解释他人的行为时，我们人人都是心理学家，人人都能对他人日常的反常举动产生的原因得出结论。

伊莎贝尔有一个朋友叫杰罗姆。他已通过法律程序离了婚，一个人搬到约克郡的一个村子里，做起了面包师。谈话中一提到他的名字，人人都能随口对他的行为做出解释。有人说他害怕性行为；有人说他害怕失败——尽管也有人争辩说他害怕的是成功；还有人说得更加玄乎。伊莎贝尔怀疑他是个潜在的同性恋；萨拉怀疑他是躁狂抑郁症。

上述每一种分析都离不开心理学上的陈词滥调，以炫耀自己多么聪明，全然不顾临床症状是否准确以及他们的信口开河是多么可怕。一些凌乱的理论提出了一系列的联系：肥胖与滑稽的联系、父亲不在身边与雄心勃勃的联系、聪明与不幸的联系、焦虑

九 心理学

178.

不安与患癌症的联系。

然而，有一点很明确：尽管伊莎贝尔和她的朋友们根本无法肯定杰罗姆到底出了什么事，但别出心裁的评论依然层出不穷。现代心理科学时代在一定范围之内建立了一种等级制度，在这个范围内，人人都有发言权，从而形成了专家与外行关于思维过程的知识多寡的显著差别。

这种差别带来的问题在一定程度上肯定属于传记。假如一个人试图按照旧式的直觉去理解另一个人的生平，而他清楚城市另一边的专家们正在利用更有力的工具研究那个人，那他扬言自己正在写一部亚历山大大帝[1]全传或者但丁·阿利吉耶里[2]全传就显得可疑了。假如他们想了解到哪里去挖掘人性的复杂性，传记难道不应该跟上科学发展的步伐吗？

然而，一个心理学的基本见解使这一问题复杂化了。无论我们对朋友或同事的了解是多么不够，我们注定最不了解的人还是我们自己。我们对孩提时代的回忆是微不足道的，记忆蒙蔽着我们，使我们无法了解难以了解的真相。我们记得房间里有一张黄色的沙发，但却不记得我们曾经瞥见在那张沙发上做爱的那对夫妇。家庭内部的纷争折磨着睡梦中的我们，但第二天早上整个情

---

[1] 亚历山大大帝（前356—前323），马其顿国王，先后征服希腊、埃及和波斯，并侵入印度，建立起亚历山大帝国。

[2] 但丁·阿利吉耶里（1264—1321），意大利诗人，文艺复兴运动先驱，作品具有人文主义思想萌芽，代表作有抒情诗集《新尘》、史诗《神曲》等。

节如此模糊以至于我们不明白实际上在为什么而焦虑,因为我们不应该明白。我们对自己是陌生的,要我们自己为自己写传记是靠不住的,于是我们便把这一几乎不可能完成的任务交付给传记作家,由他们决定是否相信、是否报道主人公所说的话。于是,他们要么沦为主人公的想象的牺牲品,要么对主人公的话持怀疑态度并加以诠释,也就是冒险根据自己的想象在原本模糊不清的情节上添油加醋。

"我昨天夜里做了个非常奇怪的梦。"一天早上,伊莎贝尔睡眼惺忪地说。

"什么梦?"我边搅拌咖啡里的糖边问。我希望她的回答很简短,或者她的梦里有我,因为能在别人的夜间幻想中扮演一个角色是一件很有面子的事。

"你真想知道?"伊莎贝尔问。

"当然。"

"啊,很离奇。我和一个十年没见过面的老同学在一片大森林里。他叫亚当·丰塔纳,人很古怪。我爸也在那里。爸对我说他和亚当已经成了最好的朋友,从此以后他就是我们家里的一员。然后我们坐上一艘充气式小船,事实上它是一种香肠形的气垫船。一个巨大的推进器拖着它穿过英吉利海峡。我们都躺在船上,以免被风刮下去,因为海里有鲨鱼。我紧紧地抓住东西保命,而亚当·丰塔纳居然坐在船的一边拉起小提琴来,而且居然没有被风刮下去。最后我们来到一个荒岛上。我发现我的老板蒂姆·詹金

九 心理学

180.

斯也在岛上。后来我才得知,岛上的一切都是他的。他还在那里开了一个煤矿,雇佣了好几百个当地人。岛上正为一个吃芒果撑死的工人举行葬礼。蒂姆说,这证明他对待工人是多么好。你在听吗?"

"是的。"

"后来我意识到,那个工人就是你。"

"我?"

"对,但这并不重要。后来蒂姆把我们领进一条长长的地下隧道里。原来那里根本不是什么煤矿,而是一个博物馆,里面满是十八世纪前欧洲大画家的名画。其实那些都不是真画,而是从报纸上剪下来的。大家都开始恭恭敬敬地观看起来。我明白为什么没有一个人抱怨,因为我知道,老板为了支付购买这个海岛的费用,把所有真画都卖给了我的母亲。后来我醒了,头疼得像打烂了一样。你对这个梦怎么看?"

我知道,这个梦对于理解伊莎贝尔的性格十分重要。但它对我来说没有任何意义,只是使我感到委屈,因为我扮演的只是个配角,而且还吃芒果撑死了。于是我分析道:

"啊,这显然跟我们有关,你对我在办公室里见到的某个女人感到妒忌。"

"什么?"伊莎贝尔怀疑地惊叫道。

"你要问我你的梦是什么意思,你起码得尊重我的回答。"

"我会的,如果你的分析不是太离谱的话。"

亲吻与诉说　　Kiss and Tell

"这完全是你心里所想的。"

"你怎么知道?你连问都没问过我想什么。"

"对,那是因为我一顿早饭时间都在听你说。"

"天哪,我从未听到过有谁像你这样对于一个梦大吵大闹的。"

尽管有这样那样的障碍,人们仍难免要尝试用心理学的见解去解释日常生活,就像传记作家总要战战兢兢地继续写下去一样,仿佛梦并未动摇我们的关系和自我理解力。然而,发现一个人早餐讨厌吃什么就可以推断出另一个人讨厌吃什么,这种挑战可能会推翻这种不科学地运用科学理论的卤莽行为。问题不是"我们自以为了解别人什么?",而是"在电话铃响之前我们事实上领悟到了什么?"情况一向如此。

大传记作家始终都在运用心理学观念。他们曾经相信过希波克拉底[1]提出的体液理论。希波克拉底确认,有四种体液的相互作用会影响一个人的性格:血色红润者乐观;胆汁发黑者忧郁;胆汁发黄者易怒;体液发黏者懒散。十七世纪的传记作家约翰·奥布里[2]在为霍布斯[3]写的传记中说:此人"既乐观而又忧郁,生理学家说这是一种最巧妙的结合"。关于占星术的智慧,奥布

1　希波克拉底(前406?—前377?),古希腊医师,被称为"医学之父",生平不详,现存《希波克拉底文集》,内容涉及解剖、临床、妇幼疾病等。

2　约翰·奥布里(1626—1697),英国文物收藏家、作家、皇家学会会员,以为同代人写传记小品而闻名。

3　托马斯·霍布斯(1588—1679),英国政治哲学家、机械唯物主义者。

182.

里断定,"水星与狮子宫的联合决定了不幸的威廉·马歇尔[1]说话结巴"。

似乎没有理由对此类先例避而不谈,尤其是当曾经指责我专横的迪维娜问我她存放在我家里的两箱书是否可以继续放在那里的时候。它们是有价值的正统收藏物,也是不怎么正统的心理学理论。

有一本书吸引了我的目光。那本书紫色封面,书名是《从一个人的笔迹可以看出什么》。

我知道,伊莎贝尔和她的朋友们到多塞特郡去了;我还知道,他们住在提供住宿与早餐的旅馆里,窗台花盆里栽种着天竺葵;那里的天气很温和;他们各人都租了自行车;回来以后她想节食。她寄给我的明信片结尾写着"爱你",并希望我们能很快见面。我认为这根本不是什么实质性的交流,尤其是后来当伊莎贝尔油嘴滑舌地承认说她寄给每个人的明信片"都是这样写的"时,我更认为如此。然而,无论这种信息是多么乏味,按照《从一个人的笔迹可以看出什么》一书的作者的说法,明信片上起码承载着人类个性的线索。

笔迹学科学认为,一个人的特点会在字母 t 上的一横的写法或写字母 r 时带不带勾上表现出来,后者表现得尤其清楚。笔画

---

[1] 威廉·马歇尔(1146—1219),英国政治家,彭布罗克第一伯爵,曾率领年轻的亨利三世的军队在林肯与路易斯亲王领导的叛军交战,后与叛军签订兰贝斯条约。

前倾表明此人对他人有兴趣；笔画垂直多为遁世者；笔画向上倾斜象征着乐观主义；笔画向下倾斜暗示抑郁或身体疲惫；字母布局紧密象征实用主义和逻辑思维；笔画华丽暗示卖弄与夸张。

星期天抱着那本书和伊莎贝尔从多塞特寄来的明信片看了一上午之后，笔迹科学开始产生第一批效果。它教会了我由笔迹判断性格的方法。我注意到，伊莎贝尔的 l 是写成环形的，笔画的上下两部分中间形成一个洞。这表明她的感情自动调节器设定的位置已进行过调整。对那些可能会皱眉头表示怀疑的人来说，《从一个人的笔迹可以看出什么》一书的作者偏偏是正确的——伊莎贝尔是一个很热情的人。

我最近注意到这一点是在吃色拉的时候。我们要了两份色拉，端上来之后我发现酱汁太少。但伊莎贝尔的那份里面浇的汁比我的那份里多。看到我一脸愁苦的样子，伊莎贝尔建议说："咱们俩换换如何？酱汁少我不在乎。今天一天我啥也没干，净是吃。"

"不，不，我这也挺好的。"我坚定地回答说，就像拒绝泰坦尼克号的救生艇上的最后一个座位一样。

"来吧，我不在乎，真的。拿去吧。"

"不，不。"

"别傻了。你应该吃，这对你有好处。你吃的新鲜蔬菜不够。"

这最后一句话虽然是出于对我的饮食需要的关心而一时冲动，宁愿做出自我牺牲，把蔬菜让给我吃，但却表现出了伊莎贝

184.

尔心地善良的品质。也许有人会把这归结于她的母性。这种品质可以从她对朋友说再见时,以及当父亲看电视时问父亲是不是需要再加一个垫子以便坐得更舒服些时觉察出来。

"胡扯!我只是问你要不要吃我的色拉。我可没把你错当成我的婴儿。天哪!只要有半点机会,男人们就会胡乱得出结论来。"我对她说出上述看法时,她回答道。然而,尽管她认为我的推断毫无道理,我还是坚持原先的分析。

如果有谁需要更多的证据,只需要看看她写的几个字母就够了,因为她所写的 m 不像性情冷漠的人通常写的那样像高山似的,弯曲部分尖尖突起,然后下降,形成一个狭窄的山谷,接着再爬上来,形成一个陡峭的山坡。她写的 m 跟热心肠的人写的一样,呈波浪形弯曲起伏。只有那些送圣诞礼物给邮差,指责将孩子送寄宿学校的亲戚冷酷无情,特别容易被电影感染,一受感动就热泪盈眶、说不出话来(能把她感动得哭起来的电影大多都有宿敌和解的场面)的人才会写出那样的 m 来。

她自己热心肠,却又不肯公开承认。然而,我们可以从她所写的 r 上找到解开这一奥秘的线索。有人可能会说,她写的 r 和 m 相互矛盾。的确如此,r 的挺拔与结构代表一种外部强加给波浪式 m 的约束史。她的母亲在某个特殊的时期与一个上帝强加给她的特殊的男人生下了伊莎贝尔。对此她的母亲始终耿耿于怀。她虽然把这种怨恨深埋在心里,但却导致她养成了固执而严厉的性格。而那时正是伊莎贝尔的童年时代。那位母亲的那种苛刻在从小被惯坏了的人们中间十分常见。他们的期望值很高,结果生活反倒越来越糟。于是他们既对被冷落的自我感到悲哀,又对别人心怀怨恨(即便是对一个五岁的小孩子)。

进一步浏览字母表还可以发现,伊莎贝尔书写的 g 则是幽默的象征(因为它们向后弯曲)。这样说她可能会感到新鲜,因为她老是责怪自己对生活太认真。她说,从小她只记住三个笑话。

"就三个?"一天夜晚她拿大顶的时候我问道。她说头朝下拿大顶对大脑特别有好处。

"连那三个也忘得差不多了。我听罢就忘。我曾经想用笔记下来,然后背熟。但那样做似乎又有悖于说笑话的初衷。"

"为什么不多记些呢?"

"我不知道。我之所以能记住那几个,原因也是多种多样的。有的是在某个难忘的场合听到的,所以记在了心里;有的是我讲给别人听的时候别人很欣赏的。你瞧,纯粹是自我陶醉。"

"都是什么笑话?"

"哦,还是别让我讲吧。"

"说下去。"

"讲了你也记不住。"

"试试看。"

"那好吧。爱尔兰人睡觉时床边要放两个杯子,一个盛满水,一个是空的。你知道为什么吗?"

"不知道。"

186.

"一个是为渴的时候准备的,一个是为不渴的时候准备的。你瞧,我这个笑话很拙劣是不是?那好,再给你讲一个。有一位天文学家作有关星球的讲演。讲演快结束的时候他解释说:'再过四十亿到五十亿年太阳将会熄灭。'这时,讲演厅后排站起来一位女士问他:'你说多少年?'那位科学家回答说:'四十亿到五十亿年。''嗨,'那女士说,'我以为你说的是四百万到五百万年呢。'"

"有意思。"

"看来你相信了。那就再给你讲一个低级下流的,我刚刚想起来。有一个男子在路上走,看见路边一个招牌上写着'一品脱精液五十镑'。他想,'啊,这交易挺合算。'于是他就走进去卖了一品脱精液。他再往前走,又看见一个招牌,上面写着'一品脱精液一百镑'。他决定再进去卖一次,出来时得了一百镑。他又往前走,又看见一个招牌,上面写着'一品脱精液一万镑'。于是,他当时想——哦,天哪,下面我忘记了。我压根就不会讲笑话。讲着讲着就忘了。咱们还是谈一会儿别的吧。"

人人都说自己有幽默感。谈论幽默感这一问题时需要把两种人区别开来。一种人只有在听别人讲所谓的笑话时才笑笑而已;另一种人则能够从严肃场合中发掘出滑稽的一面来。当伊莎贝尔说起她和一帮加拿大移民官员之间发生的一件事时,我想起了这种区别。几年前,她乘飞机去加拿大度假,在验看护照时被移民官员拦住盘问起来。他们怀疑她是试图非法入境的劳工,而不是旅客，把她关在一个空房间里达一个钟头之久，问了她一系列不着边际的问题。伊莎贝尔受到如此对待，心里深感失望。最后她半开玩笑地说："我知道你们是在例行公事，可你们何不停下来问你们自己一个显而易见的问题：为什么人人都想来像加拿大这样的地方生活呢？"不消说，对方没有理解她的这种幽默，结果她又被关了一个钟头。

"哦，这个笑话的后半部分我还真想起来了，刚才是一时忘记了。好吧，我接着讲。于是，这个人卖了两品脱精液。接着他看见一个广告牌上写着'一品脱精液一万镑'。这时他已经非常疲惫了，但他还是决定再进去卖一次。卖精液者绕着那个街区排起一条长龙，然而他还是耐心地等待着。就这时，他看见前面排着一位妇女。在这样的队伍里看见女人，着实让他吃了一惊。他想，她大概不知道是怎么回事而站错队了。于是，他拍拍她的肩膀说：'请问，您是不是站错队了？'那女人（伊莎贝尔模仿她摇着头，鼓起腮帮子的样子）回答说：'嗯——'"

"我告诉过你，这个笑话令人作呕。更糟糕的是，我听到这个笑话的时候肯定只有十四五岁。"

如果说《从一个人的笔迹可以看出什么》一书的观点还不够重要的话，该书还专门用一章的篇幅论述人们的签名方式。从签名可以看出一个人的自我概念：豪爽疏放的签名代表信任和喜欢交际，而页面左侧纤小的签名则表明遁世与内向。

伊莎贝尔的签名却很难根据这种观点加以辨认。她的签名方

九　心理学

188.

式经常改变，这种变化常常使她在饭店和加油站受到盘问，因为她在支票上的签名和在信用卡上的签名很少一样。有一次，她想在昆斯敦路上的一个服务站加几升无铅汽油，结果就因为签名问题跟一个印度服务员争吵起来。

"你真的认为我是假冒的？"她大声叫嚷道。

"为什么不？形状、大小都像是假冒，"奥拉克先生回答说，"你瞧这塑料牌上的签名。"

"那我为什么要假冒得如此拙劣？"

"也许你是个拙劣的假冒者。"

"你瞧，如果我是个假冒者，我绝不可能愚蠢到这种地步。我承认，这个签名看起来一点都不像信用卡上的签名，可那是因为我刚刚改变了签名方式。"

"再写一个我瞧瞧。"奥拉克先生语调较为和蔼地说。

"我模仿的时候你别看我行不行？我在生人面前有点不自在。"

"模仿，小姐？你想让我报警是不是？你给我现钱不就得了，也省得我再浪费时间。"

信用卡上的签名　　　　　　　　支票上的签名

伊莎贝尔的签名问题早在青春期早期就已经开始了。当时她就断定，她以往书写的那种孩子气的字母对于一个吸过大麻、逃过地铁票的人已不再适合。她母亲的签字方式给她留下了深刻的印象。她认为那是长大成人的基本标志，是母亲驾御成年人环境的一个看得见的符号。她母亲的签名显得很不耐烦，笔画粗暴无理，随心所欲，只有从第一个和最后一个字母才能辨认出是 Rogers。《从一个人的笔迹可以看出什么》一书中说，这是女性用扭曲男方姓氏的办法表达对婚姻不满意的标志。当她的母亲拉维尼娅在一家百货商店拿出支票簿购买新炊具的时候，她的签名就像魔术师最后虚晃一下魔杖一样，奇迹般地令商店里的五六位工作人员顿时紧张起来。如果一个姑娘费力地将自己的名字规规矩矩地写在准备用蜡封的书信上，肯定会让签字时充满信心、随意挥洒的母亲吓一跳。她肯定会因此而放弃抢购商品或到科茨沃尔德宾馆消费。

伊莎贝尔将第一次星期六打工挣的钱存入银行里的时候，调整了签名的格调，但签名仍缺乏一种力度，以证明她取得了成年人的身份。她的签名接着给她招惹来一系列尴尬事件：她不得不向一位邻居借钱交自己的一份青少年聚餐费，不得不靠朋友的恩赐在葡萄牙呆一个星期，因为银行看不出她的两个签名有任何联系而拒付她的旅行支票。而要把支票兑换成葡萄牙币埃斯库多，支票上的签名和当时的签名必须一致。等到成熟到不再需要成熟的签名了，她的信用卡已经都变成了记名的，而她又没

九　心理学

190.

有勇气要求银行重新启用她少女时代的信用卡，让她重新找回她自己。

她的怯生倾向加剧了问题的严重性，因为当她想象着别人可能会把她当成罪犯时，她就开始根据这种假定行事，不是坚信自己对骗取一油箱汽油毫无兴趣，而是感到心虚。只要加油站的服务员用怀疑的目光看她一眼，她的签名就会走样。她记得在学校的时候，老师经常让全班同学站成一排，追查是谁做了坏事。每逢这种时候，大家都会茫然地望着对面的墙壁，一派无辜的样子；而伊莎贝尔却会脸红，仿佛她是策划盗窃酒精灯或在女校长的画像上画小胡子的主谋。由于经常出现这种情况，久而久之，老师便把她当成了犯错误的人，而且无论老师怎样惩罚她她也毫无办法。

《从一个人的笔迹可以看出什么》能够帮我们深入了解一个人，但它似乎无法解释伊莎贝尔的书写方式。这一点，即她的某些单词具有创造性的拼写方式，很快就会吸引词汇研究者的注意。伊莎贝尔和她的朋友们在多塞特租用的那种两个轮子、靠一根链条和一对脚蹬驱动的奇妙的机械装置被粗暴地变成了bycicle[1]；而她选择不跟同伴同居一室则意味着给她个seperate[2]房间。伊莎贝尔什么时候想思考问题，总是围绕一个东西转来转去，而不是

---

[1]　即"自行车"，正确的拼写应是"bicycle"。
[2]　即"分开的"，正确的拼写应是"separate"。

亲吻与诉说

Kiss and Tell

坐在那里冥思苦想。她老跟一些单词过不去,总是把 definitely 写成 definetely,把 dilemma 写成 dilemna,把 successful 写成 succesful(有时候写成 successfull 甚至 sucessfull),把 concurrently 写成 concurently,把 bizarre 写成 bizzare,把 disappointed 写成 disapointed。对此,伊莎贝尔总能做出恰当的心理解释:

"我想我的大脑里肯定少根弦,所以我不会算算术,不会打牌什么的。"

"大脑的哪一部分?"

"你知道,女人有时候缺乏计算天赋,因为她们的心思都用在缝纫和做饭上了。不知道对不对,我想我的拼写问题可能跟我父亲有关。我父亲在拼写方面十分迂腐,对于英美人拼写 theatre[1] 的差别以及英语与法语的关系等等总有一套套的理论。也许我糟糕的拼写是对父亲的反叛。记得小的时候,我外出度假时给他寄了一张明信片。他回信首先对我表示感谢,然后用尽可能礼貌的方式指出,我在结尾时多次将 'kiss[2]' 写成了 'kisc'。由于某种原因,这一拼写错误使我羞愧难当——你很可能会说,那是因为我暗地里想吻他。"

"是不是呢?"

---

1 意即"剧院",英国人写成 theatre,而美国人写成 theater。
2 意即"亲吻"。

192.

"小姑娘谁不想呢?"

伊莎贝尔算算术的能力也同样令人担忧。7×4和6×8常常让她挠头,遇到长算式或乘法只好借助于计算器。她还承认说她在记历史年代方面也是一筹莫展。如果你问她1836年是在哪个世纪,她脱口就会说十八世纪。

尽管《从一个人的笔迹可以看出什么》内容十分丰富,然而它轻易所下的结论会令那些相信人类的头脑是一部复杂机器的人大惊失色。跟伊莎贝尔交换一下意见难道不比研究她身上的波形曲线更重要吗?

一个人一旦适应了心理测试和心理调查,它们就会处处显露出来,探索我们在选择水壶、航船和丈夫时的动机。那些测试与调查的直言不讳是很受欢迎的。假如一个单身女人不得不一次又一次地陪同别人谎称对她很合适的男人们吃饭,她就会以感激的心情看一眼标明日期或地点的问卷调查。不用在约会对象吃一点点虾而她瞪着眼睛看着那份恺撒决不会称之为恺撒色拉的东西时慢慢地怀着悲伤的心情和对方熟悉起来,通过一份问卷就能够知道一个男人的一切,比如他收藏的唱片:

1. 古典音乐
2. 歌剧
3. 通俗歌曲
4. 爵士乐曲

5. 乡村及西部歌曲
6. 摇滚歌曲

或他喜欢在家里做的事：

1. 听音乐
2. 读书
3. 看电视
4. 看电视体育节目
5. 听收音机
6. 和孩子们呆在一起
7. 做饭／待客
8. 自己动手维修东西／做手工艺
9. 在园中忙活

（有人对"看电视"与其灾难性的对应词语"看电视体育节目"之间的微妙心理差别感到迷惑不解。）

可以想见，安娜·卡列尼娜和渥伦斯基能够用完成下面题为"你的关系"的调查表的办法排解的心中的苦痛：

1. 你在寻找一种特殊关系吗？
2. 成功的婚姻必须有浪漫的爱情吗？

194.

 3. 是否应当让离婚更困难？
 4. 你是否刚刚建立一系列关系，并希望结交新人？
 5. 为保持特殊关系是否应当保留性关系？
 6. 你是否主要是从人际关系中寻找感情支持？
 7. 婚前同居是明智的吗？

对那些愿意承认这张调查表的价值但又自命不凡地认为它缺乏权威性的人们，我想向他们指出，当年马塞尔·普鲁斯特就曾经填过一张类似的表。

二十一岁那年，普鲁斯特回答过下面这张在时髦巴黎人沙龙中流传的调查表中的问题（伊莎贝尔的回答附在大师的后面）：

我的主要特征：
普鲁斯特：**需要有人爱；更确切地说，需要有人抚摩、溺爱，而不仅仅是赞赏。**

伊莎贝尔：唏，我不知道。我想可能是不善于做决定并坚持自己的决定，要不就是不由自主地对人太好。

我希望在一个男人身上看到的品质：
普鲁斯特：**女性的魅力。**

伊莎贝尔：你知道，就是通常的那些，聪明、有趣、性感，但必须是在那些自己不知道有这些品质的人身上。我讨厌自我炫耀。

女人身上我最喜欢的品质：

普鲁斯特：**男人的美德，还有交友的坦诚。**

伊莎贝尔：自信。我今天真该去药店了。

我最欣赏朋友的什么：

普鲁斯特：**他们对我的温情，如果他们长得漂亮，那种温情的价值更高。**

伊莎贝尔：我喜欢和他们有同样的成长史，那样就可以共同回顾过去的酸甜苦辣。我喜欢在电话上跟他们交谈。普鲁斯特有没有电话？

我最大的毛病：

普鲁斯特：**没有知识，也不会"追求"知识。**

伊莎贝尔：这一点一样。但我希望有。

我最喜欢的消遣：

普鲁斯特：**做爱。**

伊莎贝尔：在做爱之前泡在澡盆里——肯定很棒。

我的美梦：

普鲁斯特：**我担心不够高尚：我不敢说出口来，怕说出来会毁了它。**

196.

伊莎贝尔：天哪！不，我想在阳光明媚的地方有一所房子，比如在法国西南部。那样我可以要我的朋友都去那里住，让有趣的人都去参观。房子要大，这样既可以跟大家住在一起，想独处的时候又可以有自己独立的单元。不能让我为钱发愁，我自己管理花园。我要找人建一座最惊人的花园，不是为我自己，而是为朋友们。我告诉你，我的花园至少要有两英亩大，里面种许多地中海植物，四季长青。跟我在一起的人都必须诚实、善良，谁也不会耍心眼儿、生闷气或麻木不仁。你还醒着吧？

我最大的不幸将是：
普鲁斯特：**不认识自己的母亲或祖母。**
伊莎贝尔：假如我生个孩子死了。

我想成为什么：
普鲁斯特：**我自己，正如我所敬佩的人所希望的那样。**
伊莎贝尔：心情好时的我自己。

我最想生活的国家：
普鲁斯特：**一个我想要什么就有什么、随时可以得到温情的地方。**
伊莎贝尔：这个国家，但必须是在用一百万只船把它拖到一个气候好的地点之后。

亲吻与诉说　　　　　　　　Kiss and Tell

我最喜欢的颜色：

普鲁斯特：美不在于颜色，而在于颜色协调。

伊莎贝尔：废话。绿色。

我最喜欢的花：

普鲁斯特：自己的花——除此之外，所有的花。

伊莎贝尔：这很难说。也许是北美黄花稔或飞燕草，也许是风铃草或洋地黄。

我最喜欢的鸟：

普鲁斯特：燕子。

伊莎贝尔：我对鸟不怎么感兴趣。也许是鹦鹉，但我不太在意。与其养鹦鹉，何不养只鸽子呢？

我最喜欢的散文作家：

普鲁斯特：现在是阿纳托尔·法朗士[1]和皮埃尔·洛蒂[2]。

伊莎贝尔：我讨厌这类问题。我最近真正喜欢的两位作家是

---

1 阿纳托尔·法朗士（1844—1924），法国小说家、散文家、文艺评论家，1921年获诺贝尔文学奖，主要作品有《希尔维特·波纳尔的罪行》和4卷本的《现代史话》。

2 皮埃尔·洛蒂（1850—1923），法国小说家、海军军官，主要作品有《冰岛渔夫》《菊子夫人》等。

九　心理学

198.

乔治·艾略特和 A.S. 拜厄特[1]。不过，还有很多。

我最喜欢的诗人：

普鲁斯特：波德莱尔[2]和阿尔弗雷德·德维尼[3]。

伊莎贝尔：E.E. 卡明斯[4]和艾米莉·狄金森[5]。

我最喜欢的小说男主人公：

普鲁斯特：哈姆雷特。

伊莎贝尔：希斯克利夫。

我最喜欢的小说女主人公：

普鲁斯特：贝丽奈西（他省去了"费德尔"）。

1　安东尼娅·苏珊·拜厄特（1936—　），英国女作家，主要作品有《国中圣母》《平静生活》等。

2　查尔斯·波德莱尔（1821—1867），法国诗人，法国象征派诗歌的先驱，现代主义的创始人之一，主要作品为《恶之花》。

3　阿尔弗雷德·德维尼（1767—1863），法国诗人、小说家、剧作家、法国早期浪漫主义文学的代表，主要作品有诗集《古今诗稿》和《命运集》、历史小说《桑-马尔斯》和剧本《夏特东》等。

4　爱德华·埃斯特林·卡明斯（1894—1962），美国诗人、画家，诗作形式奇特，语法用词别出心裁，著有《郁金香与烟囱》等诗集12部，后合为两卷本《卡明斯集》。

5　艾米莉·狄金森（1830—1886），美国女诗人、美国现代诗先驱之一，留有诗稿1 700余首。

伊莎贝尔：麦克白夫人。不过，如果我知道贝丽奈西是谁，我也可能会喜欢她的。

我最喜欢的名字：
普鲁斯特：我一个时期只有一个名字。
伊莎贝尔：雷切尔、艾丽丝、索尔，想不起来了。

我希望怎样死：
普鲁斯特：好一点——在爱中死去。
伊莎贝尔：突然在睡梦中死去，周围没有人太在意。

我现在的思想状况：
普鲁斯特：为了回答这些问题而琢磨自己，我已经对此厌倦了。
伊莎贝尔：想吃干酪三明治想死了。

从普鲁斯特对一系列问题的折中式回答中可以看出，他对那些问题既感到好奇又感到困惑。最喜欢的鸟有什么重要呢？小说女主人公或名字有什么重要呢？难道还应当留出空来让人选择书写工具或感冒疗法？可以提出的问题无穷无尽。如果说所提的问题能够暗示接受调查者的性格的话，那也只会是巧合，而不是问题设计得好。这些问题就好像一个客人在晚宴上提出一连串疑问，但让他感到惊讶的是：关于座位安排的问题卡米拉的回答是如此

200.

富有意义，而那些关于上帝文学和雄心壮志的问题却只是得到了毫无章法的答案。

伊莎贝尔喜欢回答市场调研人员的问题。凡有问卷调查她必会认真填写，这种习惯是她做零售商时养成的。去雅典旅行后不久，我发现她在集中精力填一张奥林匹克航空公司服务情况调查表：

您乘坐飞机时请标出下列各项标准的等级	非常重要	重要	不重要
1. 我能选择机舱等级	×		
2. 我在飞行中有机会打国际长途电话		×	
3. 我能在指定的候机厅里候机		×	
4. 我能参与常客飞行计划项目，每次飞行扣除英里数	×		
5. 我能乘坐无烟飞机旅行		×	
6. 我的座位有宽敞的伸腿空间	×		
7. 我的座位有宽敞的自由伸展臂肘的空间	×		
8. 我能在空中选择膳食	×		
9. 我能在飞机上吃上热饭	×		
10. 我能从大量的杂志中选择喜欢的读物		×	
11. 空中服务员能满足我的个人要求	×		
12. 空中服务员讲和我一样的语言		×	

亲吻与诉说　　Kiss and Tell

（续表）

您乘坐飞机时请标出下列各项标准的等级	非常重要	重要	不重要
13. 机场为商务旅客单独开设验票及领取登机牌的柜台		×	
14. 飞机到达目的地后我能租用到移动电话或移动传真机		×	
15. 我能在飞行中预定宾馆和出租汽车		×	
16. 机场为商务旅客单独开设检验护照及入关的通道		×	
17. 我能预定到送我去机场或接我出机场的中客车服务		×	
18. 机场为接送客人的汽车提供停车服务		×	

这份问卷调查表除了经济价值之外，从伊莎贝尔的回答中看不出有任何伊莎贝尔式的特点。就连亨利八世，如果给他一会儿工夫让他填填这份奥林匹克航空公司的调查表，我们也很难从他对空中饮食、杂志、常客飞行计划的态度中看出多少特别的地方，以表明他是亨利八世，而不是爱德华七世、查尔斯二世或多丽丝·戴[1]。

---

[1] 多丽丝·戴（1922—2019），德裔美国歌唱家，晚年潜心于动物保护，建立了桃丽丝·黛动物联盟，并设立了动物保护基金。

九　心理学

202.

既然一个人的重要心理特征跟机舱服务员和商务等级舱里的热毛巾毫不相干，那么，还有什么问题能看出他的重要心理特征呢？这是宴会谈话、政治会面、警方卷宗以及日常问卷调查所面临的窘境。有些问题效果好，有些问题效果差。比如，问"如果世界末日即将到来，你会做什么？"就比问"你有没有按键电话？"更有效；问"你驾驶碰碰车时是想碰撞还是想避免碰撞？"就比问"你的手提包里有什么？"更尖锐。普鲁斯特的问卷调查在肥沃的土壤上绊了一跤。它缺乏人类个性的清晰视觉。这就是有的人喜欢贝蕾妮丝，但事实上又和麦克白夫人的狂热仰慕者不同的原因。这种视觉只好等待现代心理学家解读，因为只有他们才能够从人们所认为的古怪举动中准确地判读出个性来。

"你是不是很爱说话，喜欢利用一切机会通过言辞表达思想？"我真该在宴会上问问卡米拉。

"啊，是的，"她可能会这样回答，"我极想给那位尊贵的客人敬一杯酒。"但直到读过心理学家 R.B. 卡特尔[1]的著作之后我才弄懂这种愿望的含义。

我读到的调查是卡特尔博士所设计的问卷调查的一部分。按照卡特尔的理论，有十六种因素决定了人类相互之间的差别。而问卷调查的目的就是要弄清楚一个人与这十六种因素的关系。因

---

[1] 雷蒙德·伯纳德·卡特尔（1905—1998），英国心理学家，以利用因素分析的统计技术研究个性差别而闻名。

亲吻与诉说　　　　　　　　　　　　Kiss and Tell

素A推断一个人是内向还是外向；因素B推断一个人是愚蠢还是聪明；因素C推断一个人是否神经质；因素D推断一个人是否心神不定。其他各项分别用以衡量一个人是否具有恻隐之心、猜疑心、妒忌心以及是否慷慨大度。这些词汇在我们谈论朋友、同事以及在火车站台尽头轻轻咬伞柄的斗鸡眼的上班族时随口都会提到。

我问卡米拉的问题来自于调查因素H，即推断一个人是否合群那一节。卡特尔很可能会认为，卡米拉喜欢敬酒表明她的个性属于H+。那么伊莎贝尔呢？我是偶尔发现卡特尔提出的这一系列问题的。于是，一个星期天晚上，在品尝过鲑鱼之后，我便决定拿这些问题问问她。

"等会儿，咱们先把餐具洗了。"她反对说。

"就一小会儿。"

"那好吧，快点，不然就凝结住了。"

"好的。'当你来到一个新地方时，是不是特别不容易结交新的朋友？'"

"是有点不容易，但并不是特别不容易。我可不可以把这些盘子摞起来？"

"好的，谢谢。'相对来说你现在是不是不那么扭捏羞怯了？'"

"你知道，我不羞怯。"

"你是不是很爱说话，喜欢利用一切机会通过言辞表达思想？"

"你还记得我在认识你的那些荷兰朋友时是什么样吗？"

204.

"你只能回答是还是不是。"

"那样傻乎乎的。"

"也许吧。'你是不是觉得在大庭广众面前站起来说话或朗诵很困难?'"

"有点。我是说是。"

"'你是不是发现在交谈中很难像有些人那样从一个话题跳到另一个话题?'"

"我不明白什么意思。"

"我也不明白。'在大街上,当人们看你的时候,你是不是偶尔感到不自在?'"

"肯定。其实我没有告诉你,星期五那天我乘地铁回家时有个男人跟我搭讪。那人对我说,他看见我就想起了他自杀的妹妹。那家伙怪怪的,挺吓人。所以下一站我就下车等下一趟了。"

如果没有卡特尔博士的经验,我是无法科学地测定伊莎贝尔的 H 特征的。看起来,她的 H 因素一般,但在公交车上比一般人更能吸引男人,因为就在一个星期前,一位乘客曾经问过她是否可以为她做个冰雕像。他说他可以在富勒姆的雕塑室里做。伊莎贝尔推说她工作繁忙,而且又开始感冒,婉言谢绝了。

当我把卡特尔对其他个性特征的调查单读给伊莎贝尔听的时候,因素 M 中的一条吸引住了她,尽管此时她已经开始浸泡刚才烤鲑鱼的盘子。那一条因素测试的是一个人是放荡不羁还是因循守旧。

Kiss and Tell

亲吻与诉说

1. 在晴朗的下午你更喜欢做什么?
   (a) 参观画廊或欣赏美丽的风景。
   (b) 参加社交会议或打牌。

   (b)

2. 在一般情况下,你能否很好地控制任何种类的情绪?

   (不能)

3. 你是否不喜欢别人为你的私事服务,即私人仆佣?

   (难道还有非私人仆佣?)

4. 你是否认为种族特点对塑造个人与国家的影响要比大多数人想象的更大?

   (不)

5. 你是否有时会毫无来由地感到一阵担忧或焦虑?

   (是)

6. 你是否曾经试图虚张声势地闯过警卫或门卫?

"天哪,这太没意思了,"伊莎贝尔打断了我,"这些问题根本弄不清楚吉姆·莫里森[1]与一位会计师之间的差别。"

伊莎贝尔也许对"一个人是否放荡不羁"这一问题很感兴趣,但她不太相信卡特尔的调查表能弄清楚。

---

1 吉姆·莫里森(1943—1971),美国摇滚歌手及摇滚歌曲作家,死后深受歌迷崇拜。

206.

"那么,你想问些什么问题呢?"我问。

"不知道,我不是心理学家。"她回答说。她递给我一条毛巾,让我把餐具擦干。

卡特尔博士忽略了一系列重要的心理特征,但这似乎是因为他缺乏调查那些问题所必要的细心。他想知道一个人是否合群,就会问他喜不喜欢当众说话,没有考虑到羞怯的人与自信的人之间的细微差别:羞怯的人有时也会自信;而自信的人有时也会羞怯。他就像一位蹩脚的小说家,想表现一个人对母亲的死多么悲伤时,就会描写一个脸色苍白的年轻人在刮着大风的葬礼上泪流满面,而不是写此人在坟墓边或以后的几个星期里表情木然,直到一天晚上从电影院里出来,看到大街上一个女人拿的伞很像母亲的伞,欲哭无泪的巨大悲哀以及数日来麻木不仁的负罪感受到刺激,这才突然精神崩溃,在拥挤的通道里号啕大哭起来。

伊莎贝尔既因循守旧,又放荡不羁,两种特征泾渭分明。这两者之间的关系是 R.B. 卡特尔无法理解的。

"我觉得我挺守旧的,不过有一次我可古怪了,拨打了'聊天热线',早上跟一个赫尔人在电话上云天雾地地聊。"她透露说。

"你发现那人怎么样?"

"啊,他人很好,就是有点伤感,三十三岁了,还是个童男。他在考虑做基督徒,不是因为他相信上帝,而是那样他的童贞会更受尊重。我说别发愁,有些女人做处女的时间也很长。"

伊莎贝尔对常规的漠视最明显地表现在她不愿遵守卡特尔博士的测试规则上。她偷偷地漏过 M 中的一个相关问题，即问卷调查中所说的对待"别人为你的私事服务，即私人仆佣"的态度问题。

早在卡特尔博士以前，约翰生博士就已经意识到了这一特征的价值。他说："通过与其仆人的短暂交谈，也许要比通过正规的叙述——从他的出身背景一直讲到他的葬礼——更能了解一个人的真正性格。"后世的传记作家们已经注意到了这一点，较明显的例子是理查德·埃尔曼[1]感谢"托马斯·斯特利教授访问乔伊斯住在里雅斯特时的仆人之一玛利亚·埃克塞尔太太"。

伊莎贝尔连个像样的真空吸尘器都买不起，更不用说清洁女仆了。因而，这一问题对她来说似乎有点多余。然而她确实承认，她住宾馆的时候总是抢在女服务员前头打扫房间。她的这种态度也许是起源于她跟一个人的亲密关系。她年轻的时候，那人常帮她办私事。

弗洛·扬曼帮罗杰斯家打扫卫生整整干了二十年。今年她已八十三岁高龄，有五个孙子孙女，在豪恩斯洛有一套公寓，最近刚刚死了丈夫。直到现在她还装模做样地来罗杰斯家帮忙做家务。其实，她每周一次登门不过是礼节性的拜访而已。伊莎贝尔的父

---

[1] 理查德·埃尔曼（1918—1987），美国传记作家及学者，以其为叶芝、奥斯卡·王尔德和詹姆斯·乔伊斯写的传记而闻名。

208.

母外出度假期时,问伊莎贝尔能否时不时地回家看看。就在那时,我们撞见弗洛在厨房里点香烟。伊莎贝尔需要到阁楼上整理衣服。她在楼上翻找衣服的时候,我和弗洛留在厨房里。这时我想起了约翰生。我想着马上就会有一大堆故事丰富我的想象了。

"一个可爱的姑娘,我说嘛,一个可爱的姑娘。从她这么一点儿大我就认识她,像个玩具娃娃似的,非常可爱。现在给你说说我的孙女。她出生的时候你可没见哟!金色的头发像太阳似的。现在头发变成了褐色,皮肤也变黑了。二战以前,我和比尔住在莱顿斯通,房子很小,我们管它叫天堂。我们家有个邻居爱画鸟,你知道,业余爱好。天气好的时候他能坐在花园里画一整天。他的妻子是报刊经售人,一个可爱的女人;一个儿子参加了海军。现在的人都不想当兵了。我的孙子,老大吉米,他想当机修工。他喜欢汽车,整天弄得脏兮兮的。但这都不算什么麻烦,麻烦的是那些姑娘们。他是在跟她们较劲儿,今天爱上了,明天又离开了。我总是这样说他。"

"啊,别往坏处想她,"我们回家的路上伊莎贝尔说,"她也许爱夸夸其谈,可她是你可能遇到的最好的女人。她真的是个好人,尽管她让你出去给她买烟。再说,让你把垃圾袋提出去很可能对你有好处。不论你遇到什么危机,弗洛都会支持你,比方说你丢了金钱、丢了工作、失去了家庭。她是个好心人,因为她对谁都不会有坏心眼儿。她总是把人往好里想。她说,在超市里抢她的手提包的人肯定是比她更需要钱,还说约克郡的杀人碎尸犯很可能是日子艰难。"

伊莎贝尔如此看重弗洛的"心眼好",而不是她是否合群或智力如何,这一事实加上她的放荡不羁或心胸宽阔揭示出了一条普遍真理,那就是:在日常生活中跟在西部牛仔电影里一样,对于一个生人,我们首先需要了解的是他的身份——好人还是坏人。我们对道德取向的简单化需求总是占据最显要的地位,这是原始时代的猎人分辨敌友的遗风。遗憾的是,卡特尔博士没有制订出一套关于"好"的测试标准。

伊莎贝尔过去好不好?这一问题听起来很陈腐。她并不认为自己好。

"这只是表面,你得继续往下挖,挖出肮脏的东西来。"她挑战似的说。

她认为,需要有一个标准来区分好人和做好事的人。她不知道她的那些随和的朋友们在梅杜萨之筏上会怎么互相吞吃。

"什么?"

"你知道大卫[1]的那幅画。画上的水手们坐在大海中的一个木筏上,有些人开始吃另一些人充饥。"

"是吗?"

"哦,假如你想象着你跟另一些人在那个木筏上,那你就能

---

1 雅克·路易斯·大卫(1748—1825),法国古典主义画家,曾任拿破仑宫廷首席画师,代表作有《荷拉斯兄弟之誓》《马拉之死》等。

210.

够知道木筏离岸之后他们会干什么了。谁将为食客？谁将为食物？拿我的朋友克里斯来说，我知道他一准是食客。"

"你怎么知道？"

"哦，从我们在饭店时他伸手拿香烟的方式上我就能够看出来。在即将失事的飞机上他会不顾一切地争夺最后一个降落伞。"

"你很会挑选朋友的，也很会打比方。"

"听着，假如我挑选那些极度落魄的人做朋友，我自己很可能会经常单独出来吃饭的。"接着，她劈劈啪啪地将我们刚刚分享过的美味佳肴恶意中伤了一番。

"但我这个人很容易满足。假如有人对我好，不管他们是什么样的人，我可能都会反过来喜欢他们，"她仿佛在自我安慰似的补充说，"我想起来了，那幅木筏图实际上是籍里柯[1]画的，但这改变不了问题的实质，只换了画家。"

根据一个人对人类美德的崇尚程度，有人可能认为伊莎贝尔的看法愤世嫉俗。然而她的看法被概括得那样明快，那样艺术，几乎没有引起人们的注意。她是有点愤世嫉俗：如果有人赞扬她身上穿的衣服好看，她就会莞尔一笑回答说："那好吧，咱们脱下来换换。这回你还想要我身上的什么？"

伊莎贝尔从不限制自己对别人发表刺耳的判断性意见。她认

---

[1] 让·路易斯·安德烈·籍里柯（1791—1824），法国画家，浪漫主义画派的先驱，代表作有《梅杜萨之筏》《赛马》等。

亲吻与诉说

Kiss and Tell

为自己十到十五岁时是个"可怕的坏蛋",十五到十八岁时是个"周期性坏蛋"。她曾经因为说人家的背带裤不好看而弄哭过十二岁的路易丝·斯托布斯;她曾经散布谣言说简·麦克唐纳好像挨了男朋友一巴掌,男朋友还送她个绰号叫"讨厌鬼简";她曾经把一个男孩子骗进劳拉家的洗澡间,说是要亲吻他,结果,她把人家锁到里边,自己却跑掉了;她天天提醒朱莉·吉布森,说她的鼻子太大;她曾经对露西的求婚者谎报军情,说你追求她纯粹是浪费时间;她只有在能骗到钱的时候才对祖母好;她曾经对她八岁的弟弟说他的鸡鸡最小,事实上,那是她当时所见过的惟一阴茎。

"你还有什么地方坏?"我穷追不舍地问。

"啊,我还经常说谎。"

"关于什么?"

"有一天,我正要去伊丽莎白家吃晚饭,她打电话过来,问我能不能带些椅子过去。我心里烦透了。于是我说,我家厨房里的椅子不能折叠,放不进汽车里。再说桌子上的这瓶西柚汁吧。就在你来之前,我刚刚对着瓶口大喝了一阵。我讨厌有人给我这样的瓶子,但又太自私,不想用杯子喝,而且也太不老实,不想告诉你。"

"这不算犯罪。"我回答说(尽管我确实停下来不再喝了)。

"是不算犯罪,但这是犯罪的开始。我没有胆量抢银行,但我不在乎谁抢银行,尤其是抢我们的分行。我讨厌我们的经理,

212.

恨不得把他捆起来,把银行结算单塞到他肚子里。"

伊莎贝尔还承认她妒忌心很强。这种妒忌心不是来自现实与理想的巨大差别,而是来自那些随时能够得到因而又常常是没价值的消息。听说领导给萨拉单独安排一间办公室,而且门经常关着,伊莎贝尔很生气,因为她自己还在敞开的空间里工作,不仅毫无隐私可言,而且经常有人打扰。妒忌是她生气的一种表现形式,因为她没有得到她觉得自己应该得到的东西。从大的方面说,妒忌又会导致潜意识的野心。

在迄今对"好"的问题的研究方面,心理学家研究的重点是一个人的侵略性究竟有多大。我看到一篇论文,题目很富有感情,叫做"优势-屈从"。论文旨在确定究竟是什么力量能够使一个人敢于对他威严的邻居指出他们很不幸,因为他们是单腿站着的,或者向他们指出他们是多么乐于对事情视而不见,因为他们怕招惹麻烦。

其中的一些问题如下:

1. 排队的时候有人试图挤到你前面去。你已经等了一些时间,不能够再等很久了。假如插队者是你的同性,你通常的做法是:

   a)对插队者提出抗议

   b)对插队者"怒目而视",或者跟旁边的人公开议论他,让他听见

c）决定走开，不再等了

d）无动于衷

2. 在学术界或商务界的上司面前你感到不自然吗？

a）明显地

b）有点儿

c）根本不

3. 修理车间正在使用你的某种东西。你按约定的时间去取回它，可修理工对你说他刚"开始用"。你的惯常反应是

a）严厉地训斥他

b）婉转地表示不满

c）完全压抑自己的感情

伊莎贝尔笑起来。她承认自己既不能有效地表现又不能有效地抑制侵略性，只能被动地任凭它以敌意的形式流露出来，在这方面她确实是一个坏榜样。而上述问题的第二种回答就是这种态度的典型代表。她热衷于对敌人"怒目而视"，在伦敦街头驾车时经常使用这种方法。假如有一个出租车司机强行超车抢道，她就会做出厌恶的表情，怒目而视。她相信，在步行回家的路上，这种目光能够分散抢劫犯的注意力，因为用这种方法表现出来的无言的愤怒能够对抗并最终压倒最凶残的对手。

214.

她所选择的回答非常礼貌,热衷于文化传统的人可以从中窥见一种民族特征。克里斯曾经讲述过他们去葡萄牙旅行时发生的一件趣事。在一个小镇里,他们被迫到惟一一家关门较晚的饭店就餐。那可是个最善于敲游客竹杠的地方。他们在那里吃的那顿饭简直不敢回想。一开始,一个服务员提着个瓦罐走过来往伊莎贝尔的杯子里倒水。然而从瓦罐嘴里倒出来的不仅有水,而且还有一只仍会动弹的大蟑螂。换了别人,可能会拒绝付款,大喊大叫,或威胁要让人查封饭店。可伊莎贝尔仅仅说了一句话:"看来你还从厨房里带来了一位。"

这是一种令别人蒙羞的古怪而有趣的略显过时的方法。它跟较为现代的想法截然相反,因为较为现代的想法的基础是可以控告或解雇做错事的一方。

不消说,尽管他的国家与伊莎贝尔的国家有着很深的历史渊源,然而事实证明,那位葡萄牙服务员并未理解他的顾客的抱怨的微妙之处。他的回答坦率得令人佩服,颇有一种关心动物权利的味道:

"不是厨房里的。肯定是餐具室里的。不要紧,它死不了。"

伊莎贝尔在抱怨方面的问题到了夏季的一天发展到了顶峰。当时,我瞧见她在看报,有一只苍蝇一个劲地围着她的脑袋嗡嗡乱飞。在赶了那个任性的小动物几次之后,她啪地放下报纸,跟苍蝇说起话来,仿佛苍蝇会因为打扰了她的周末而感到内疚似的。她以不耐烦的口吻玄妙地问:"难道你就不能让我清净些?"

亲吻与诉说　　Kiss and Tell

罗森茨韦格博士[1]设计了一种更有艺术性的测试侵略性的方法。他设计了一套测试题。测试题由一组线条画构成。画上的两个人正在闹别扭，一个是做错了事，另一个人正在发火。两个人上方都有对话框，但第二个人上方的对话框是空白，供受测试人填写他对自己的大脚趾被踩或妻子跟人上床的反应。有些人倾向于自责，自认倒霉；有些人愤怒地扯着嗓子冲着对手大喊大叫；少数人则从《圣经》里寻找理性与智慧。

非常抱歉，刚才把您衣服溅上水了，尽管我们竭力想避开水坑。

1　弗朗茨·罗森茨韦格（1886—1929），德国籍犹太神学家，先是学医，后转而学习现代史与哲学，潜心于存在主义研究，强调个人的经验和利益，代表作为《赎罪之星》。

216.

我一边匆匆翻看供选择的图画,一边问伊莎贝尔:如果有一两个笨蛋的汽车把水溅到了她衣服上,她会做何反应。

"图上被溅了水的分明是个男人,你干吗问我呢?"她回答说。

"这不重要。你只管想象你如何回答。"

"天哪。哦,好吧,让我看看。我想我的回答会不合情理。比如,我会说:'哦,没什么,您别担心。'不过,用这种刻薄的办法他们会完全明白我的意思的。上星期就发生过类似的情况:一个女人把一杯酒泼在了我的衣服上。她那样子活像条罗特韦尔狗。我本想让她难受难受,可我不能,因为她跟我有工作关系。她是蒂姆的一个客户。于是我只是说没关系,但我做出一副倒霉相,仿佛她破坏了我的一切计划。"

然而，伊莎贝尔恼火的时候并非总是这样忍气吞声。面对罗森茨韦格的另一幅图画时，她的反应就与刚才大相径庭了。

"哦，要是这样我肯定会发怒的。"

"为什么？"

"因为这两个人看起来是一对夫妇。对于有些人我也会提高嗓门说话的。我是说，有时候你不对他发火，你真会遇上麻烦。"

"那你会怎么说？"

"不知道。也许会说'我没有丢，你这个笨蛋。一会儿就会冒出来的。所以你用不着发火。'可你瞧，我真不知道这一切能告诉我们什么。真可笑，你很快就会对看手相产生兴趣的，毫无疑问。"

这建议不错，因为根据手相学，一个人的命运全都令人吃惊地详细描绘在手掌上纵横交错的手纹里。每一条手纹代表一种特征：生命线表示一个人的寿命有多长；命运线表示一个人成功的机会有多少；而智慧线则表示一个人的智商有多高。

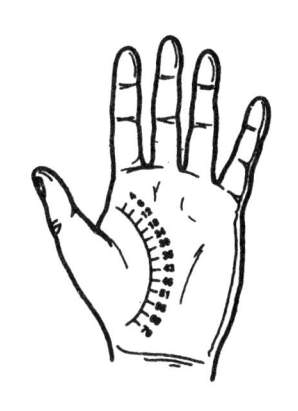

218.

有一本书名叫《手相术的启示》,书上有一幅插图介绍了一种如何看一个人还能活多少年的方法。

"啊,亲爱的,我看你活不到五十六岁就会死。"我对伊莎贝尔说。

"你要当看手相的,一准是个笨蛋。你得奉承人家,不能对人家说'你活不到买优惠价公共汽车票的年龄就得翘辫子'。我的命运线怎么样?"

"等一等。嗯,我想你会很成功的,不过很晚。"

"你看看这条线,似乎我死后才会成功。"伊莎贝尔自己也看出来了。

"你说得对。"我有点迷惑不解,赶紧翻书,看后面有没有解释。

"啊,没关系,"伊莎贝尔高兴地说,"有些最成功的人就是在生命结束后达到顶峰的。"

伊莎贝尔对看手相的笃信是有限度的,因为她不久就发明了一套谬论,歪解起她生命线上那个奇怪的波纹来。

"瞧,生命线在这里突然分成两叉,向前延伸了一段。似乎有几年时间我有两条命,接着我死后有一小段,然后又死而复生,大约在四十多岁时。这倒不错,在地狱里过日子,偶尔在天堂里吃一两顿午餐,凭借我过去每年都会给外婆寄圣诞贺卡。"

伊莎贝尔所嘲笑的也许是看手相之类的迷信形式,但这并不妨碍她骨子里是迷信的。在她谈到刚刚错过的那趟地铁时,这一点表现得十分明显。她说:"我没有赶上车,是因为在地铁站外边我没给那个叫花子钱。这下子我可要迟到了。"

"你什么意思?"我问。我感到迷惑不解:伦敦皮卡迪利地铁线上的火车跟在地铁站入口拒绝给乞讨的叫花子钱有什么关系呢?

"哦,是这样:假如我当时对那个叫花子好些,火车也会对我好些。"

"为什么?"

"不知道,反正是这样。"

尽管伊莎贝尔没有固定的信仰,但她相信不管怎么说,宗教式的施舍总是好的。假如出了什么事,她就认为那是因为自己在为以往做过的坏事付出代价,那样,将来她就会脱离苦难,时来运转,过一段愉快的日子——涨工资、出席三次愉快的宴会、买一套漂亮的衣服、看一部好电影。在此之后,必定又会突然倒霉,比如可怕的寒流袭击会使她病倒,一个星期起不了床。在用流鼻血补偿过愉快阶段的傲慢之后,她又会开始盼望命运之神再次对她微笑,那种微笑可能是以退税或一个朋友的来信的形式出现。

还有一种附带的迷信:每逢需要拿主意的时候,伊莎贝尔总要找找有什么征兆能表明命运是如何安排的。(有一样她不肯承认,那就是手掌上的手纹。)有一次,她需要在两套各有利弊的公寓中做出选择,最后她以一种简单的理由决定了取舍:她叫一辆出租车去看一个朋友,结果那辆车没有按时到。她把这看作是命运发出的明显信号,要她买斯托克韦尔带有地下室的那一套。

220.

当然，对命运的指引的解释总有些模棱两可：在预先安排休假时她屡屡遭遇挫折。她是应该把这看作一种暗示而放弃休假，还是应当把这看作一种挑战而坚持下去，赢得成功呢？她应当把电影院门前长长的队伍看作是一种警告，要她不要搀和，还是应当看作是一种请求，要她耐心等待、一饱眼福呢？她应当把她和男朋友之间的矛盾看作是分手的征兆，还是应当看作是最明显、最重要的证据，表明尽管不能确定但他们将来可能会和睦相处呢？

无论答案会是什么，伊莎贝尔总是乐观地相信，命运是一个仁慈的生灵。尽管命运还不够人格化，不能称其为上帝，但只要她能准确地读懂命运所使用的令人费解的手势语，命运是会关照她的。

十　寻找结局

要写好一部传记，诀窍是知道什么时候停止。"一部传记要么长如鲍斯韦尔所写，要么短如奥布里所写。"——利顿·斯特雷奇[1]如是说。詹姆斯·鲍斯韦尔为约翰生写的长达1492页的超级传记与约翰·奥布里为十七世纪名人写的每人一页的节食式的速写形成了鲜明的对照。"产生了《约翰生传》的博大而又详尽的写作方法无疑是极好的，"斯特雷奇承认道，"然而，如果写不了那么长，我们也不必搞折中；那我们就取其精华，用一两页的篇幅勾画出一个生动的人物，不做解释，不用转折，不加评论，不说废话。"

他说得很对。把一个人的一生安排在一个烤面包片大小的空间里，这一点很有吸引力。下面是奥布里正在为某一位名叫理查德·斯托克斯的数学博士画的速写：

其父为伊顿书院毕业生。他在伊顿长大，就读国王学院，师从奥特雷德先生，学习数学（代数）。沉湎于专业却很清醒，恐怕就

222.

像一只破裂的玻璃杯。成为罗马天主教徒;在列日结婚,婚姻不幸福;养狗、猫等;入苏格兰籍。因债务在纽盖特坐牢,1681年4月死在狱中。

下面是一个烤面包片:

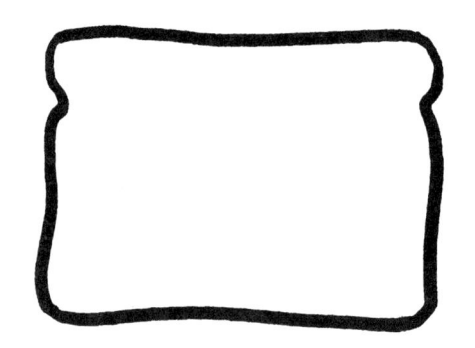

尽管斯特雷奇对《约翰生传》表示认可,但人人都能感觉到,与鲍斯韦尔的繁杂臃肿相比,他更喜欢奥布里的简洁。他嘲笑他的同代人"用没有消化的大块原材料、拖沓的文风、单调乏味的赞颂口气,以不加选择、不加分析、毫无章法的拙劣手段炮制一部部肥胖的……"

对他来说,不幸的是,他的嘲笑并没有产生明显的效果。传记作品的篇幅继续在无情地扩大。1918年,一部传记的平均长度

---

1 利顿·斯特雷奇(1880—1932),英国传记作家、评论家,以所著《维多利亚女王时代四名人传》及《维多利亚女王传》而闻名。

为453页，到二十世纪的最后十年，这一数字猛增到875页，增长率高达93.2%——大大超过了该时期的预期寿命增长率。

传记篇幅膨胀的原因何在？奥布里简洁明快的人物速写手法为什么总是不合时宜？这种篇幅上的大男子主义起源于何处？是因为人们相信越长就一定越好吗？

部分原因可能是不确定危机。人们无法确定要了解一个人重要的是了解他什么。由于没有明确的答案，于是只能得出这样的结论：什么都重要。他们甘愿放弃神圣的选择权利（借口是：传记作家怎么能像上帝那样决定取舍呢？），一切都得包罗进去，不是因为有人说有价值，而是因为它发生在主人公的身上。既然是他生命的一部分，自然也应该是他的传记的一部分。

奥布里所了解的理查德·斯托克斯博士的轶事趣闻可能还有一百多件。比如说，他可能知道理查德多长时间出去散一次步、他的手帕是不是绣花的、他是否更喜欢吃芥末而不太喜欢吃辣椒、他的马叫什么名字、他能背诵《圣经》里的哪些段落。尽管这些都是理查德生活中的一部分，但奥布里肯定认为，对于他的写作任务来说，这些细节都是他手头的附件。就是说，在只有一块烤面包的空间里加进过多的材料，以期让死人复活，只会把一个人的生平降低为基本特征的综合。

这跟约翰·济慈[1]对这一问题的看法是大相径庭的。诗人在写

---

[1] 约翰·济慈（1795—1821），英国浪漫主义诗人，其抒情诗尤为优美，代表作有《夜莺颂》《希腊古瓮颂》《无情的美人》《秋颂》等。

224.

给哥哥乔治的一封信中表达了想了解伟人们生活的各个方面的强烈愿望。他对哥哥说，他是在背对着火炉给他写信，"一只脚歪斜地放在地毯上，另一只脚的脚后跟微微抬离地毯……这些都是小细节——可我想知道任何一位伟人生前两脚这样放时是不是也感到很舒服：我想知道莎士比亚开始写'生存还是毁灭'时坐的姿势"。

莎士比亚的坐姿？济慈当时是认真的吗？任何一个对哈姆雷特的巨大痛苦感兴趣的人真的会关心莎士比亚的坐姿吗？更何况是写过《爱情这里来》《歌鸫的话》和《夜莺颂》的伟大浪漫主义诗人呢？不过，假如我们设想莎士比亚的那一行是坐在椅子上、趴在桌子上写的，当时他的两只脚都放在地上，两只手都放在桌子上，因为是在一个春天的上午，天暖和得不需要关窗户，所以壁炉里没有生火，难道我们就能够说对诗人莎士比亚以及他的任何一部戏剧（《暴风雨》中的令人费解之处、《李尔王》的象征意义、《驯悍记》的寓意……）真正理解了吗？换个方式，为了避免例子太缺乏戏剧性，我们不妨再设想，莎士比亚正坐在"环球剧院"[1]里观看《裘力斯·恺撒》的演出，突然对剧院里观众之稀少、支付演员薪水之困难、演艺界竞争之激烈、扮演勃鲁托斯的演员演技之拙劣忧心忡忡。他叹了口气，问自己这一切麻烦是否值得。他当时可能想到过要把类似的想法通过他正在写的剧本的主人公

---

[1] 16世纪后半期伦敦的八个剧院之一，莎士比亚所属的剧团就在那里演出。

的嘴说出来。于是他跑到后台，抓起一支笔和几页纸，坐在一摞紫色窗帘上写起来。他把纸放在右膝上，左膝蜷曲在右膝下，一只手扶着地保持平衡。

也许没有人愿意拿两张观看《哈姆雷特》的戏票换一张楼座票去欣赏莎士比亚这一幕，但看来济慈的确提出了一个重要问题。尤其重要的是，他在琢磨莎士比亚的坐姿的同时，详细地描述了自己的坐姿，让后世得以想象他的脚斜放在地毯上，脚后跟稍稍提起的情形。假如济慈仅仅告诉他的哥哥乔治芬尼·布劳恩他是如何理解雪莱"情绪低落时在那不勒斯附近写的诗句"的，后人也许永远也无法知道这一信息了。

济慈的信使人想起一个难以回答的问题：是一个人的坐姿本身有趣，还是仅仅因为或主要因为这是他写《威尼斯商人》或《海上十四行诗》时的坐姿才变得有趣。

有些事情无论谁做都重要。如果一个女人杀死了坐在浴盆里洗澡的男朋友，那就是一个值得注意的事件，即便那个女人不是夏洛蒂·科黛[1]，她的男朋友也不是那个名叫马拉的法国革命家。虽说一个普通男友的死会令邻居们震惊，而马拉的死却可能会改变历史，但杀人行为本身的重要性足以超过"谁被杀"或"谁杀的"之类的问题。

---

1 夏洛蒂·科黛（1768—1793），法国女子，思想倾向于保王党，受吉伦特派逃亡者的指使，在巴黎刺杀革命家马拉，当场被捕，并被处决。

十 寻找结局

226.

然而，一个人写字的姿势却不能说有这么重要。有谁会关心交通局局长什么时候出去散步，财务经理是喜欢皮转椅还是喜欢凳子呢？谁要是心甘情愿地同意在列宁或孟德斯鸠[1]的传记里加上这么一段，以后他就会吓得不敢再提小人物的坐姿了，即便是在较长的谈话停顿中。

莎士比亚的坐姿及其他琐事的吸引力似乎是建立在一个重要而复杂的前提下的，那就是鲍斯韦尔写的长篇传记的理念：日常生活中被认为是微不足道的琐事一旦跟伟人沾上边，就会具有强大的吸引力——因而值得不厌其详、大书特书（愤怒的评论家们可能会称之为"冗长乏味"）。坐椅子的技巧通常并不怎么有趣，本来纯粹是鸡毛蒜皮的小事，但写过好几部论述西方文学的杰作一旦与无精打采地坐在天鹅绒面的凳子上的习惯联系在一起，似乎真有点奇特。

一个人的行为越是伟大，他的琐事越有情趣。如果你是以清理下水道谋生的，谁也不会在乎你喜欢什么时间睡觉；如果你写过《远大前程》[2]，喜欢十一点钟就寝，大家就会普遍感兴趣。公平地说，假如你是清理下水道的，而且碰巧你又杀死了你的妻子，那么毫无疑问，你的形象肯定会出现在报纸上。清理下水道和星期天上午擦车则必定会被人遗忘，因为不存在尊贵的身份与行为

---

[1] 孟德斯鸠（1689—1755），法国启蒙思想家、法学家、哲学家、反对神权思想和封建专制，主要著作有《论法的精神》等。

[2] 19世纪英国小说家狄更斯的主要长篇小说之一。

之间必不可少的偏差。

人这种生物本身可以分为三大类，现按重要性依次排列如下：

（1）做不寻常的人，干寻常的事（坐椅子、生儿育女）
（2）做寻常的人，干不寻常的事（杀人、中彩获奖）
（3）做寻常的人，干寻常的事（吃脆饼、买邮票）

鲍斯韦尔是按第一类的前提记述约翰生博士的："他坐在椅子上谈话甚至遐想的时候，通常总是把脑袋朝右肩膀歪，摇头时总是颤巍巍的，身子一会儿靠前，一会儿靠后，用手掌沿一个方向搓左膝；不说话的时候嘴里发出各种各样的声音，一会儿像反刍，或者叫做嚼口香糖，一会儿像吹口哨，一会儿像是弹舌，仿佛是母鸡咯咯地唤小鸡，一会儿又像是用舌头击打上牙床，仿佛是在低声发音——突、突、突。在做这一切动作的时候有时是一副若有所思的神态，但更多的时候是在微笑。"

现在让我们回头看看他的辩解。鲍斯韦尔清楚地知道他为什么要对我们这样说："我坚信自己的看法：细枝末节的小事常常能反映出性格特点；这些细枝末节如果与一个杰出的人物有关，又总是引人入胜的。"

但我所了解的情况与此略有出入：细枝末节的小事只有与一个较为平凡的女人有关时才有可能有趣。伊莎贝尔在博物馆里观看绘画作品的方式上就出现过这样一件"琐事"。罗杰斯先生拉着

十　寻找结局

228.

他的三个小孩子去参观一座又一座博物馆。孩子们腻味透了，因为对他们来说，除了凝视那些索然无趣的美人儿之外毫无目的可言。为吸引他们的注意力，罗杰斯先生早就想出了一个巧妙的计划：他告诉他们，看的时候要想着你可以挑选其中任何两幅画拿回家去装饰自己的房间。于是，孩子们立即都把每一幅画看成了他们自己的潜在财产，兴致勃勃地仔细观看起来。伊莎贝尔会拿走德加[1]的画还是德拉克鲁瓦[2]的画？为什么不拿安格尔[3]或莫奈[4]的画呢？这一习惯一直延续到她的成年时代。那时候，伊莎贝尔从博物馆里出来时，心里总想着她想带走的两幅画的名字。

为此类琐碎小事寻找空间意味着毫无保留地赞同卢梭[5]对传记的态度。他的《忏悔录》是以那句著名的声明开始的："我不像世界上的其他任何人。也许我不比别人好，但起码我跟他们不同。"

1　埃德加·德加（1834—1917），法国画家，原为古典派，后转为印象派，擅长历史画与肖像画，主要作品有《芭蕾舞女》《洗衣妇》等。
2　欧仁·德拉克鲁瓦（1798—1863），博学多才的法国浪漫主义画家，色彩大师，主要作品有《但丁的小舟》《希阿岛的屠杀》《阿尔吉尔的妇女》《基督渡海》等。
3　让·安格尔（1780—1867），法国画家，古典主义画派的最后代表，主要作品有《浴女》《泉》等。
4　克洛德·莫奈（1840—1926），法国画家，印象派创始人和主要代表，主要作品有《睡莲》《帆船》等。
5　让·雅克·卢梭（1712—1778），法国思想家、文学家，其思想和著作对法国大革命和十九世纪欧洲浪漫主义文学产生过巨大影响；主要作品有《民约论》、小说《爱弥尔》和自传《忏悔录》等。

把"起码我……"几个词换成"起码我看画的方式不同……",就会得到一个新的传记宣言。

但这仍然不能解决利顿·斯特雷奇原先提出的问题。那是一个关于空间的问题。伊莎贝尔每逢外出旅行的时候都会面对这个问题,因为她总是一时冲动带上整个衣橱,而不是将要带的东西削减为五件,好往旅行袋里装。她不相信自己的判断,所以她宁可带三个手提箱,以免猝不及防来个大冷天而没有粗呢上衣,或者突然碰上个大热天而没有比基尼游泳服而束手无策。即便是她对目的地所处的气候带很清楚时也是如此(如巴厘岛、赫尔辛基)。

大部头传记里也有类似"打行李"的问题。它们宁可以五百页符号让读者厌烦,也决不肯遗漏任何细节。作者想象力之匮乏由此可见一斑(伊莎贝尔打行李也可以说是缺乏想象力)。传记作家可能没有时间想象,而想象正是儿童、说谎者和小说家的工具。

然而,一个传记作家无论如何努力,也不可能完全避免想象(还有选择),因为一个人的一生太长了,要把它写成一本书没有想象是办不到的。标准必须降低,正像伊莎贝尔最终还是得选择去雅典旅行时在六件套衫中带哪一件。传记作家也是如此,他们也得确定,在有关和多克斯·马戈茨饭店的服务员的三十三件轶事趣闻中,究竟哪一件最能说明他的性格。

选择错误或选择内容不够可能会招来借机讽刺或仓促取消赎

十 寻找结局

230.

回权[1]的骂名。

"你总是那样对我。"伊莎贝尔说。当时我们正计划去巴黎度假,我跟她开玩笑说我们可以另外租一条渡船专门拉她的行李。

"我不是在讽刺你,别使小性子丢人现眼了。"

"你是,你就是。你把我当成精神病旅行者,既不会飞,又不会收拾箱子。在你看来,我真是一个没有头脑的怪物,对不对?一个逗着很好玩、父母很奇怪、什么都不会安排的人。"

"不,你不是。我只是……"

"哼,我看就是那样。如果说你看问题的眼光比较复杂一点,那我倒是很欣赏的。"

"我就是那样。"

"我不想争论,你也不想。那好吧,请闭上嘴或者换个话题。"

伊莎贝尔确实不怎么会打行李。然而,如果你在她不高兴的日子里提到这一点,她就会对你大发雷霆,因为她担心你把那看作是一大堆问题的象征,看作是她的性格的反映。被称作神经质的打行李者可能表明一个人不仅不会收拾箱子,而且还表明她会忽略购物单上的一半内容;她会把钱包忘在柜台上,会把孩子忘在公共汽车站;她得试六次才能把汽车停进狭窄的车位上。

如果说说得太多会带来问题,说得太少也会有危险,因为信息不灵可能会让人胡思乱想。假如我不用几句话给你谈谈伊莎贝

---

[1] 法律用语,指取消抵押人回赎抵押品的权利。

亲吻与诉说

Kiss and Tell

尔的驾驶技术（技术娴熟，可以一下子把车停进狭窄的空间里，可以令人赞叹地从三挡换成四挡），你也可能会认为她打行李不行，开车肯定也不行呢。

假如不概述一番一个人的一系列特点，他就可能会迅速消失在其主要特征或主要习惯后面，因为主要特征或主要习惯似乎能够掩盖其他所有特点；他或她也可能会仅仅变成一个离婚者，一个厌食者，一个渔民或一个结巴者。假如一个人为巴里·马尼洛的音乐所吸引，人们就会产生如下简单的联想：

（1）那个歌迷是个女人
（2）她的衣柜里有一双细高跟鞋
（3）她的书架上没有亚里士多德的《尼可玛可斯伦理学》
（4）她喜欢喝插着小纸阳伞的草莓代基里酒

在那些与英国新闻界和社交界熟悉的人看来，根据其订阅《卫报》的事实来描写一个人，指出他的下列情况，这可能是一种拙劣的方法：

（1）妒忌拥有劳斯莱斯汽车的人
（2）误解宏观经济学
（3）拥护时髦的生态保护
（4）诚恳得令人难受

十　寻找结局

232.

　　这几条里面有真实的吗？用这种图解的方式探索一个人的性格特征当然不会准确，而且试图用这种滑稽的方式证明一群人什么时候喜欢玩，断言那些被称为"犹太老板"的人个子一定很矮、达赖喇嘛的崇拜者确实有人被活埋过也是危险的。

　　但这种游戏也有其魅力。我们对一个人了解得越少，越会觉得他与众不同、值得一交。小说中那些令人难忘、色彩斑斓的人物绝大多数都是平面的：我们对普鲁斯特的了解远远超过对帕尔马公主的了解，然而那位公主远比普鲁斯特成功。我们之所以记得她，是因为她只有一个特征：她希望人们把她看作是仁慈的典范。她的所有行为以及那些行为所产生的影响全都来自于这种荒唐的图解方式。而普鲁斯特呢，他专横地引导我们接受他终生持有的观念和想法，但却仍然费解得令人难以忍受。他的生平传说丰富得令我们无法想象，既充满着矛盾，又缺乏任何必然的联系。

　　最敏感、最聪明的传记作家也许常常会被认为是能力最差的，因为他们不能（在600页结尾）给我们留下一个富有魅力的帕尔马公主式的感觉，让我们觉得温莎公爵就是温莎公爵；雷纳·玛丽亚·里尔克[1]就是雷纳·玛丽亚·里尔克；曼·雷[2]就是曼·雷。

---

[1] 雷纳·玛丽亚·里尔克（1875—1926），奥地利诗人，对西方现代文学有巨大影响。

[2] 曼·雷（1890—1976），美国达达派和超现实主义派摄影家、画家、电影制片人，代表作有《礼物》等。

有一条微妙的小道尴尬地夹在传记材料过剩与材料不足之间,那就是,既不能为给读者提供一个清晰的形象而说得过多,也不能少到只有陈词滥调。粗俗的讽刺与一个过程之间并没有万里之遥。只要亚马孙河的热带雨林不被最"肥胖"的传记的饕餮胃口吃掉,如果一个人希望向一位朋友描述另一位朋友,又要不至于使他们误了最后一趟回家的火车,这一过程就仍将继续下去。

也许有人认为,要把一个人的一生装进不及一片烤面包大的空间里,这也太难为约翰·奥布里了。然而,没有任何东西能跟把一个人的生平装进一个不及吃了一半的干酪饼干大的空间里这样惊心动魄的挑战相提并论。

除了得肩负晚上孤枕难眠的压力以外,任何一个征友广告的作者都会乐于承担上述任务。伊莎贝尔特别喜欢那些广告。一位美国朋友给她寄来一本《纽约书评》杂志,她只看其中的"征友广告"部分。据谣传那是全世界写得最好的。

"真是一帮怪物,"伊莎贝尔一边一栏一栏往下看一边说,"可不敢在黑暗的小巷里碰见这种人。你瞧那个'征妻'的家伙。真有点野蛮,就像是要'收购'一部旧百科全书一样。他把眼光瞄准了'智力正常、头脑冷静的女士'。说不定他的前妻因为不肯替他熨衬衣被他锁起来过呢。你可以想象出他们在一个放有食物搅和器和废物破碎机的美国家庭的厨房里吵架时的情形。那位妻子一定是一个异常礼貌、极有教养、消极防守型的女人。有一天,

234.

一位求知欲强烈的波士顿男子，体格健壮，富有冒险精神。我酷爱故事：读故事，写故事，看故事，听你讲你的故事，给你讲我的故事。有点爱幻想，但很成功。欲觅一位性情顽皮、模样漂亮的女士。	一位楚楚动人、性格开朗、富有同情心的女士，多才多艺，但喜欢简单的娱乐，如听音乐、读书（小说和历史）、户外运动、旅行与冒险。我想觅一位年龄37—47岁之间、正直诚实、拿得起放得下、喜欢有头脑的女人、对爱情婚姻与家庭感兴趣的男士。
征妻：我一年前离异，欲觅一位智力正常、头脑冷静、对婚姻与家庭有兴趣的女士。我三十多岁，身材高大，仪表堂堂，体形优美。我是一个百万富翁。我想寻找一位二十多岁或三十多岁、身段极其优美、富有吸引力的女子，自命不凡类型的请找别人。请寄玉照。	旧金山的一位热诚的女人，职业作家兼工厂领导人。喜欢旅行，仍在寻觅一生的爱情。
	一位娇小、激进的都会女子欲觅一位头脑非常敏锐、思想非常解放、滑稽有趣、身体健康的男士，年龄45—58岁之间。我喜欢文化活动、高尔夫球和开明政治。家住伊萨卡地区。

因为他说了句'餐桌上是不是有个面包屑，亲爱的？'她对这只猴子失去了自制力，抓起厨房里的一把大刀向他扑过去。他还说自己'体形优美'。他说这是什么意思？也许他去见面的时候还会带着健康证。他只是想找个女人睡觉罢了。"

"你这样说不公正，伊莎贝尔。也许他真是不错，很孤独，但是……"

"我敢说他是个精神病。正常的人是不会在征友广告上写要求女人'身段极其优美'的。"

"啊，也许他忘记了女权运动。"

"也许正因为如此，女人们才忘记了他。所以他才不得不在

《纽约书评》上登征妻广告。他好像没读过多少书。你看他加上的那句：'自命不凡类型的请找别人。'太刻薄了。"

无论那位仪表堂堂、体形优美的百万富翁有什么缺点，征妻广告足以显示他是一个身体健壮、内心孤独的人。许多征友广告用词枯燥乏味，这清楚地表明，要让一个人在征友广告中把自己写得像罗密欧或朱丽叶那样有血有肉是何等困难。第三格和第四格里的女人实在无材料可写，不得不借助于一种陈旧的格式——宣称自己喜欢旅行。

喜欢旅行？她们希望藉此告诉我们什么呢？假如目的地是一个美丽的地方，飞机按时降落，手提箱没有丢，货币兑换率又很合算，有谁会不喜欢旅行呢？相反，假如不得不穿过敌对国的领土，到达目的地时又碰上大罢工，住宿的宾馆供应的淡菜腌鱼有毒，信用卡在拥挤的露天市场里的地毯摊位前被盗，有谁会不讨厌旅行呢？

这些单身男女不同方式的成功表明，有些词语比另一些词语更能有效地表现性格。有些词语特性弱，而有些词语特性强。如果我告诉你伊莎贝尔在派莱克斯耐热玻璃烤盘里做卤汁面条，你只能了解到她的卤汁面条是在派莱克斯耐热玻璃烤盘里做的，其他什么也了解不到。它所传达的信息不会超过事实的范围。然而，她回电话的独特方式却能暗示出更多的信息。

"你为什么总是等很久才接？"我问她。我知道，她就坐在电话机旁。而她却非要等电话铃响过几声之后才会拿起听筒。

236.

"我不知道，"她回答说，"反正我不愿让人们认为我太喜欢接电话，是不是？"

认定某些人是故意迟迟不接电话，其实就是在间接地暗示，人们都相信普通人坐得离电话较远（在厨房勾兑马提尼酒），避免自己对别人、对社会问题显得过分热情，都有一种扭捏作态的倾向，或者相信人们都希望通过让人等的方式表现自尊。

假如不具有侮辱性的话，给伊莎贝尔写一个征友广告倒是很合适，从中能发现她的很多特征。（为避免别人认为是恶意，鲍斯韦尔这样写道："我记得很清楚，约翰生博士曾经说过，'如果一个人要写一篇颂词，他也许会对一个人的缺点视而不见；但如果他要写一个人的传记，他就必须如实反映'。"）

"你会写征友广告吗？"我问伊莎贝尔。

"上帝啊，我看还是永远不写为好。"

"假如你想写呢？"

"我倒是真考虑过。和盖伊分手后，有一段时间我很孤独。"

"那你会怎样写？"

"哦，还是不说吧。"

"说下去。"

"我不知道。也许像是'欲觅一位聪明、滑稽、漂亮的男士星期六下午说话、做爱。有犯罪问题者免谈。请寄照片和阴茎尺寸'。"

"当真？"

"当真。"

"不对。"

"就因为最后一点?"

"这是原因之一。"

"阴茎对很多女人是很重要,尽管有许多声音安慰我们说做爱重在过程,不在阴茎大小。那好,你为什么不替我写一个呢?就算是一种挑战吧。"

"好,你给我一会儿时间。"

伊莎贝尔玩她的纵横填字游戏去了。我拿起一支铅笔开始思索起来。这可不是一件容易事。有一些问题必须写明确:她是个女人,住在伦敦,二十多岁。但她的性格怎么能够轻易说得清楚呢?于是我就想象她在一家超级市场附近一边等公共汽车一边吃胡萝卜。但这能说明什么呢?我说不准:某种耐心,不加掩饰,也许是幽默。该不该提她的业余爱好?她对男人的态度?她很不情愿填这份表格?

不知那些大传记作家们是如何玩这种游戏的。普鲁斯特专家会如何填写这样的表格呢?

> 巴黎地区同性恋作家,与母亲很亲近,患气喘病,喜欢参加社交活动,喜欢弗美尔[1]、长句子、阿纳托尔·法朗士、汽车司机、取女人名字的男人、威尼斯。旅行不方便,说话唐突,睡前不亲吻。在完成一项大工程。请寄照片。

---

1 让·弗美尔(1632—1675),荷兰风俗画家,亦作肖像画和风景画,代表作有《挤奶女工》《情书》等。

238.

与伊莎贝尔认识时间虽长,却不能帮助我获得更多的灵感。我所想到的也只有以下这些:

> **一位年轻、漂亮但并不总是随声附和的女士**,不习惯填这种表格,并认为喜欢填的人应当和邻居交朋友,在公共汽车站吃胡萝卜,厌倦了与性受虐狂的关系,喜欢园艺,擅长开车,不善于摆弄摄像机,喜欢吃植物性黄油而不喜欢吃动物性黄油,每逢星期一都会产生扔掉工作的念头(枯燥的工作,不希望人们以此判断她,所以她不想提这件事,避免在聚会时谈论这一话题,却又会怀疑那些不谈论它的人),除了厨房以外的房间都很整洁,讨厌小黄瓜、盗匪电影、弥尔顿、摇滚乐队,星期二拎出垃圾桶,嫌鱼刺太多,每天过午夜才睡觉,有时候也爱父母、游泳、扯闲话、挖鼻屎、鲍勃·迪伦[1]、橙汁、瓦茨拉夫·哈韦尔[2]、躺在澡盆里看书。

"哦,太差劲了,"伊莎贝尔看了后说,"你根本看不出来这人是谁。听起来她傻乎乎的。"

"是吗?"

"再说,你写得也太长了,几乎是其他征友广告的三倍,要把它登在报上我可掏不起版面费。而且你也应当要求应征者寄照片来,在这方面我还是很挑剔的。如果真要找个生人,那就不妨找个漂亮的。"

什么时间适合于喝令传记停止前进,我最后在另一个地方找到了这个问题的答案。有一天我乘地铁的时候偷听到了两位老妇

---

[1] 鲍勃·迪伦(1941—),美国著名民谣歌手及作曲家。
[2] 瓦茨拉夫·哈韦尔(1936—2011),捷克剧作家,1989 年至 1992 年间任捷克斯洛伐克总统。

人的谈话。她们好像是为其中一位的丈夫寻找生日礼物。

"那你打算给拉里买什么呢?"

"不知道,今年我心里连一点谱都没有。"

"何不给他买一本书呢?"

"不,亲爱的,他已经收到一本书了。"

"要不就买一瓶威士忌?"

"我知道他一准儿会怎么说。"

"他会怎么说?"

"他会说,'我也许是又瞎又聋,那你也犯不着再把我灌醉呀'。"

无须当事人亲自证明就能确切地知道一个人对某一件事的反应。这难道不就是对一个人充分了解的绝妙例证吗?尽管有时候可以从中判断出马拉松式婚姻令人沮丧的特征或发生外遇和申请学制陶课程的前奏曲,但正确结束另一个人谈话的罕有技巧中毕竟是蕴含了大智慧的。

我能向伊莎贝尔提出这样的要求吗?

我想象出了一个严格的测试方式:

请在规定的时间内圈出伊莎贝尔的句子和对话的正确结尾:

1. 伊莎贝尔:"星期五你能来我家吃晚饭这太好了。哦,请记住……"

   a)带一瓶白葡萄酒来。

十　寻找结局

240.

　　b）八点左右来。

　　c）按两次门铃。

　　d）食物会坏的，提前吃了。

　　e）把车停在有停车计时器的地方。

2. "你很漂亮。"

　　a）我知道。

　　b）谢谢。

　　c）是不是有人花钱雇你夸我的？

　　d）你也是。

3. "男人不值得信任吗？"

　　a）对。

　　b）不对。

　　c）我更喜欢女人。

　　d）男人不值一提。

4. "你的父母真了不起。"

　　a）你能这样说太好了。

　　b）假如他们不是我的父母，我也会这样想。

　　c）我想多花些时间跟他们在一起。

　　d）我倒更喜欢你的父母。

5. "今天我觉得心情不太好。"

    a）别担心，一切都会好起来的。

    b）我也是。

    c）起码天气很晴朗。

    d）想一想更糟糕的事，你的心情就会好起来的。

有一阵子我认为我得了个 A 级：

1.（d）
2.（c）
3.（d）
4.（b）
5.（d）

十一　后来

　　传记作家们很少有勇气在其作品结尾承认自己对主人公的行为有些迷惑不解，很少有勇气承认那些大人物曾经象征性地拒绝过他们。出现这样的情况总是不好的：一个人在读完八百页的陀思妥耶夫斯基[1]传记后举手认输，宣布自己压根也没弄明白究竟是什么东西驱使陀思妥耶夫斯基写出《卡拉马佐夫兄弟》之类的怪书，或在读完肯尼迪的传记之后承认对猪湾事件[2]背后的根本原因感到困惑。假如出现知识鸿沟或理解困难，传记作家马上就会采取行动。不知道拿破仑的马是什么颜色的？传记作家立即就会对我们说他知道的东西，也就是跟他的驴子费迪南德一样的栗色的光泽。

　　"怎么了？"我问伊莎贝尔。

　　"没什么。"

　　"你的脸怎么那样？"

　　"想看好脸找别人去。"

　　"我不是说脸，我说的是脸上的表情。"我用更准确的措辞说。

亲吻与诉说 Kiss and Tell

"我不是说脸,我说的是你脸上的表情。"伊莎贝尔用一种学者的语调闷声闷气地学了一句。

"你的情绪怎么会这样?"

"我没有情绪。我就这样。"

"出什么事了?"

"什么事也没出。"

"你总是这样?"

"对。"

"那就是我在做梦?"

"对。"

她闹情绪显然是有原因的,但这原因她是不会告诉我的。这个星期天的下午她想找另一个人倾诉自己的烦恼。她已渐渐厌倦了人类。她的星座正处在错误的相位,某种东西出了问题。于是她就有理由呆在家里不出门。从黎明到傍晚,我说了不少冒犯她的话。此外,一些徒步旅行者不经意间用脚屠杀了一群蚂蚁,还认为自己无可指责,可以进教堂并接受荣誉呢。

---

1 陀思妥耶夫斯基(1821—1881),俄国作家,作品描写反映"小人物"的痛苦,揭露社会的不平,主要作品有《白痴》《罪与罚》《卡拉马佐夫兄弟》等。
2 1961年,美国总统肯尼迪批准入侵古巴,4月17日,1 000多名美国雇佣军从古巴的猪湾登陆。古巴人民经过72小时的英勇战斗,消灭了入侵者。

十一 后来

244.

　　我的思绪又回到上午的经历。我们起了床，然后出去买报纸。回来后伊莎贝尔先看了看每一栏，我要她递给我一些添加剂，她对我的要求置之不理。早上，她是第一个进厕所的。头天晚上无论厕所还是厨房我都收拾得干干净净。我铺好床，也没有忘记把垫子摆放好（她希望把佩斯利涡旋纹垫子放在背后，把小一点的蓝色垫子放在前面）。她给三个人打过电话，那些人引诱她在电话里诚恳地说了好几声"那太可笑了"。

　　"你只会关心你自己。"伊莎贝尔在解释她没闹什么情绪时厉声说。

　　就像一个人遭到来自对面酒吧间的射击时突然拔出枪来一样，对于伊莎贝尔的话我立即反击说，就在那天上午我还写了一篇论述印度次大陆的变革的文章，这表明我对那里的八亿四千万人的命运很关心。伊莎贝尔错过了国际新闻，可能是这种好奇心或她在打电话时所做的长长的白日梦给她留下了深刻的印象。她在打电话时一直在考虑那些人把树砍倒以后树叶怎么处理。当时，一帮人正在伊莎贝尔的起居室的窗外毫不吝惜地砍树，树叶像湿漉漉的地毯似的铺在人行道上，散落在汽车的挡风玻璃上。那些树叶会溶解吗？会被地方当局为清理废物而雇佣的老人们用塑料扫帚扫走吗？（其实那些老人的真正的兴趣是坐在房子下边低矮的石头墙边抽烟。）没有任何结论，有的只是关于大自然在城市中的作用以及地球重新利用自身废物的能力的一系列天真的思考。

　　"我并不总是只关心自己。"于是我立即回答说。

"这么肯定?"

不是肯定,而是她在刺激我。

"我有时候也关心你。"我动情地说。

"哼,住口。"她回答道。那语气活像是体育教师听到有人谎称伊莎贝尔来例假了一样。

"你为什么就不会猜别人的心思呢?我为什么非得把一切都说出来呢?"伊莎贝尔接着说。

"也许因为我不太聪明?"

"别扭捏作态了,我恶心。"

"那到底是为什么?"

"没什么大事,所以你问我时我说什么事也没有。我只是有点泄气。"

尽管我情愿寻找过去在哪些地方冒犯了她,但我只想回忆前十分钟的情况,用不着进一步滥用记忆。

"你想不想去散散步?"伊莎贝尔问我。这时我们俩都想把说话的语气缓和下来。

"不想。"我清了清嗓子回答说。

接着是一阵沉默。院子里的小鸟仍在唧唧喳喳地叫;我还清楚地听到地铁火车哐啷啷地驶进哈默史密斯车站;肯定有某个数目的树叶(也许是房子周围的三棵树上的十到二十片)被潮湿的西风吹打下来,飘落在了地面上。

然后呢?然后我什么也没有说。我愚蠢地认为这是我们的谈

246.

话的一个句子的结尾。我曾经希望我们能够在接下来的几分钟或几周之内以惯有的真诚心平气和地继续我们的谈话。

然而我错了。就像一个蠢笨的警察,从犯罪嫌疑人的尸体旁边走过去却没有发现它,同样,我也忽略了伊莎贝尔的部分心理。假如我能从她结束与安德鲁·奥沙利文的关系的方式中或从她在一家葡萄牙饭店里发现水杯里有一只蟑螂时的表现中意识到什么,她的那部分心理我本应看得出来。

伊莎贝尔不是问我是否想去散步,而是要求我去散步。

她是如何将这一层意思装进"你想不想去散散步"这样一个简单的句子里的呢?

有时候,通过询问别人的意愿可以宣布自己的意愿。

伊莎贝尔常常用压缩的词语说话。听话的人需要先把那些词语像气球一样展开、充气,才能看出意思。她很奇特,不愿意直截了当地向别人提出要求(说它奇特,是因为她的要求总是以询问的方式出现),因而,她的许多要求都是隐藏在一系列问题的背后拐弯抹角提出来的,而且通常都是通过现成的话题反映出来(比如:"散步是消遣的好办法。"),想问第二个人时却偏偏问第三个人(比如:"萨拉,今天下午你去不去散步?")。

我的工作量很重。在接下来的那个周末,我必须取消一次约会才能去见她。

我对她说星期六我无法赶过去吃午饭。她回答说:"我并不是每逢周末都非要见你。"

如果不是有先前的教训，我会无视那个压缩的要求，说"你当然想见我。我们可以立即把一些事情定下来"；而且我也许会简单地回答说"那好吧"——就像一个男人听到他的情人说她想跟另一个男人睡觉时，以男人独特的方式回答一样。

"你想跟马尔科姆睡觉？"当伊莎贝尔提出类似的计划时，我吃惊地问，"他长得可不怎么漂亮。"

"没关系，反正我愿意。他的妻子似乎并不能真正满足他。"

"我想她很可能会这样。"我若有所思地回答说。同时，我的脑海里开始出现片刻的想象。

伊莎贝尔叹了口气。我知道，那叹气的方式表明了她对人类理解力的绝望。这次我又未能理解她的意思。其实，她只是想以妒忌诱发我的性欲，并不是真想对我不忠。

简言之，伊莎贝尔的话很耐人寻味。她嘴里说的不一定是她的真实感受，也不一定是她所相信的。当别人不小心踩到她的脚时，她会说"对不起"；当旁边男人的胳膊肘捣着她的肋骨时，她回说"桌子很挤是不是？"当别人不理解她的意思时，她可能会意想不到地突然发火。有一次，伊莎贝尔在读一本书，一边读一边惊叹不已。而这时，我在她面前吹了十来分钟的口哨。她啪地把书一摔，说：

"你能不能停止那讨厌的、该死的、愚蠢的……"

她怒火冲天，话好像卡在了嗓子眼里。

"什么？"我问。

248.

"口哨。"

"对不起。打扰你了吗?"

和伊莎贝尔呆在一起就意味着要对付一道又一道暗设的绊马索。那一道道紧绷绷的绊马索横贯于我一向认为不值得争论的问题上,因而我也往往不明白它们会引起什么样的反应。一个人怎么能够预见到在玻璃杯与洗碟机之间扯着一条线呢?

在我看来,洗碟机就是机器,它能把人类从刷洗刀叉和陶器的繁杂事务中解放出来,人类尽可以高高兴兴、心安理得地使用它。但对伊莎贝尔来说,同一种工具却有着不同的含义。她的公寓里就有一台洗碟机,用螺栓固定在地板上,是以前的住户留下的。她觉得机器的所有权模糊不清,又担心它会让人懒惰、会费电、会对乡村的河流湖泊造成污染。那台机器运转正常,但使用者的心理却很复杂。

我每一次在厨房里喝酒,总是习惯于用新杯子,而不是刷一个旧杯子,用完后放进洗碟机的上层。我这样做了好几个月(时间长得足以让树上的叶子掉下来),有一天伊莎贝尔对我说:"我给你的暗示你一点也不理解,是不是?"

"关于什么?"

"杯子。你每次喝酒总要用新杯子,真叫人受不了。那是浪费。"

"你不是有洗碟机吗?这有什么问题呢?"

"似乎没必要用。"

"机器就在那放着,用用有什么关系呢?"

"没什么原因。你就别固执了,用不用那是我的问题,对不起。再说,厨房也是我的厨房。"

对伊莎贝尔的一些精神反应我只能让步,以同情的态度给以理解,无可奈何地做出求同存异的痛苦决定。为什么痛苦?因为当一个人自鸣得意地说"尊重差异"时,实际上他就等于说尊重自己不懂的东西。假如他是个老实人,他会觉得不合逻辑,因为一个人连一种东西的价值都弄不清楚,怎么能谈得上尊重呢?

除了这种心理上的不理解外,还有一大堆真实的东西我也始终弄不明白:伊莎贝尔日记上(她写日记时用绰号"冰刀",那是克赖斯特给她取的)写的东西是从哪里来的?她为什么每逢星期二情绪就不好?她妹妹的男朋友叫什么名字?她叔叔是从亚利桑那州的什么地方来的?她厨房里的切碎机是怎样损坏的?她对《简·爱》有什么看法?她吃没吃过生鱼卵?她停止用自来水笔写字以后对使用分类词典的人有什么看法?她是不是在火车上做过爱?假如她成年时为东方宗教所吸引,那她对卖淫有何看法?她喜欢什么家畜?她最喜欢的小学教师是谁?她认为饭店的账单上是否应包括服务费?她对折叠伞有什么看法?她最喜欢什么轿车?她去没去过非洲?她最敬重母亲身上的什么品质?除此之外,还有其他一些情况。

无知是由学习曲线上的斜坡造成的。它是不幸的,也是自然的。第一次认识一个人的时候,我们对信息的期望值最高。共进午餐和晚餐的时候,我们从家庭、同事、工作、童年、生活哲学、

十一 后来

250.

风流韵事之类的话题中寻求信息。然而等了解加深之后，关系就会朝不幸的方向发展。也许有人认为，亲密是进行深入长谈的催化剂。事实远非如此，而且情况恰恰相反。一对结婚二十五年的夫妇共进午餐时，最热烈的话题却是羔羊皮的质地、天气的变化趋势、餐具柜上花瓶里的郁金香的状态，以及是否在今天或明天换床单——那一对生活也许很好的夫妇谈论的就是这些，而不是就绘画、书籍、福利国家的作用等方面互相问一些深刻的问题。

这些变化的原因会是什么呢？一个人越有机会同另一个人谈话，他越不愿意谈。变化的原因就是这种悖论。假定你有无限的时间去讨论问题，你往往不知道如何将谈话引入重要话题，最后还得从烤苹果酥、水管滴水开始。由于两个人在一起生活，由傲慢的要求引起的轩然大波就可能避免。了解在某种程度上就意味着占有。既然随时都能抓住别人，当然也就不需要通过像他们对克尔恺郭尔[1]的反语理论的看法那样比较蠢笨的东西了解他们的感觉了。

此外，认识一个人时间越长，越会对没有掌握他的情况感到耻辱。你必须在有限的一段时间内了解他的狗的名字、他的孩子们的名字、他的父亲的名字或他的工作，否则对方就会感到不快，认为你把他当作外人。这似乎是题外话了。

---

1 瑟伦·克尔恺郭尔（1813—1855），丹麦哲学家、神学家、存在主义先驱，哲学上以上帝为归宿"研究个人的存在"，主要著作有《非此即彼》《人生道路的阶段》。

然而，尽管我感到我对伊莎贝尔的了解还有欠缺，但我从不认为这种欠缺有多么严重。

尽管我断言我的情况与此相反，尽管我相信自己聪明好学并具有同情心，尽管我对按迪维娜的建议（她建议我多关心一点周围的人）行动充满了信心，然而有一天早晨，伊莎贝尔醒来后说她厌倦了被人了解。

我曾经问过她为什么不把头发盘起来，她沉默了一会儿，然后斩钉截铁、不容置辩地回答说：

"我不知道我为什么不把头发盘起来。也许我应当盘起来，也许那样更好些，但我不，也不知道为什么，正如我不知道我为什么要把奶酪切成小方块、我的邮政编码的最后一位数是什么、这把木梳子是在哪里买的、我上班要走的准确路程有多远、我的闹钟需要哪种电池、我为什么不能坐在抽水马桶上看书一样。我身上有很多东西我自己都搞不明白。坦白地说，我也不想搞明白。我不知道你为什么非要把一切都弄清楚不可，仿佛人的生命可以像传记手稿里那样集中起来似的。我身上充满了神秘的东西，但那些东西对我来说毫无意义，对你也是一样。我知道我应当多读些书，但看电视更容易；我应当爱那些对我好的人，但发脾气更具有挑战性；我想有同情心，但我不太喜欢人；我想高兴起来，但我知道高兴会使人变傻；我想乘坐公交车，但自己有辆车更方便；我想要孩子，但我害怕变成我妈妈；我想在一生中做点正经事，但现在已经过八点一刻了，我会误火车的。"

252.

她停了下来。

"我想我们应当停一段时间再见面。"

接着是更长的停顿。隔壁邻居家厨房里的下水道里传来打嗝般的响声。

"但遗憾的是,我自己也不知道该怎么办。我就知道这么多了,好不好?上帝啊,我要迟到了。我的上衣在哪儿?"

我受了一顿羞辱,什么也不想说。

译后记

　　大多数传记写的都是死人、名人——或英名流芳,或臭名昭著,作家与传记的主人公隔世隔代,素不相识。那么,能不能为活着的小人物写一部传记,而且由与主人公关系密切的人写呢?这种设想无疑是对传统传记模式尖刻而辛辣的讽刺与有力的挑战。于是,我们的小说家阿兰·德波顿便以讲述者的身份为自己的女朋友写了一部传记;于是,我们面前就出现了这部小说《亲吻与诉说》。

　　这部小说是以第一人称,即叙述者的口气写成的(关于叙述者的身份,小说中只字未提)。小说一开始,他收到了原先一位女朋友给他写的一封信,信里指责他"只关心自己的耳垂,不关心其他任何东西","你说你爱我,但一个孤芳自赏者除了他自己决不会爱任何人"。这使他内疚地意识到,过去的确为了解古人、死人浪费了太多的时间,却很少注意身边活生生的小人物。于是,为了证明他也会关心别人,他决定为下一个走进他的生活的人写一部传记。这个人就是后来与他双双坠入爱河的伊莎贝尔。

254.

主人公伊莎贝尔·罗杰斯二十五岁,是伦敦一家小文具公司的生产助理。她很漂亮,但并不出众;她很聪明,但并不过人;她很有趣,但并没有多么强烈的吸引力。她在小饭馆里喝牛奶,在公共汽车站吃胡萝卜,喜欢园艺,善于驾驶汽车,不善于摆弄录像机,每逢星期一都想扔掉她那枯燥的工作,每星期去游泳一次,爱咬指头,爱挖鼻子,想多读些书但又抽不出时间,一生只记住三个笑话,跟十八个人接过吻(第一个是她的妹妹),跟八个半男人上过床(第一个人不知道怎么做,只做了些类似的动作)……一个普通得不能再普通的女人。如果说她有什么与众不同的地方,那就是她还是单身。

尽管如此,伊莎贝尔的生活同任何标准传记里主人公的生活一样丰富多彩,引人入胜。故事的讲述者决心要读懂她,尽可能充分地了解她。他潜入她的生活,用她的眼睛看世界,追踪她的童年、她的梦想、她的兴趣和爱好。然而,要写一部传记谈何容易。他不久便遇到了一连串的问题:他发现,自己以往对伊莎贝尔的印象是何等片面;伊莎贝尔在成长过程中的变化是何等迅速;要弄清伊莎贝尔家的家谱是何等的困难;作为一个男人要了解一个女人是何等的不易。他不知道要设身处地地理解一个人究竟需要了解什么:她祖上的情况如何?她童年时什么样?她的化妆癖应当如何解释?她读书的兴趣是不是重要?要不要问问她爱收集什么样的音乐磁带?是否需要了解她做饭的习惯、业余爱好、政治信仰、铺床的方式、签字的习惯?她对男人的态度如何?她在

译后记

公共汽车站吃胡萝卜意味着什么？最后作者得出结论："一个单一的个人实际上乃是挤进一个具有欺骗性的连绵躯体里的一大队人"；任何人物传记都是不客观的，而是传记作者对主人公的个性、思想、心理活动的主观臆断；"我们对别人的评价都是错误的"，而且"我们和别人接触的时间越长，对他们的印象就越是模糊"。由此可见，这部伪装成传记的小说决不仅仅是一个荒诞的浪漫喜剧。它是对人类个性以及传记的性质和任务等一系列本质问题的发人深省的沉思。假如你读过这部小说后发誓再不看传记，那也许恰恰证明了本书的成功。

完了？

完了。

就这些？

就这些。

这是小说吗？

"我写的小说实际上并不是真正的小说，只是当作小说卖的。我写的都是论说文体的东西。"2002年，阿兰·德波顿在回答美国记者罗伯特·伯恩鲍姆的提问时如是说。

"我读过《亲吻与诉说》，那也是论说文体的？"伯恩鲍姆问。

"啊，对。我想是的。它是不同理念的反映。其重点不在于情节，而在于理念。"

"那应该把你的书摆在书架的什么位置上？"

"什么位置都可以。"

256.

读者千万不可据此认为这部小说必定索然无趣。不，其巧妙的构思、独特的风格、睿智的寓意、幽默隽永的语言足于让你开卷难释。《亲吻与诉说》出版之后，评论界的赞誉之声不绝于耳。现摘取只言片语以飨读者：

"阿兰·德波顿是英国当代文学史上一位奇迹般的年轻人……这是一本写作技艺高超，内容博大精深，引人入胜的书。"——克雷西达·康诺利，《闲话报》

"如约翰生博士所说，这样一位作家简直能为扫帚把作传，而且能把它写活。"——菲利普·格雷兹布鲁克，《观察家》周刊

"特别吸引人……德波顿通过具有诱惑力的写作艺术探索了人类由于无法相互理解而产生的悲喜剧，旨在使我们对自己不那么陌生。"——朱利安·卢斯，《星期日泰晤士报》

"内容丰富，充满智慧，笔法细腻……对于那些对自己的特质缺乏自信的人来说，这本书是绝好的灵丹妙药。"——保罗·萨斯曼，《星期日独立报》

"妙趣横生，令人捧腹，深奥微妙……一本引人入胜的读物。"——加布里埃尔·安南，《观察家》周刊

"他的书是独创的杂交品种，半是小说，半是哲学思辨，庄重而诙谐，诱人而滑稽。"——卡特·凯拉韦，《观察家报》

还需要更多方家的评论吗？

译后记

然而,对于译者来说,阿兰·德波顿的书可不是一根好啃的骨头。有时候,你明明看见有肉夹在骨头缝里,就是苦于无从下嘴,掏不出来。《亲吻与诉说》之所以难懂,难译,原因有二:

一是内容十分广泛。这部小说中所涉及的内容包括文学、哲学、美术、音乐、心理学、伦理学、政治学、历史学、地理学、社会学、语言学等等,应有尽有,不应有亦有。作者引经据典,旁征博引,处处都有典故,处处都有陷阱。译者不是百科全书,不可能既懂哲学又懂心理学,既懂地理又懂历史,既懂《圣经》又懂波普,既懂西方美术史又懂意大利歌剧,因而只能小心翼翼地理解,战战兢兢地翻译。为将原文中的明、暗信息尽可能完整而准确地传达给读者,译者不得不在译本中加注一百多处——尽管我知道在翻译中加注绝非上策。

2003年元旦译者在发给作者的 E-mail 中戏言:"你本该成为政治家或哲学家,而不是小说家。"作者回复说:"我现在想当政治家或哲学家也不晚。"话语间显示出作者的自豪与自信。

二是小说作者的思维十分活跃,想象力十分丰富。这就使得译者在翻译过程中不仅要认真揣摩主人公的心思,更要认真揣摩作者的心思;不仅要仔细琢磨句子的字面意思,更要仔细琢磨其隐含意义。书中时常出现语言跳跃与思维跳跃——作者突然从一个话题跳到另一个话题,然后又在译者毫无思想准备的情况下杀个回马枪,突然跳回原来的话题。译者只好跟在作者的思路后面疲于奔命,苦不堪言。除此之外,小说中经常出现的那些有悖于

258.

常理的比喻、有悖于传统的词语搭配、有悖于语法规则的句子或准句子也给翻译带来了不小的麻烦。

也许有人认为古典小说难译,当代小说好译,其实不然。古典小说语言规矩,因而并不难译;而当代小说则往往蔑视传统语法规则,我行我素,桀骜不驯,放荡不羁,因而更难翻译。我相信,凡是翻译过西方当代小说的人都会有同感。

译者积三十年翻译工作之经验深知:翻译难,翻译小说更难,翻译当代小说尤其难。

阿兰·德波顿的祖上原居西班牙的博顿(现已不存)的一座卡斯蒂利亚人小镇。1492年,该家族随其他西班牙系犹太人一起迁居埃及的亚历山大,德波顿的父亲就出生在那里。后来,他们又举家迁往瑞士。德波顿于1969年12月生于瑞士的苏黎世,先后在瑞士和英国(剑桥大学)接受教育。他现在住在英国伦敦,在伦敦大学任教,并兼任《独立报》星期日专栏作家。德波顿博学多才,能讲法、德、英三种语言,近年来以其六部著作而备受关注,成为英国文学界一颗耀眼的新星。

他的第一部小说《爱情笔记》(美国版本书名为《论爱情》)于1993年11月出版并赢得了读者的赞扬。从此,他一发而不可收,以几乎一年一部的高速度又连续推出五部著作:他的第二部小说《爱上浪漫》于翌年9月问世;第三部小说《亲吻与诉说》1995年9月问世;他的第四部著作(第一部非小说作品)《拥抱逝水年华》1997年4月问世,并很快成为英国和美国的畅销书;

译后记

第五部著作《哲学的慰藉》于 2000 年 4 月在英国和美国同时出版。该书仅在英国就已经售出十五万册。他的最新著作《旅行的艺术》于 2002 年春问世。

德波顿的有些著作很难分类。诚如卡特·凯拉韦所说:"他的书是独创的杂交品种。"比如,他的《哲学的慰藉》有人认为是小说,有人认为是哲学著作;《旅行的艺术》有人认为是小说,有人认为是旅游著作。那么《亲吻与诉说》呢?它是小说,是传记,抑或是哲学思辨?难怪作者本人也不清楚应当把它们摆在书架的什么位置上。

目前德波顿正在创作的又一部小说《身份的焦虑》拟于 2004 年春出版。这部旨在探索西方社会的等级制度、寻找人生尊严(他认为,人们的尊严往往与他们所从事的职业密切相关)的小说又会给我们带来什么样的惊喜呢?让我们拭目以待。

译 者
2003 年 6 月 12 日于郑州大学

Alain de Botton
Kiss and Tell
Copyright © 1996 by Alain de Botton
All Rights Reserved

图字：09-2002-320号

图书在版编目（CIP）数据

亲吻与诉说/（英）阿兰·德波顿
（Alain de Botton）著；刘云波译. — 上海：上海译文出版社，2021.7
（阿兰·德波顿作品集）
书名原文：Kiss and Tell
ISBN 978-7-5327-8775-3

Ⅰ.①亲… Ⅱ.①阿… ②刘… Ⅲ.①长篇小说—英国—现代 Ⅳ.①I561.45

中国版本图书馆CIP数据核字（2021）第104395号

亲吻与诉说
[英]阿兰·德波顿 著 刘云波 译
责任编辑/吴洁静 封面设计/观止堂_未氓 内文版式/高熹

上海译文出版社有限公司出版、发行
网址：www.yiwen.com.cn
200001 上海福建中路193号
浙江新华数码印务有限公司印刷

开本 890×1240 1/32 印张 8.75 插页 5 字数 138,000
2021年7月第1版 2021年7月第1次印刷
印数：0,001—6,000册

ISBN 978-7-5327-8775-3/I·5415
定价：78.00元

本书中文简体字专有出版权归本社独家所有，非经本社同意不得转载、摘编或复制
如有质量问题，请与承印厂质量科联系。T：0571-85155604